MARINE-KASERNE - CASERMA DI MARINA
POLA
POLA
Trieste.

PVZ

CARPINTERI & FARAGUNA

SÜNDER, SEGLER & SIRENEN
oder
DIE HOSE DES KAPITÄNS

PAUL ZSOLNAY VERLAG
WIEN · HAMBURG

Berechtigte Übersetzung aus dem Italienischen von
Giovanni Casanova

Umschlag und Einband: Werner Sramek
Fotosatz: Wulfenia, Feldkirchen
Druck und Bindung: Wiener Verlag
Printed in Austria
ISBN 3-552-03703-9

CIP-Kurztitelaufnahme der Deutschen Bibliothek
Carpinteri, Lino:
Sünder, Segler & Sirenen oder die Hose des Kapitäns / Carpinteri & Faraguna. [Berecht. Übers. aus d. Ital. von Giovanni Casanova]. — Wien ; Hamburg : Zsolnay, 1985.
Einheitssacht.: Viva l'A ‹dt.›
ISBN 3-552-03703-9
NE: Faraguna, Mariano:

SÜNDER,
SEGLER & SIRENEN
oder
DIE HOSE DES KAPITÄNS

DER AUFGEZWIRBELTE SCHNURRBART

Eine Geschichte, in der erzählt wird, wie sich derselbe als der Schlüssel unserer Geschichten und der Zeitgeschichte überhaupt erweist und einen weiteren Zyklus der neuesten und unerhörten Geschichten einleitet, die Bortolo seiner getreuen, wenn auch zerstreuten Gesprächspartnerin, Siora Nina, vor seinem Fischladen erzählt.

„Oraden, Barben, Barsche, Sardinen, Sardellen . . . Schnell, schnell, meine Damen, denn die Sonne frißt die Stunden . . . Auch Eure Stunden, Siora Nina!"

„Es wäre schön, wenn es nicht so wäre, Sior Bortolo. Ja, die Sonne frißt sie, das gilt für alle: die Stunden, die Tage, die Monate und die Jahre. Mein Gott, wie die Zeit vergeht! Es scheint mir wie gestern . . ."

„Ganz egal. Allen scheint alles wie gestern. Habt Ihr es nicht bemerkt? Wenn man alt wird, vergeht die Zeit immer schneller. Als ich jung war und zur See fuhr und so vieles sah, daß ich heute noch genug zu erzählen habe, sind die Jahre überhaupt nicht vergangen. Zum Beispiel, als ich zum Militär, zur Kriegsmarine, einberufen wurde — natürlich spreche ich von der Zeit vor dem Ersten Weltkrieg —, da schien es mir, als wäre ich schon ein ganzes Leben lang Soldat. Denn drei Jahre dauerte damals der Militärdienst in der Kriegsmarine unter Österreich: man ging als junger Bursche weg, und man kam so verändert zurück, daß einen niemand mehr erkannte! Besonders deshalb, Siora Nina, weil man sich, wie ich selber auch, einen Schnurrbart wachsen ließ. Erstens, weil es der erste Schnurrbart war für die meisten, und zweitens, weil damals jeder, wißt Ihr, seinen ganzen Ehrgeiz einlegte, einen schönen Schnurrbart zu haben. Sagen wir einen Schnurrbart à la Rudolf . . .

„A la Rudolf Valentino?"

„Ach was, Rudolf Valentino! Als der lebte, war Österreich schon zerfallen. Ich meine den Schnurrbart, wie ihn Rudolf trug, der arme Kronprinz Rudolf, der Sohn des Franz Joseph — selbstverständlich bevor er sich mit diesem Mädchen in Mayerling umbrachte. Deshalb sprach man vom Schnurrbart à la Rudolf, wie man auch vom Schnurrbart à la Ferdinand sprach."

„Wer war denn das?"

„Wieso, ‚das'? Es war Franz Ferdinand, Erzherzog Franz Ferdinand, der nach Rudolfs Tod zum Erben des Doppeladlers wurde. Einen aufgezwirbelten Schnurrbart trug er, einen, bei dem die Spitzen nach oben aufgedreht waren."

„Auch mein seliger Vater trug, bis ans Ende, einen Schnurrbart und einen Bart: einen schönen, in der Mitte geteilten Bart . . ."

„Das war etwas ganz anderes, Siora Nina. Der in der Mitte geteilte Bart war ein Bart à la Maximilian, wie ihn Maximilian zu tragen pflegte, der in Mexiko ermordet wurde. Aber bei der Österreichischen Kriegsmarine durfte man einen solchen Bart nicht tragen. Man durfte dort überhaupt keinen Bart tragen. Schnurrbart: ja. Bart: nein. Und das mit Recht, wie Barba Nane immer sagte. ‚Weil der Bart beim Essen besudelt wird', sagte er, ‚weil es schwer ist, einen Bart in Ordnung zu halten, und weil der Bart den Kragen der Uniform schmutzig macht . . .' Das stimmt, man trug nämlich eine weiße Jacke mit blauen Litzen, und man hätte es gleich bemerkt. So war der Bart verboten. Bei der Mannschaft, natürlich. Den

Offizieren war er erlaubt. Und viele trugen einen Bart à la Maximilian."

„Und war auch der Bart à la Franz Joseph erlaubt?"

„Erstens, Siora Nina, war das, was Franz Joseph trug, kein Bart — es war etwas Besonderes. Und zweitens trugen so etwas alte Männer. Die jungen dagegen hatten einen Schnurrbart — einen Schnurrbart à la Rudolf oder à la Franz Ferdinand. Und das Haar — das war geradezu Pflicht in der Österreichischen Kriegsmarine —, das Haar trugen alle à la Umberto . . ."

„Das Haar à la Umberto? Wie das, Sior Bortolo, das Haar à la Umberto?"

„Bürstenhaarschnitt. Kurz im Nacken und zwei Finger lang vorne, wie es Franz Ferdinand trug . . . und in Italien König Umberto, bevor man ihn umbrachte, selbstverständlich."

„Ach ja, damals brachte man viele Könige um . . ."

„Wie auch immer. Wißt Ihr, wer bei uns einen sehr schönen Schnurrbart à la Franz Ferdinand trug? Einen sehr schönen Schnurrbart à la Franz Ferdinand hatte der Lotse Mattievich."

„Den hab ich nicht gekannt."

„Ihr konntet ihn nicht kennen. Er ist vierundsiebzig oder fünfundsiebzig geboren, mindestens, und er hat lang vor mir in der Kriegsmarine gedient."

„Ach, und dort hat er sich den Schnurrbart à la Franz Ferdinand wachsen lassen?"

„Gott bewahre, nein, Siora Nina. Er ist ja auf die *Karl VI.* einberufen worden, wo der Kapitän Prohaska keinen Schnurrbart erlaubte."

„Ach, habt Ihr nicht gesagt, daß nur der Bart verboten war?"

„Das galt für die Österreichische Kriegsmarine, aber unter Kapitän Prohaska — und unter Österreich war ein

Kapitän auf seinem Schiff der erste nach Gott — war auch der Schnurrbart verboten. Ein Böhme war dieser Prohaska, ein furchterregender Mann: ‚Haar ist Haar', sagte er, ‚und ein Schnurrbart wird besudelt beim Essen, es ist schwer, einen Schnurrbart in Ordnung zu halten, und er macht die Uniformjacke schmutzig, wenn man sie auszieht!'"

„Das stimmt, beim Ausziehen kann man so eine Jacke leicht schmutzig machen."

„Mit allem kann man etwas schmutzig machen beim Ausziehen, Siora Nina, auch mit dem Kopfhaar. Aber die Sache mit dem Schnurrbart war eine besondere Schrulle von dem Kapitän Prohaska. Der Lotse Mattievich durfte sich einen Schnurrbart erst wachsen lassen, als er nach Hause zurückkehrte, und da konnte man ihn kaum erkennen."

„Er war nicht zu erkennen, als er nach Hause zurückkam?"

„Nein! Man konnte ihn nicht erkennen, nachdem er sich einen Schnurrbart hatte wachsen lassen. Einen wunderschönen Schnurrbart à la Franz Ferdinand. Als Barbe Nane ihn zum erstenmal mit diesem Schnurrbart bei der Marineverwaltung traf, sagte er zu ihm: ‚Wißt Ihr, mein lieber Mattievich, daß Ihr mit diesem Schnurrbart dem Franz Ferdinand wirklich sehr ähnlich seid?'"

„Na, wenn er doch den Schnurrbart à la Franz Ferdinand trug!"

„Ja, aber er sah ihm auch so sehr ähnlich, besonders wenn er seine Lotsenuniform mit dem hohen Halskragen anhatte. Eigentlich, Siora Nina, war Mattievich ja kein wirklicher Lotse. Weil unter Österreich ein Lotse, ein wirklicher Lotse, auch Kapitän sein mußte, wie zum Beispiel der Kapitän Malabotich, der ein wirklicher Lotse war, selbstverständlich — oder aber er mußte wenigstens die Bootseignerprüfung abgelegt haben."

„Und er hatte sie nicht abgelegt?"

„Nein, Siora Nina, weil man unter Österreich, um Bootseigner zu sein, wenigstens ein Boot besitzen mußte. Trotzdem, in manchen Orten, in Lussino zum Beispiel, durfte man als Lotsen auch einen Unterlotsen mit Praxis einstellen."

„Ach, hatten die Lotsen keine Praxis?"

„Wie denn nicht? Es gab allerdings Leute mit Praxis, die keine Lotsen waren. Wirkliche Lotsen, meine ich. Sie taten aber all das, was ein Lotse tut: sie lotsten die Schiffe aus dem Hafen; sie wußten, wie man sie ausrüstet, wie man sie vor den Sturmwinden — Bora, Scirocco, Maestrale — schützt; sie kannten die Untiefen, und so weiter . . . Und auch Ihre Uniform war eine Lotsenuniform, mit Schirmmütze und allem Drum und Dran. Aber sie hatten keine goldenen Knöpfe — sie trugen schwarze, beinerne Knöpfe, und auch ihr Gehalt war ein anderes. Während ein wirklicher Lotse fast das gleiche verdiente wie ein Kapitän, bekamen sie, ob Ihr es glaubt oder nicht, so viel wie ein Bootsmann. Der Lotse Mattievich war ein einfacher Unterlotse, und deshalb, Ihr werdet das verstehen, Siora Nina, quengelte seine Frau."

„Weil er ein Unterlotse war?"

„Nein, sie quengelte, weil er kein wirklicher Lotse war. Auch wenn er schon seit vielen Jahren als Lotse arbeitete, weshalb alle ihn auch als Lotsen bezeichneten. Übrigens, in Arbe lebte ein gewisser Gropuzzo, der auch ein Unterlotse war, aber zu einem wirklichen Lotsen befördert wurde, denn wenn man wollte, konnte man: ‚Aufgrund langjähriger Erfahrung auf See', wie in dem Dekret geschrieben stand."

„Und Mattievich hatte kein solches Dekret?"

„Nein. Und deshalb quengelte seine Frau und plagte ihn, wie ich Euch schon gesagt habe. ‚Wieso?' jammerte sie. ‚Nach so vielen Jahren? Gropuzzo dagegen . . . Du würdest viel mehr verdienen und hättest endlich diese goldenen Knöpfe und ich dürfte am Sonntag in der Kirche einen Hut tragen . . .'"

„Ach, wenn er keine goldenen Knöpfe hatte, durfte sie keinen Hut tragen?"

„Man durfte alles und nichts unter Österreich, Siora Nina, aber sie mit Hut und er ohne goldene Knöpfe — das hätte keinen guten Eindruck gemacht, man war es nicht gewöhnt. Man hätte es in Lussino sehr übel vermerkt. Trotzdem sah er auch ohne goldene Knöpfe schön aus, der Lotse Mattievich. Er war ein Bild von einem Mann, gerade gewachsen, gut gebaut und mit sehr schönen, himmelblauen Augen. Und nachdem ihm Barba Nane gesagt hatte, daß er mit seinem Schnurrbart dem Franz Ferdinand sehr ähnlich war, hat er diesen seinen Schnurrbart noch mehr à la Franz Ferdinand gestutzt. Besonders wenn er seine Mütze trug, aber auch ohne Mütze — wegen des Bürstenhaarschnitts —, und in dem langen Uniformmantel, mit zugeknöpftem Kragen, setzte er viele in Erstaunen."

„Weil er einen Mantel trug?"

„Was gibt es da zu staunen, wenn einer im Winter einen Mantel trägt? Nein, viele waren überrascht — nicht wir, die wir Mattievich täglich sahen, sondern die Leute, die hierherkamen —, daß er dem Franz Ferdinand so ähnlich war. Als einmal die *Viribus Unitis* in Lussino anlegte und der Lotse Mattievich zusammen mit dem Kapitän Malabotich an Bord ging, war auch der Kapitän der *Viribus Unitis,* der ihn auf dem Steg kommen sah, sehr überrascht . . ."

„Weil er zusammen mit Malabotich war?"

„Aber nein, Siora Nina! Sondern weil er, in seiner besten Uniform — Mütze, langer Mantel, zugeknöpfter Kragen — und mit dem Schnurrbart à la Franz Ferdinand, selbstverständlich, genauso aussah wie der Thronfolger; auch als er, neben dem Steuer, die Mütze abnahm, denn er hatte ja diesen Bürstenhaarschnitt.

Um es kurz zu machen, Siora Nina: irgend jemand muß irgend etwas gesagt haben. Nach einer Woche erhielt Kapitän Malabotich in der Marineverwaltung ein Telegramm, daß er nach Pola kommen solle."

„Der Kapitän Malabotich?"

„Nein, der Lotse Mattievich. Er solle am nächsten Tag nach Pola kommen, aus ‚dienstlichen Gründen', und Ihr werdet verstehen, daß seine Frau gleich vermutete, man würde ihn diesmal wirklich zum wirklichen Lotsen befördern."

„Ach! Und ist er gleich nach Pola gefahren?"

„Zwangsläufig, Siora Nina, ist er gleich gefahren. Ich erinnere mich, es war im Jahr 1913, im Februar. Denn damals war die *Viribus Unitis* gerade nach Lussino gekommen. Und er, in seinem langen Uniformmantel, wunderschön ausstaffiert, meldet sich in Pola bei der Marineverwaltung. Zwei Männer, die auf ihn gewartet haben, begleiten ihn zur Admiralität, zur Admiralität der Kriegsmarine in Pola, ins Büro des Kommandanten Hubeny. Und kaum hat dieser Hubeny ihn erblickt, sagt er auf deutsch: ‚Unglaublich!'"

„Ach, um ihn zu begrüßen, wie?"

„Aber nein, um auszudrücken, daß er es einfach unglaublich fand. Und, glaubt es oder glaubt es nicht, man brachte den Lotsen Mattievich sogleich in ein Zimmer, wo eine nagelneue Uniform mit goldenen Knöpfen hing, und man sagte ihm, er solle sich umziehen, und dann wurde die Tür abgesperrt."

„War es die neue Uniform eines wirklichen Lotsen?"

„Nein, Siora Nina, eine alte Uniform von Franz Ferdinand."

„Hattet Ihr nicht gesagt, daß es eine nagelneue Uniform war?"

„Freilich, denn der Thronfolger pflegte seine Uniformen zu wechseln, wenn sie noch nagelneu waren. Und nachdem der Lotse Mattievich wieder zum Schreibtisch des Kommandanten Hubeny geführt worden war, sagte dieser Hubeny, bevor Mattievich noch salutieren konnte, auf deutsch: ‚Ausgezeichnet!' Was soviel bedeutet wie ‚sehr gut, bestens'."

„Das verstehe ich nicht."

„Ganz egal, Siora Nina. Der Lotse Mattievich hat damals auch nicht sogleich verstanden. Tatsächlich war es aber so, daß in jenen Jahren viele, sehr viele regierende Häupter umgebracht wurden. Nehmen wir zum Beispiel die arme Elisabeth, die Frau von Franz Joseph, die in Genf beim Besteigen eines Dampfschiffs mit einer Feile erstochen wurde, oder den König Umberto in Monza, der am 29. Juli 1900 von feiger Hand ermordet wurde, oder diesen russischen Zaren ein paar Jahre früher, oder auch den Oberdan, der beinahe Franz Joseph umgebracht hätte. Kurz und gut, Siora Nina, alle diese Anarchisten, Irredentisten, Nihilisten und Bosnier gingen herum, nachdem Österreich Bosnien-Herzegowina annektiert hatte, und dachten nach, wie sie die regierenden Häupter töten könnten. Und deshalb, Ihr werdet es verstehen, machten sich die Leute von der Geheimpolizei große Sorgen um die Herrscher und um alle aus dem Herrscherhaus, also auch um Franz Ferdinand, den Erben des Doppeladlers. Und heimlich suchten sie jemanden, der seinen Platz einnehmen konnte: in der Eisenbahn, in der Kutsche, im Auto, wenn er mitten durch die Menge fahren mußte, wo ein Attentat möglich war. Und dieser Jemand sollte ihm natürlich ähnlich sein — wie der Lotse Mattievich."

„Ach so, wollten sie, daß man ein Attentat auf den Lotsen Mattievich verübt statt auf Franz Ferdinand?"

„Aber nein. Wie hätten sie so etwas wünschen können? Sie wollten nur, daß der Lotse Mattievich manchmal an seiner Stelle auftrat. Und diese Herren von der Kriegsmarine in Pola, im Büro des Kommandanten Hubeny, wo auch zwei in Zivil verkleidete Geheimpolizisten saßen, sagten ihm klipp und klar, was er zu tun hätte, in der richtigen Reihenfolge und so und so."

„Was, und so und so?"

„Also so: da er, Mattievich, sich in der glücklichen Lage befinde, fast genauso auszusehen wie Seine Kaiserliche und Königliche Hoheit, und zwar aus der Nähe wie aus der Ferne, sollte er immer zur Verfügung stehen, um in der richtigen Uniform, die man ihm selbstverständlich geben würde, mit der Eisenbahn, der Kutsche oder dem Auto zu fahren, falls dies aus dem einen oder anderen Grund notwendig sein sollte. Und daß er nichts zu tun haben würde, außer stramm dazusitzen, die Leute anzuschauen und manchmal zu grüßen. Nichts sonst. Jedenfalls aber würde immer einer von ihnen, als Offizier verkleidet, neben ihm sitzen. Alles werde bezahlt werden, selbstverständlich. Jedoch, sagte einer der Herren, indem er aufstand und mit dem Finger gegen Mattievichs Brust stach, um nichts in der Welt solle er davon irgend jemandem erzählen, nicht einmal seiner Frau. Gut, und jetzt möge er sich wieder umziehen, und dann dürfe er gehen, bis sie ihn rufen würden. Bevor er sich aber umzog, führten sie ihn noch dem Admiral Horthy vor."

„Jessus Maria, und nicht einmal seiner Frau durfte er es erzählen?"

„Zwangsläufig nicht, Siora Nina; die Frauen plaudern. Und tatsächlich — er blieb stumm. Seine Frau, die auf ihn zugestürzt war, in einem geblümten Kleid, kaum, daß er in Lussino von Bord des Dampfers gegangen war, fragte ihn, ob man ihn endlich zum Lotsen befördert hätte. ‚Nein', sagte er, ‚es ist noch nicht soweit'; aber man habe ihm in Pola zu verstehen gegeben, daß er sich auf dem besten Weg dazu befinde. Von jetzt an würden sie ihn nämlich öfter nach Pola rufen, als Lotsen. Und das erstemal, als sie ihn riefen, schickten sie ihn nach Fiume."

„Als Lotsen?"

„Ach was, als Lotsen! Das hatte er doch nur seiner Frau eingeredet. In Wirklichkeit war es so, daß Franz Ferdinand mit dem Zug nach Fiume gekommen war und mit dem Auto in die Torpedofabrik fahren sollte, um die Torpedos zu inspizieren. Bei dieser Gelegenheit wollte man ausprobieren, wie es funktionierte."

„Die Torpedos?"

„Aber nein: wie es mit dem Lotsen Mattievich im offenen Auto, als Franz Ferdinand, funktionierte. Was glaubt Ihr? In Fiume — brave Leute, alles ruhig. Alles ist sehr gut gegangen. Wo gab es Bosnier damals in Fiume? Man brachte den Lotsen Mattievich in das Rathaus, und in einem Zimmer mußte er sich als Franz Ferdinand anziehen, während Franz Ferdinand selbst heimlich, in einem geschlossenen Auto, das hinter dem Rathaus wartete, in die Torpedofabrik fuhr. Dann mußte Mattievich bei der Vordertür hinausgehen und in ein offenes Auto steigen, zusammen mit einem als Offizier verkleideten Geheimpolizisten, der sich neben ihn setzte. So fuhr er durch ganz Fiume, während die Leute ihn grüßten und er die Grüße erwiderte. In der Torpedofabrik wurde der Lotse Mattievich wieder in ein Zimmer gesperrt, bis

Franz Ferdinand — der natürlich schon da war — mit der Inspektion der Torpedos fertig war und an die Ingenieure, die Arbeiter, an den Bürgermeister und all die anderen, die sich schön gekleidet oder in Uniform eingefunden hatten, ein paar Worte gerichtet hatte."

„Und dann?"

„Nichts dann, Siora Nina. Als die Inspektion beendet war, fuhr der Thronfolger weg in einem geschlossenen Auto, und der Lotse Mattievich mußte wieder in ein offenes Auto steigen und durch Borgo Marina fahren, im Schrittempo, mitten durch die Leute, die ihm zuwinkten und denen er zurückwinkte. Nur, als sie in die Nähe des Bahnhofs kamen, sahen sie plötzlich einen alten Mann, der etwas in der Hand hielt und auf das Auto zulief."

„Mamma mia, ein Attentat!"

„Kein Attentat, Siora Nina, in Fiume! Ein Gesuch, eine Bitte. Dieser arme Alte hielt in seiner Hand einen Brief, und er reichte ihn dem Lotsen Mattievich. Es war ein Gesuch, wie man es regierenden Häuptern zu überreichen pflegte. ‚Öffnen, unverzüglich öffnen', sagte der neben ihm sitzende Geheimpolizist. ‚Gleich öffnen, um zu zeigen, daß Seine Kaiserliche Hoheit immer alles gleich öffnet.'"

„Und hat er es geöffnet?"

„Freilich, und auch gelesen: es war ein Gesuch, wie ich schon gesagt habe, um eine Unterstützung. Es war nicht wichtig. Außerdem, Siora Nina, handelte es sich diesmal nur um eine Probe. Man wollte sehen, wie sich der Lotse Mattievich machte als Erzherzog Franz Ferdinand, und alles ist sehr gut gegangen. Als sie zum Rathaus zurückkamen, durfte sich der Lotse wieder umziehen, und er erreichte noch den Dampfer nach Lussino, während der Thronfolger sich zum Galadiner an Bord der *Sankt Stephan* begab."

„Ach, ist Mattievich nach Lussino zurückgekehrt?"
„Natürlich, aber seiner Frau redete er ein, er sei von Pola gekommen. Sie fragte ihn, wie es mit seiner Beförderung stehe, und er sagte ihr, daß alles glatt gehe und daß die Obrigkeit ihm geraten habe, ein Gesuch zu schreiben, das unverzüglich geöffnet werden würde."
„Ich verstehe nicht recht."
„Auch seine Frau verstand nicht recht. Ganz egal. Jedenfalls, seit damals in Fiume alles so gut abgelaufen war, traf zwei-, dreimal im Monat bei der Marineverwaltung von Lussino ein Telegramm ein mit der Anweisung, daß der Lotse Mattievich nach Pola fahren solle."
„Und fuhr er nach Pola?"
„Aber nein, Siora Nina, habt Ihr nicht verstanden? Er fuhr nach Fiume, Agram, nach Budapest, nach Leopoli, einmal sogar nach Krakau, und dann nach Zara, Sebenico, Spalato und selbstverständlich nach Triest: kurzum, in all die Orte, wohin auch Franz Ferdinand fuhr. Und alles ging glatt, sauber, wie damals in Fiume. Auch deshalb, weil Franz Ferdinand alle diese Orte allein besuchte. Da seine Frau morganatisch war, wurde darauf geachtet, daß sie so wenig wie möglich mit ihm zusammen in der Öffentlichkeit auftrat."
„Ach ja, es hieß, daß seine Frau morganatisch war."
„Das war sie auch. Sie hatten zwar in der Kirche geheiratet, mit allen Zeremonien und so, aber er war kaiserlichen Geblütes und sie nicht. So war das damals eben. Selbstverständlich nahm Franz Ferdinand sie trotzdem mit, wenn er Wien verließ, aber wenn er bei einer Inspektion, einer Eröffnung oder einem Stapellauf zu tun hatte, wartete sie meistens zu Hause auf ihn oder ging mit einer Freundin spazieren. Und einmal in Triest, als der Lotse Mattievich gerade dabei war, sich die Uniform des Franz Ferdinand zuzuknöpfen — in einem Zimmer

der Präfektur, die damals Statthalterei hieß —, hörte er, wie die Tür geöffnet wurde, und dann sah er eine sehr schöne blonde Frau mit Hut, langem Kleid und Sonnenschirmchen unter dem Arm, die ihm von der Tür aus eine Kußhand zuwarf und sagte: ‚Gut, Ferdi, ich gehe aus!‘ Ich erzähle Euch das nur, um Euch zu zeigen, daß der Lotse Mattievich, wenn er als Franz Ferdinand angezogen war, diesem so ähnlich sah, daß nicht einmal dessen Frau einen Unterschied merkte.“

„Ach, eine Kußhand hat sie ihm zugeworfen?“

„Freilich, weil sie glaubte, daß er der Thronfolger war. Und alle glaubten es, die ihn in Galauniform in der Eisenbahn, in der Kutsche oder im Auto fahren sahen. Weil er, versteht Ihr, nach so vielen Reisen in alle Himmelsrichtungen, im Grüßen, Winken und Annehmen von Gesuchen und all dem anderen immer geübter wurde. Das ging so weit, daß man, als Franz Ferdinand nach Lussino kam, um die neue Marineschule zu eröffnen, und bei der Gelegenheit auch Veglia und Cherso besuchte, daß man also den Lotsen Mattievich die ganze Strecke von Cherso bis Lussino im offenen Auto — immer in Begleitung des als Offizier verkleideten Geheimpolizisten — fahren ließ. Und als sie an die Promenade von Lussino kamen, lief da nicht eine Frau in geblümtem Kleid mit einem Brief in der Hand dem Auto entgegen!“

„Ach, ein Gesuch!“

„Freilich. Und der Lotse Mattievich hat den Brief gleich genommen und geöffnet, um zu zeigen, daß Franz Ferdinand einen Brief immer gleich öffnete. ‚Was wollte diese Frau?‘ fragte der Geheimpolizist. ‚Ach, nichts‘, sagte Mattievich lächelnd, ‚das ist meine Frau, die sich an Franz Ferdinand wendet, damit man mich zum wirklichen Lotsen befördert.‘ Und als die Leute sahen, daß er lachte, während Franz Ferdinand immer ein ernstes Gesicht zog, applaudierten sie. Ihr seht, Siora Nina, mit wie wenig sich die Menschen manchmal zufriedengeben!"

„Und haben sie ihn zum wirklichen Lotsen befördert?"

„Hätte er sich denn selber zum wirklichen Lotsen befördern sollen? Ach was. Ich wollte damit nur zeigen, daß der Lotse Mattievich, als Franz Ferdinand angezogen, diesem so ähnlich sah, daß nicht einmal seine eigene Frau ihn erkannte. Und alles ging glatt und gut für den Lotsen Mattievich, bis man im Juni 1914 beschloß, daß Franz Ferdinand nach Sarajevo fahren sollte."

„Mamma mia! Sie haben ihn, den armen Mann, nach Sarajevo geschickt!"

„So wartet doch, Siora Nina. Was glaubt Ihr denn, daß Sarajevo gleich hinter der nächsten Ecke liegt? Zunächst einmal kam ein Telegramm für den Lotsen Mattievich, er möge sofort nach Pola fahren . . ."

„Und selbstverständlich ist er nicht nach Pola gefahren . . ."

„O doch, diesmal schon, weil Franz Ferdinand, gleich nach seiner Ankunft von Triest, in Pola die *Viribus Unitis* besteigen sollte, um nach Metkovič zu fahren . . ."

„Ach, nicht nach Sarajevo?"

„Siora Nina, wie hätte die *Viribus Unitis* nach Sarajevo fahren sollen, da Sarajevo doch im Binnenland, in den Bergen von Bosnien liegt? Er sollte in Metkovič von Bord gehen und auf dem Landweg nach Sarajevo weiterreisen."

„Ach, und so hat auch der Lotse Mattievich die *Viribus Unitis* bestiegen."

„Nein. Denn niemals hätten die Herren der Geheimpolizei einen solchen Fehler begangen, zwei Menschen, die so gleich aussahen, auf ein und dasselbe Schiff zu lassen. Nein, der Lotse Mattievich sollte mit der *Sankt Stephan* fahren, und dort, als Bootsmann gekleidet, in der Mannschaft untertauchen. Alles ging gut: die *Viribus Unitis* fuhr von Pola ab, und nach ihr, selbstverständlich, die *Sankt Stephan.* Während sie noch die Punta Quarnero umfuhren, ließ der Kommandant der *Sankt Stephan* alle seine Leute, Mannschaft und Offiziere, an Deck rufen, um zu kontrollieren, ob alles in Ordnung wäre. Wer aber, glaubt Ihr, war der Kommandant der *Sankt Stephan?* Der Lotse Mattievich erkannte ihn sofort."

„Admiral Horthy?"

„Nein, Siora Nina, Admiral Horthy befand sich mit Franz Ferdinand auf der *Viribus Unitis.* Kommandant der *Sankt Stephan* war der Kapitän Prohaska. Und er, der schon auf der *Karl VI.* keinen Schnurrbart erlaubt hatte — stellt Euch vor, wie es dann erst auf der *Sankt Stephan* war! Er bemerkte sogleich, daß da ein Bootsmann, das heißt, der als Bootsmann verkleidete Lotse Mattievich, einen Schnurrbart trug, einen aufgezwirbelten, mit aufgedrehten Spitzen. Wie könne er es wagen, brüllte da der Kapitän Prohaska, mit einem Schnurrbart vor ihn hinzutreten? Habe er nicht tausendmal gesagt, daß der Schnurrbart beim Essen besudelt wird, daß es schwierig ist, ihn in Ordnung zu halten, und daß man damit die Uniformjacke schmutzig macht, wenn man sie auszieht? ‚Schweig!' donnerte er den armen Mann an, der noch nicht einmal den Mund hatte aufmachen können. Dann ließ er den Schiffsbarbier rufen, einen gewissen Zago aus Portolongo, der dem Lotsen Mattievich vor allen Leuten den Schnurrbart abrasieren mußte. So ist es passiert, Siora Nina."

„Was ist passiert?"

„Das ist passiert: Als die *Sankt Stephan* in Metkovič anlegte und der Lotse Mattievich sofort, wie befohlen, den Zug nach Sarajevo bestieg, wo er sich in einem Zimmer der österreichischen Feldgendarmerie als Franz Ferdinand anziehen sollte, da bemerkte man, daß er keinen Schnurrbart trug. Und ohne Schnurrbart, Siora Nina, hatte er nicht die geringste Ähnlichkeit mehr mit Franz Ferdinand. So ist es passiert, daß Franz Ferdinand in Sarajevo diesmal selbst neben seiner Frau im Auto sitzen mußte. Und als man die Leichen auf die *Viribus Unitis* gebracht hatte, um sie nach Triest überzuführen, verstand der Kapitän Prohaska nicht — weder damals noch später —, warum ihn der Admiral Horthy in sein Büro in der Marineverwaltung von Metkovič rief, sich darin zusammen mit ihm einschloß, ihm ‚Schweig' entgegenbrüllte, ihn verfluchte, und ihn schließlich wieder hinauswarf."

„Und was war mit dem Lotsen Mattievich?"

„Nichts war mit dem Lotsen Mattievich, versteht sich. Er ließ sich wieder seinen schönen Schnurrbart wachsen. Als er sich aber bei der Admiralität der Kriegsmarine meldete — Mütze auf dem Kopf, Lotsenuniform mit zugeknöpftem Kragen, schwarze Knöpfe, aufgezwirbelter Schnurrbart —, da machte der Kommandant Hubeny das Kreuzzeichen und schickte ihn nach Lussino zurück. Als Unterlotsen."

AM TAG DES HERRN

Aus dieser Geschichte erfährt man, daß „die freie Kirche in einem freien Staat" Seiner Apostolischen Majestät nicht nur die römisch-katholische Kirche war, sondern auch die Gläubigen des Islams umfaßte; und sie berichtet von einem solchen Gläubigen, nämlich von Bogdan Jerazimovich, Heizer beim Österreichischen Lloyd, der das Glück hatte, an Bord der *Jupiter* dem Erzabt von Krakau zu begegnen.

„Was wollt Ihr, Siora Nina, heutzutage ist alles anders. Auch die Kirche. Und wir, die wir Fische verkaufen, haben nicht einmal mehr einen Freitag."

„Wieso keinen Freitag?"

„Die fünf Gebote der Kirche waren früher die fünf Gebote der Kirche, da war nicht zu rütteln. Und das dritte Gebot der Kirche lautete: Du sollst am Freitag und an den anderen gebotenen Fasttagen kein Fleisch essen. Tatsächlich, Siora Nina, früher durfte man am Freitag nur Fisch essen. Mein Gott, wie viel Fisch wurde da am Freitag verkauft, unglaublich! Und jetzt, da es keinen Freitag mehr gibt, kaufen nur noch wenige Leute Fisch. Meistens die Alten."

„Weil es keinen Fisch mehr gibt?"

„Wieso keinen Fisch? Es gibt so viel, daß er übrigbleibt! Nein — weil man jetzt am Freitag nicht mehr nur Fisch essen darf."

„Ach ja. In der Kirche sind noch viele andere Sachen anders geworden, zum Beispiel die Messe."

„Tut nichts zur Sache, die Messe: ‚Ich bin aus Rovigo

und will kein Intrigo', wie unser Bootsmann Fatutta, der aus Cherso stammte, zu sagen pflegte."

„Ach, stammte er nicht aus Rovigo?"

„Natürlich stammte er nicht aus Rovigo, wenn er aus Cherso war! ‚Ich bin aus Rovigo und will kein Intrigo', sagte er immer, um auszudrücken, daß er sich nicht in fremde Angelegenheiten mischen wollte. Wie damals, als Jerazimovich auf der *Jupiter* als Heizer arbeitete — Jerazimovich, der später ‚Mene' genannt wurde und an Bord früher einfach ‚der Türke' hieß. Also gut. Wenn die Maschinisten der *Jupiter* zu unserem Bootsmann Fatutta kamen und fragten, wieso dieser Jerazimovich punkt zwölf Uhr mittags, komme was da wolle, die Arbeit unterbrach und an Deck lief, um — nach Mekka gewandt — zu beten, da pflegte der Bootsmann Fatutta zu sagen: ‚Ich bin aus Rovigo und will kein Intrigo: der Türke hat seine Religion, er soll sie behalten, und laßt ihn in Frieden.'"

„Ach, hatte er keine Lust zu arbeiten? War er ein *meca**?"

„Wieso ein *meca?* Er betete nach Mekka gewandt, in Richtung Mekka! Rede ich vielleicht türkisch? Ich habe Euch doch gesagt, daß es an Bord der Jupiter einen Türken gab, diesen Jerazimovich. Eigentlich war er kein echter Türke, er war ein Ottomane, wie man damals sagte. Türke war er nur wegen seiner türkischen Religion. Er stammte aus Budua, jenseits der Bocche di Cattaro, das fast schon in Montenegro liegt."

„Ach, sind die aus Budua Türken?"

„Nein, Siora Nina, es ist folgendermaßen: Früher einmal waren in Budua die Türken, aber unter Österreich war es Österreich. Nur ein paar Leute mit türkischer Reli-

* Wortspiel: *meca* = Faulpelz — Anm. d. Übers.

gion blieben übrig von den vielen, die, wie ich glaube, unter den Türken zu dieser Religion übergegangen waren. Wie seine Großväter und Urgroßväter war dieser Jerazimovich türkischer Religion."

„Und war das erlaubt?"

„Freilich war das erlaubt. Österreich dachte in religiösen Fragen wie unser Bootsmann Fatutta: ‚Ich bin aus Rovigo und will kein Intrigo.' Und Österreich erlaubte, daß jeder seine Religion behalten konnte. Kurz, es gab wenige Leute türkischer Religion in Budua, trotzdem aber hielten sie daran fest. Zum Beispiel: wir aßen kein Fleisch am Freitag, und sie aßen niemals Schweinefleisch. Zu Mittag wuschen sie sich das Gesicht und beteten auf einem kleinen Teppich in Richtung Mekka. Was aber besonders auffiel, war, daß sie nicht tranken."

„Aber tranken sie nicht türkischen Kaffee?"

„Türkischen Kaffee, selbstverständlich, aber ist das Trinken? Sie tranken weder Wein noch Schnaps noch Likör noch Raki noch irgendeinen anderen stärkeren Stoff: keinen Alkohol, um es kurz zu fassen. Als Jerazimovich mit uns auf der *Jupiter* fuhr, besuchte er niemals Lokale oder Gasthäuser; wenn er aber doch mit uns kam, dann trank er nichts. So hatte er es zu Hause gelernt."

„Von der Mutter in Budua?"

„Von Mutter, Vater, Bruder, von allen. Wenn einer türkischer Religion war, trank er nicht. In Budua fiel das nicht auf. Und ihm fiel es auch nicht auf, daß er nicht trank — solange er nicht die Möglichkeit hatte."

„Die Möglichkeit zu trinken?"

„Aber nein, Siora Nina, nicht die Möglichkeit zu trinken, sondern die Möglichkeit, zur See zu fahren. Alle diese Türken in Budua arbeiteten nämlich meist für einen gewissen Turkovich, der auch türkischer Religion war, selbstverständlich, und der ein Pelzwarenlager hatte."

„Ach, und er stellte nur Türken an!"

„O Gott, größtenteils beschäftigte er Leute türkischer Religion, aber er hatte auch andere, Christen, die serbisch-orthodoxen. Aufseher bei Turkovich war, wie ich mich erinnere, ein gewisser Pavissich, ein Christ, aber kein serbisch-orthodoxer, sondern ein richtiger Katholik. Er hatte eine Frau und eine Tochter, Anici, alle streng katholisch."

„In Budua?"

„Gewiß, in Budua. In Budua hatten alle ihre eigene Kirche. Es gab eine Kirche der Türken; eigentlich war das keine Kirche, sondern ein Raum, wo die Türken beteten. Es gab eine Kirche der Orthodoxen und auch eine katholische Kirche, wie bei uns. Und das Pelzwarenlager befand sich nahe am Meer und trug die Aufschrift ‚Turkovich Pellami' in himmelblauer Farbe, ich erinnere mich deutlich. Auch dieser Jerazimovich war zuerst dort beschäftigt. Er kam oft an Bord, um Pelzwaren zu bringen. Meistens Schaffelle. Wie auch immer. Die Möglichkeit bot sich, als wir unseren Heizer in Antivari zurücklassen mußten — er hatte sich im Maschinenraum mit heißem Wasser verbrüht. Unser Kapitän Terdoslavich beauftragte also den Bootsmann Fatutta, in Budua einen Mann aufzutreiben, der bis Triest als Heizer mit uns fahren konnte. In Antivari hatten wir nämlich keinen gefunden; Ihr wißt ja, Heizen war immer eine scheußliche Arbeit. Sehr schwer, nicht wie heute, mit diesen Motoren, die auf Knopfdruck anspringen. Kurz, dieser Jerazimovich, ein junger Mann, der noch nie aus Budua herausgekommen war, freute sich so, als hätte er den Osterhasen gesehen."

„Den türkischen Osterhasen?"

„Wieso türkisch, wenn die Türken doch keine Ostern haben! Sie haben den Ramadan. Nein, er war glücklich, weil er nun die Möglichkeit hatte, zur See zu fahren. O Gott, Siora Nina, es war eine harte Arbeit, aber denkt doch, ein kräftiger junger Mann, der noch nie aus Budua herausgekommen war, und dazu von türkischer Religion: der Gedanke, mit uns bis Triest fahren zu dürfen, war für ihn wie eine Reise nach Mekka! Triest war damals für die Dalmatiner wie Paris. Eine Hauptstadt. Triest, Siora Nina, hatte vieles zu bieten."

„O ja, ‚Triest bietet vieles', wie mein seliger Vater immer sagte."

„Wie auch immer. Ein braver Junge war dieser Jerazimovich: er schuftete am Kessel wie ein Neger, aber jeden Tag, punkt zwölf, lief er mit seinem kleinen Teppich unter dem Arm an Deck, bat den Steuermann, auf dem Kompaß nachzuschauen, wo Mekka lag, warf sich zu Boden und rief ‚Allah, Allah!' Und nun, stellt Euch vor: Pillevich, der noch sein Bein hatte damals, und Polidrugo und alle anderen spotteten und lachten, wenn sie vorbeikamen. Sie spotteten, weil er da kniete und ‚Allah, Allah' rief. Na ja, wir waren Matrosen, und diesen Mann türkischer Religion an Bord zu haben war für uns eine Unterhaltung. Und ich sage Euch nicht, wie es war, wenn er beim Mittag- und Abendessen fragte, ob es Schweinefleisch gab oder kein Schweinefleisch. In den Lokalen trank er Limonade, als die anderen schon betrunken waren. Er hieß Bogdan, Bogdan Jerazimovich, und er hat mir erklärt, daß auf kroatisch ‚Bogdan' für die Leute türkischer Religion so viel bedeutet wie ‚Am Tag des Herrn geboren', weil er nämlich am Freitag geboren war."

„Aber ist der Tag des Herrn nicht der Sonntag?"

„Für uns schon. Für die Türken ist es der Freitag. Für die Juden der Samstag. Jeder nach seiner Art. Und wißt Ihr was? In Alexandrien, in Ägypten, waren die Geschäfte drei Tage lang geschlossen jede Woche: am Freitag für die mit türkischer Religion, am Samstag für die Juden und am Sonntag für uns, selbstverständlich. Wie auch immer. Dieser Jerazimovich jedenfalls wurde verspottet wegen seines ‚Allah, Allah!' abends und mittags, und wenn es Schweinefleisch gab, und vor allem, weil er im Lokal Limonade trank, während wir Wein aus Opolo soffen und Wein aus Lissa, halbliterweise, und Raki nach Herzenslust. ‚Ach, ihr dürft, und ich darf nicht', sagte dieser arme Jerazimovich, ‚weil ich türkischer Religion bin.' Trotzdem war er zufrieden, wißt Ihr, als er nach Budua zurückkehrte. Er zeigte sein Seefahrtsbuch seinem Vater, seiner Mutter, seinem Bruder, dem Herrn Turkovich, dem Besitzer des Pelzwarenlagers und überhaupt allen in Budua, die türkischer Religion waren, und sagte glücklich: ‚Ich bin Heizer, Heizer beim Lloyd!' Er sagte das auch dem Aufseher des Pelzwarenlagers, diesem Pavissich, dessen Tochter die schöne Anici war, das streng katholische Mädchen."

„Und?"

„Was, und? ‚Bravo, bravo!' sagten alle, und nur Pavissich fügte hinzu: ‚Schade, schade, daß du der türkischen Religion angehörst . . .' Alle anderen aber, besonders die Verwandten, waren zufrieden. Wo hätte denn ein junger Mann in Budua so viel verdienen können wie beim Lloyd? Trotzdem, an Bord pflegte er immer zu sagen: ‚Ach, ihr dürft und ich darf nicht!' Und manchmal war er ganz niedergeschlagen, wie zum Beispiel, als wir nach Kaifa kamen und unser Bootsmann Fatutta mit den Zollbeamten stritt und schimpfte: ‚Zum Teufel, diese blöden Türken können einen zur Weißglut bringen!'"

„Er war aber doch kein Türke!"

„Stimmt, er war aus Budua, aber türkischer Religion.

Und daher tat es ihm leid, so etwas über die Türken zu hören. Gut, aber ob es Ihr glaubt oder nicht: ausgerechnet in Kaifa bestieg der Erzabt von Krakau, Aloysius Stanislaus, der von einer Pilgerfahrt zum Heiligen Grab zurückkehrte, die *Jupiter.* Er war so etwas wie ein Vize-Bischof von Krakau, ein Pole, aber auch ein Österreicher, weil Krakau damals österreichisch war. Und er konnte sich mit Jerazimovich auf kroatisch unterhalten. Eines Tages aber, als dieser auf seinem Teppich ‚Allah, Allah!' betete, beobachtete er ihn, und danach sagte er zu ihm, wie er es immer tat beim Grüßen: ‚Gelobt sei Jesus Christus!' Und dann fragte er Jerazimovich, ob er türkischer Religion wäre. Ja, sagte Jerazimovich, und erzählte ihm alles, daß die Kameraden an Bord Spaß mit ihm trieben, auch in den Lokalen, und die Sache sei so, daß sie dürften, er aber nicht. Und wißt Ihr, was dieser Erzabt von Krakau, der immer in roten Socken und Schnallenschuhen auf Deck herumspazierte, zu ihm sagte? Er sagte zu ihm: ‚Du könntest auch dürfen!' Um es kurz zu machen: der Erzabt erteilte ihm ein paar Tage hindurch Religionsunterricht, und am Sonntag darauf taufte er ihn im Namen des Vaters und des Sohnes und des Heiligen Geistes. Als Taufpate fungierte der Kapitän Terdoslavich, Anton Terdoslavich, ein Dalmatiner, ein Kerl von einem Mann."

„Ach, und so wurde er Anton getauft?"

„Auch, aber nur an zweiter Stelle. Mit dem ersten Namen, sagte ihm der Erzabt, dürfe er, da er schon erwachsen war, weiterhin Bogdan heißen, weil auf kroatisch Bogdan ja so viel bedeutete wie Dominikus, nämlich ‚der Tag des Herrn', selbstverständlich unseres Herrn Jesus Christus. Deshalb, ich habe es schon erzählt, nannte man ihn nachher Mene, abgeleitet von Menigo, das wieder abgeleitet von Dominikus."

„Mene! Wie der alte Tonissa! Also, er hat sich bekehrt, wie?"

„Was hat der alte Tonissa damit zu tun? Freilich hat er sich bekehrt, aber er hatte noch nicht das Papier."

„Was für ein Papier?"

„Das Dokument, wonach er jetzt ein Christ sei, ein katholischer, apostolischer und römischer Christ — kein Papier zum Schinkeneinwickeln. Ja, jetzt durfte er auch Schinken essen und alles trinken, und man sah ihn zu Mittag nicht mehr mit seinem Teppich auf Deck. Jedenfalls, der Erzabt von Krakau hatte ihm erklärt, daß er sich nicht um dieses Papier zu kümmern brauche, daß er es ihm aus Krakau schicken würde, wo er alles und die Stempel hatte, und daß er so auch die Erste Kommunion und die Firmung in Budua empfangen dürfe, wenn der Bischof dorthin käme."

„Der Bischof von Krakau?"

„Aber nein. Aus Krakau sollte nur das Papier kommen. Der Bischof — und nur ein Bischof darf die Firmung spenden —, der Bischof von Cattaro kam einmal im Jahr nach Budua, eben für die Firmung."

„Ach, wie schön waren die Erstkommunionen und Firmungen! Zu uns kam der Bischof von Ossero . . ."

„Und nach Budua der Bischof von Cattaro. Wie auch immer. Nur, dieser Jerazimovich wartete immer noch auf das Papier. Er mußte lange darauf warten. Wir sind zweimal nach Kaifa und zurück gefahren in dieser Zeit, und jedesmal fing der Bootsmann Fatutta Streit an im türkischen Zollamt und sagte: ‚Zum Teufel, diese blöden Türken können einen zur Weißglut bringen!' Gut, nach zwei Reisen endlich kam das Papier per Post nach Budua. Darin stand, daß Jerazimovich ein Christ sei — ein katholischer, apostolischer und römischer Christ —, mit roten Stempeln und der Unterschrift des Aloysius

Stanislaus Erzabt von Krakau — mit einem Kreuz, und am Ende, in seiner Schrift, stand ‚Gelobt sei Jesus Christus!' Und Jerazimovich freute sich, als hätte er den Osterhasen gesehen."

„Daß er ein Christ war?"

„Das war er doch schon seit ein paar Monaten. Er freute sich, Siora Nina, weil dieser Pavissich, der Aufseher im Schaffellager von Turkovich, durch dieses Papier überzeugt wurde, daß er, Jerazimovich, nicht mehr türkischer Religion war. Und seit jenem Tag begann er zu erlauben, daß dieser Mene mit seiner Tochter Anici sprach. Weil, wie ich schon erzählt habe, alle streng katholisch waren in Anicis Familie. Und obgleich Jerazimovich Heizer beim Lloyd war und für alle Mädchen in Budua eine gute Partie, hatte er, Pavissich, solange Jerazimovich türkischer Religion war, auch nicht die kleinste Annäherung geduldet."

„Annäherung an wen?"

„An diese Anici natürlich, Siora Nina. Die er immer gern gehabt hatte — und auch sie ihn —, aber, versteht Ihr, es war undenkbar für sie, einen Türken zu heiraten."

„Und so heirateten sie nicht?"

„Wieso nicht? Und wie sie geheiratet haben! Jetzt, Siora Nina, da er ein Christ geworden war! Es war eine so großartige Feier in der Domkirche von Budua, daß man noch viele Jahre darüber sprach. Auch die Montenegriner sind vom Berg heruntergekommen. Stellt Euch vor, dieser junge Mann, dieser Mene Jerazimovich, machte an dem Tag, an dem der Bischof von Cattaro wegen der Firmung nach Budua gekommen war, alles auf einmal: Beichte, Erste Kommunion, Firmung und Trauung — so viel, daß unser Bootsmann Fatutta sagte: ‚Wenn er schon dabei ist, könnte er gleich auch die Letzte Ölung empfangen!‘ Das gab ein Gelächter! Es war aber sehr schön, mit Orgelmusik und allem. Und alle Verwandten türkischer Religion des Jerazimovich warteten vor der Domkirche, auf einer niedrigen Mauer sitzend.“

„Aus Verachtung?“

„Nicht aus Verachtung — wer türkischer Religion war, durfte die Domkirche nicht betreten. Sie waren aber trotzdem zufrieden, weil der Junge so schön geheiratet hatte, noch dazu mit Orgel, mit dem Bischof von Cattaro und mit allem Drum und Dran, so daß sogar all die Montenegriner auf ihren Eseln vom Berg heruntergeritten waren, um es mitanzusehen.“

„Ah, um die Trauung zu sehen!“

„Warum nicht? Trauung, Firmung, Beichte und Erste Kommunion. Und als dieser Mene Jerazimovich, ein großer, erwachsener Mann, unter den Kindern von Budua die Erste Kommunion empfing, da weinten alle, auch die Türkenfrauen. Die Kinder aber lachten.“

„Die Kommunionskinder?“

„Aber nein, die Kinder türkischer Religion. So daß Jerazimovich, als er, seine Braut am Arm, aus der Kirche trat, sagte: ‚Siehst du, Anici? Die Türken können einen schon als Kinder zur Weißglut bringen!‘ Die Alten dagegen weinten.“

„Ach, waren die alten Türkenfrauen nicht zufrieden?“

„Aber ja — Ihr wißt doch wie die Alten manchmal sind —, bei Zeremonien, bei der Ersten Kommunion, bei Firmungen, da weinen sie. Sie weinten aus Glückseligkeit. Und die zwei waren auch glücklich. Auch später, glücklich und zufrieden. Alle sagten, daß diese Anici einen guten Mann gefunden und daß dieser Jerazimovich ein sehr passendes Mädchen geheiratet hätte. Und er fuhr weiter mit dem Lloyd; er war sehr brav, und seit er kein Türke mehr war, rauchte er nicht mehr, während er früher sehr viel geraucht hatte, und er war nie betrunken, obgleich er jetzt, als Christ, trinken durfte. Nur etwas blieb ihm aus der früheren Zeit: wenn er zu Hause in Budua war und die Glocken der Domkirche Mittag läuteten, nahm er in aller Ruhe seinen kleinen Teppich unter den Arm, stieg auf die Terrasse seines Hauses, kniete auf den Teppich nieder und betete — nach Krakau gewandt!“

ZWISCHENSTATION IN ZARA

Dies ist die Geschichte von der Linea Celere, der Schnellinie Fiume-Cattaro, die von einem schlauen Reeder aus Lussino gegründet wurde, mit einem felsenfesten Fahrplan und einer einzigen Zwischenstation; und vom Kapitän Nacinovich, der von dieser einzigen Zwischenstation auf eine von der Schiffahrtsgesellschaft nicht vorgesehene Weise zu profitieren wußte.

„Tote Zeiten im Fischhandel — hat es das je gegeben, Siora Nina? Jetzt aber gibt es sie, weil es entweder keinen Fisch gibt, oder weil die Fische zu teuer sind. Aber damals, wann hätte es da — und nicht nur im Fischhandel — tote Zeiten gegeben für einen, der arbeiten wollte? Vor dem Ersten Weltkrieg, meine ich, vor allem in Triest und in Fiume, wo man immer Arbeit fand. Nehmen wir zum Beispiel den alten Niccolò Nicolich. ‚Jede verlorene Stunde ist verlorenes Geld', pflegte er zu sagen. Deshalb hatte er auch die Linea Celere Fiume-Cattaro gegründet, mit einer einzigen Zwischenstation, in Zara."

„Gott, wie schön war Zara damals!"

„Gewiß war Zara schön. Aber ganz egal. Ich wollte gerade erzählen, daß der alte Nicolich diese Linea Celere Fiume-Cattaro mit einer einzigen Zwischenstation eingerichtet hatte, in Zara nämlich, und daß die Schiffe in Fiume um ein Uhr mittag abfuhren."

„Ach, man reiste in der Stunde des Mittagessens ab! Da konnte man seine Mahlzeit an Bord einnehmen!"

„Nein, Siora Nina, man konnte nicht an Bord zu Mittag essen, weil bei Reisen, die um ein Uhr mittag begannen, den Passagieren kein Mittagessen geboten werden mußte. Und so pflegte der alte Nicolich zu predigen: ,Wer wie ein Christ essen will, soll zu Mittag und zu Hause essen, wie alle Christen!' In Cattaro kam man am nächsten Tag um sieben Uhr abends an. ,Weil', sagte Niccolò Nicolich, ,auf diese Weise braucht man den Passagieren kein Abendessen zu bieten; wer wie ein Christ zu Abend essen will, der soll um acht Uhr essen, wenn er an Land ist.' Er war ein Lussiner. Die Lussiner berechneten alles, bis auf den Groschen. Deshalb haben sie auch Geld gemacht."

„Meine selige Großmutter, die aus Lussino stammte, sagte immer, daß Groschen auf Groschen einen Gulden ergibt. Sie war aber nicht aus Lussino selbst, sondern aus Neresine; trotzdem war sie eine Lussinerin."

„Aus Neresine? Die wahren Lussiner, die aus Lussinpiccolo oder Lussingrande, rechneten die Neresiner nicht mit. Also, jedenfalls war diese Linea Celere, die der alte Nicolich gegründet hatte, etwas sehr Feines. Es gab zwei Dampfschiffe: die *Città di Fiume* lag in Cattaro, und die *Città di Cattaro* lag in Fiume. ,Vielleicht', erzählte der Kapitän Nacinovich oft und lachte dazu, ,vielleicht haben sie auch auf diese Weise versucht, ein wenig zu sparen!'"

„Ach! Die *Città di Fiume* lag in Cattaro, die *Città di Cattaro* in Fiume? Das war praktisch."

„Ob es praktisch war, weiß ich nicht. Ich weiß nur, daß es so war und so sein mußte. Es war auch der Grund, warum sich der alte Nicolich eines Tages so heftig über den Kapitän Nacinovich ärgerte: der Kapitän hatte sich in Zara verspätet, und das Schiff war nicht vor acht Uhr abends in Cattaro angekommen, so daß man den Passagieren um acht Uhr ein Abendessen an Bord hatte bieten müssen."

„Ach, wie schön an Bord zu essen, mit Blick auf das Meer . . ."

„Schön schon, für die Essenden! Aber nicht für den alten Nicolich. ‚Wissen Sie', sagte er zu dem Kapitän Nacinovich, ‚wissen Sie, was ein weiteres Abendessen an Bord bedeutet?' — ‚Ich weiß es, ich weiß es', antwortete Nacinovich, ‚ich weiß es, weil ich ja für das Abendessen sorgen mußte. Es war acht Uhr abends, und Sie sagen selbst, daß jeder Christ um acht Uhr abends zu essen pflegt. Und so mußte ich das Abendessen vorbereiten lassen.'"

„Und was, was ließ er denn zum Abendessen auftischen?"

„Wie soll ich mich erinnern, was er damals anno Schnee auftischen ließ? Ich weiß nur, daß der Kapitän Nacinovich erzählte, der alte Nicolich habe ihn angebrüllt: ‚Sehr gut! Sie haben das Abendessen zubereiten lassen. Sie haben es schön auftragen lassen, die Passagiere haben es schön gegessen und ich habe es schön bezahlt. Ein Abendessen für Hunderte! Und warum habe ich dann eine Linea Celere gegründet? Um zwei Abendessen zu bieten? Nein, sondern um nur ein einziges Abendessen bieten zu müssen! Und nur ein Mittagessen. Sagen Sie mir einmal, warum Sie, mein Guter, sich in Zara verspätet haben?'"

„Ja, warum hatte er sich in Zara verspätet?"

„Gerade das war es ja, was der alte Nicolich nicht verstehen konnte und was er von ihm wissen wollte. Er fragte und fragte, aber es gelang ihm nicht, es herauszufinden. Er hat nicht die ganze Wahrheit erfahren, weil der Kapitän Nacinovich ihm Geschichten über Geschichten auftischte: daß es immer schwieriger werde, ein Schiff in den Hafen von Zara hinein- und hinauszusteuern, daß man immer vor der Mole warten müsse mit heulenden

Sirenen, weil es in Zara immer irgendeinen Hohlkopf gebe, der keinen Platz frei lasse an der Mole, daß die Passagiere sich in Zara immer verspäteten, wenn es Zeit werde, an Bord zurückzukehren . . .

Die ganze Wahrheit aber erzählte er nie, nämlich, daß er immer, wenn das Schiff in Zara anlegte, sie besuchen ging."

„Er ging an Land, um sie zu besuchen? Wen?"

„Wartet ein wenig, Siora Nina! Er ging, zum Teufel, eine junge Frau besuchen, die hinter Cinque Pozzi wohnte, eigentlich schon außerhalb von Zara. Er sagte, sie sei sein Patenkind, eine Art Stieftochter, vielleicht seine leibliche Tochter; na ja, wir mischten uns da nicht ein. Tatsache ist, er rannte an Land, kaum daß wir den Steg hinuntergelassen hatten."

„Ach, er rannte?"

„Ja, er rannte, obwohl er nicht mehr der jüngste war. Gott, er wird, wenn ich mich recht erinnere, damals so fünfzig, fünfundfünfzig Jahre alt gewesen sein, vielleicht etwas mehr, vielleicht weniger. Kapitän Nacinovich, wißt Ihr, war einer von jenen Männern, denen man das Alter nicht ansieht: groß, hager, graues Haar; aber nicht das ganze Haar war grau, sondern nur so viel, daß es ihn anziehend machte, und er wirkte immer wie ein Jüngling mit seinen flinken Bewegungen. In Zara rannte er also davon, aus dem Hafen, und wurde nicht mehr gesehen."

„Ach, man sah ihn nicht mehr?"

„Nein, man sah ihn nicht mehr, bis er an Bord zurückkehrte. Er ging dieses Patenkind, diese Stieftochter besuchen, was weiß ich."

„Ach, wie schön, ein Patenkind in Zara zu haben. Wie schön war es damals in Zara!"

„Ein Patenkind zu haben ist überall schön, wenn einer

eines hat. Aber was wollte ich Euch gerade erzählen? Ach ja, daß sich das Dampfschiff in Zara mehr als einmal verspätete, und daß dann vor Cattaro das Abendessen an Bord serviert werden mußte. Und daher beschloß der alte Nicolich, als Reeder, persönlich nachzuschauen, was da los war. Heimlich bestieg er das Schiff."

„Mamma mia, als blinder Passagier?"

„Wieso denn als blinder Passagier? Da das Schiff ihm gehörte, wie hätte er da ein blinder Passagier sein können? Es war eben so, daß sich der alte Nicolich ohne Wissen des Kapitäns Nacinovich heimlich an Bord begab. ‚Ich will', hatte er zu seinem Bruder gesagt, ‚mit eigenen Augen sehen' — obgleich er kurzsichtig war und sich dagegen sträubte, eine Brille zu tragen —, ‚ich will mit eigenen Augen sehen, was dran ist an dieser Geschichte, daß in Zara alles so schwierig ist, daß sich die Passagiere verspäten und daß ich gezwungen bin, das Abendessen für Hunderte Leute zu bezahlen. Was ist da los? Wenn die Sirene zum drittenmal geheult hat, müssen alle Passagiere an Bord sein. Und wer an Bord ist, ist an Bord, und wer nicht an Bord ist, soll an Land bleiben!'"

„Ach, mir ist es einmal passiert, in Volosca, daß ich nach dem dritten Tuten noch am Ufer war, trotzdem hat das Schiff auf mich gewartet . . ."

„Aber der alte Nicolich wollte auf niemanden warten. Als sie daher nach Zara kamen und am Kai festmachten, blieb er in seinem Versteck, bis das zweite Tuten ertönte, und dann ging er an Deck, in die Nähe des Landungsstegs, wo sich der Bootsmann Fatutta befand, der auf die zurückkehrenden Passagiere wartete, und der auch den Damen die Hand reichen mußte, damit sie nicht ausrutschten."

„Hu! Es ist furchtbar, zwischen dem Schiff und dem

Kai auszurutschen. Einmal ist es einem Mädchen passiert . . ."

„Unwichtig. Ich wollte Euch gerade erzählen, daß der alte Nicolich in dem Moment hinter dem Bootsmann Fatutta am Landungssteg auftauchte, in dem die Sirene zum drittenmal heulte. Und sogleich stach er dem Bootsmann Fatutta mit dem Finger in den Rücken. Dieser drehte sich um, erkannte ihn und erschrak fürchterlich. Nicolich sagte zu ihm: ‚Worauf warten wir, Bootsmann Fatutta? Ablegen! Wir haben schon zum drittenmal getutet! Lassen Sie den Steg heraufziehen. Wer an Bord ist, ist an Bord, und wer an Land ist, soll dort bleiben!' — ‚Aber, Sior Niccolò . . .' stotterte der Bootsmann Fatutta. ‚Was denn! Ich bin nicht so reich, daß ich Hunderten Leuten das Abendessen an Bord zahlen kann, wenn wir zu spät nach Cattaro kommen. Geben Sie Anweisung, daß man die Taue löst, den Steg heraufzieht, und daß wir abfahren!'"

„Ach, und so sind sie weggefahren, ohne zu warten? Ich dagegen bin damals . . ."

„Ach was, damals! Der Bootsmann Fatutta sagte damals zum alten Nicolich, daß man nicht wegfahren dürfe. ‚Wie, man darf nicht wegfahren, wenn schon dreimal getutet worden ist?' — ‚Nein, ich wollte Ihnen ja nur sagen, Sior Niccolò, daß nicht alle an Bord sind. Sehen Sie nicht den Mann dort unten, der da angerannt kommt?' — ‚Wo, dort unten? Ich sehe nichts in dem Dunst', sagte der alte Nicolich, der sich dagegen sträubte, eine Brille zu tragen. ‚Dort, dort unten, da läuft einer, in nußbraunem Sakko und mit Strohhut!' Der Alte war ganz außer sich. ‚Was, zum Teufel, interessiert es mich, wenn einer da unten in einem nußbraunen Sakko und mit Strohhut herumläuft?'" — ‚Ja, aber er muß an Bord kommen, Sior Niccolò!' — ‚Er muß? Aber es ist doch schon eine halbe Stunde her, daß wir getutet haben! Er soll an Land bleiben. Lassen Sie die Brücke hochziehen, und dann die Leinen los! Wohin kämen wir, wenn wir uns in Zara wegen eines Dummkopfs verspäten, der dort unten in einem nußbraunen Sakko und mit Strohhut herumläuft!' — ‚Aber, Sior Niccolò', sagte endlich der Bootsmann Fatutta zum alten Niccolò, ‚dieser Dummkopf in dem nußbraunen Sakko und mit Strohhut, das ist der Kapitän Nacinovich!'"

„Mamma mia! Der Kapitän Nacinovich in nußbraunem Sakko und mit Strohhut?"

„Freilich, weil er — was ich noch nicht erzählt habe — die Eigenheit hatte, an Land nicht die Uniform, sondern eben ein nußbraunes Sakko und einen Strohhut zu tragen — wenigstens damals, als er für diese Linea Celere arbeitete. ‚Was für eine Linea Celere ist das, sakra', schrie der alte Nicolich den Kapitän Nacinovich an, als dieser, schnaufend und schwitzend, vor ihm stand, ‚eine Schnellinie mit einem Kapitän, der als letzter kommt, nach dem dritten Tuten?' — ‚Aber Sior Niccolò', brachte da der Kapitän Nacinovich keuchend hervor, ‚in Wirklichkeit . . .' Kurz, er erzählte, er sie genötigt gewesen, an Land zu rennen. ‚Wissen Sie', sagte er, während er sich das Gesicht mit dem Taschentuch trocknete, ‚ich habe hier in Zara ein Patenkind, eine Stieftochter, der es nicht gutgeht, armes Mädel, und ich mußte sie besuchen, und in diesem verfluchten Zara war kein Taxi, keine Droschke aufzutreiben, und sie wohnt in einem sehr entfernten Viertel, also mußte ich im Dauerlauf zurückkommen, und Sie sehen ja, wie ich ausschaue.'"

„Ach, der arme Mann, wo es doch keine Droschke gab!"

„Arm, ja. Ihr hättet hören sollen, wie der alte Nicolich ihn in der Kabine anbrüllte, daß es bis in den Maschinenraum dröhnte. ‚Was?' schrie er. ‚Wir haben die Linea Celere so eingerichtet, so organisiert, daß wir weder in Fiume ein Mittagessen noch in Cattaro ein Abendessen bieten müssen, und er, der Kapitän des Schiffs, wagt es, das Schiff warten zu lassen, damit er an Land gehen kann. Wen interessiert es, daß er in Zara ein Patenkind hat? In Zara darf man sich nicht verspäten, sonst muß man ein Abendessen bieten, bevor man nach Cattaro kommt.' Und man dürfe sich nicht wundern, wenn ein Dummkopf wie er die Zeit damit vertrödelt, seine Uniform auszuziehen, bevor er an Land geht, um sich wie eine Modepuppe herauszuputzen, nußbraunes Sakko und Strohhut! ‚Zum Teufel, beträgt sich so ein ernst zu nehmender Kapitän? Und, zum Donnerwetter, was für eine Stieftochter? Ein Kapitän im Dienst, an Bord, hat keine Stieftochter zu haben und auch keine leibliche Tochter . . . Und, wissen Sie was? Von diesem Augenblick an sind Sie kein Kapitän mehr!'"

„Mamma mia! Der Kapitän Nacinovich kein Kapitän mehr?"

„So war es. Der alte Nicolich sagte zu ihm, daß es nun genug sei, daß er den Ersten Offizier rufen solle, daß der Erste Offizier das Schiff nach Cattaro bringen solle, und daß er nun frisch und fröhlich seinen Strohhut und sein dreckfarbenes Sakko tragen dürfe. Auf der Stelle aber solle er seine weiße Hose ausziehen, weil die Uniform der Schiffahrtsgesellschaft gehöre. ‚Stieftochter!' brüllte er. ‚Was für eine Stieftochter!' und ‚Hosen runter! Das wird Sie lehren! . . .'"

„Jessus, die Hosen runter? Der arme Kapitän Nacinovich wurde gezwungen, sogleich seine Hose auszuziehen?"

„Nicht sogleich, Siora Nina. ‚Ja, Sior Niccolò', sagte der Kapitän Nacinovich, ‚ich würde ja meine Hose sofort ausziehen, da sie ohne Zweifel zur Uniform und die Uniform der Gesellschaft gehört, aber ich muß Sie aufmerksam machen, Sior Niccolò, daß ich in der Eile, als das Schiff schon dreimal getutet hatte, nicht mehr dazugekommen bin, meine Unterhose anzuziehen.'

Ja, sehr schön soll sie gewesen sein, diese Stieftochter, von der er erzählt hatte."

DAS HERZ EINES HUNDES

Eine Geschichte, die von einem Hund und von Tone Lusina handelt. Die beiden waren durch gegenseitige Treue verbunden, die zur Zeit des Ersten Weltkriegs auf eine sehr harte Probe gestellt wurde — in einer Zeit, in der unsere Männer an die Front nach Galizien geschickt wurden, wo, von der anderen Seite, die Russen gezielt auf sie schossen.

„Ein Hund, Siora Nina, ist wie ein Mensch. Er hat Sympathien und Antipathien. Er handelt instinktiv, denn ein Tier hat ziemlich viel Instinkt. Es gibt zum Beispiel Hunde, die mit Vorliebe alte Frauen anfallen, und wehe, wenn sie eine Alte erblicken; und es gibt Hunde, die rasend werden, wenn sie Straßenjungen sehen, weil sie instinktiv wissen, daß diese Jungen sie quälen, Steine auf sie werfen könnten. Und dann gibt es Hunde, die sich sofort auf jeden schäbig angezogenen Mann stürzen."

„Eh, das versteht sich, weil Diebe immer schäbig angezogen sind, meistens."

„Meistens, denn manchmal sind echte Diebe gut, sogar sehr elegant angezogen. Aber ist ja egal. Wie soll ein Hund wissen, ob einer ein Dieb ist oder nicht? Er springt nur jemanden an, der schäbig angezogen ist. Vorgestern zum Beispiel ist ein Zigeuner gekommen, um vor der Tür der Siora Cheti Holzlöffel zu verkaufen. Hätte sie ihren Hund nicht am Halsband festgehalten, er hätte dem Zigeuner glatt den Adamsapfel weggebissen! Aber kleine Kinder greifen sie niemals an. Kein Hund, nicht einmal eine dänische Dogge, die sonst so furchtbar ist, tut einem Kind etwas Böses."

„Es ist wirklich wahr. Hunde haben Sympathien oder Antipathien. Als ich ein Kind war, hatten wir einen jener Hunde, die Sankt-Hieronymus-Hunde heißen, der konnte es nicht leiden, wenn jemand einen Schnurrbart trug. Einmal hatten wir sogar Schwierigkeiten mit den Gendarmen!"

„Natürlich, weil die Gendarmen unter Österreich Schnurrbart trugen."

„Es war tatsächlich unter Österreich, als ich ein Kind war und wir diesen Sankt-Hieronymus-Hund hatten."

„Wieso eigentlich Sankt-Hieronymus-Hund? Dalmatiner heißen diese Hunde. Hunde aus Dalmatien. Bekannt auf der ganzen Welt. Und stellt Euch vor, ausgerechnet ein Dalmatiner war schuld daran, daß ich beinahe mein Leben verloren hätte!"

„Ach, die Dalmatiner sind bösartig. Ich kannte einmal einen aus Rogosniza . . ."

„Nicht die Dalmatiner-Menschen, ich spreche von den Dalmatinerhunden. Ich hatte nämlich einen Freund, der mehr war als ein Freund: wir waren wie zwei Brüder, damals . . ."

„War er Dalmatiner?"

„Nein, aus Caisole stammte er. Ein gewisser Lusina."

„Ich kenne niemanden aus Caisole."

„Und trotzdem ist Caisole voll mit Menschen! Ihr kennt diese Menschen nicht, und trotzdem leben sie und existieren, ohne Euch. Und so lebte auch Tone Lusina. Er und ich waren wie zwei Brüder. Gleich nach dem Ausbruch des Ersten Weltkriegs wurde er zu den Waffen gerufen. Man glaubte, daß es der letzte Krieg überhaupt sein würde, und statt dessen wird er heute der ‚erste' genannt! In diesem Krieg wurden unsere Männer meistens nach Galizien geschickt, und genau dorthin mußte auch Tone Lusina. Ich dagegen, als Matrose — was für ein Glück! —, wurde zur Marineverwaltung in Cherso abkommandiert. Damals gab es in Cherso eine Marineverwaltung . . ."

„Ach, besser in Cherso als in Galizien!"

„Und wie! In Galizien pflegten die Russen gezielt auf den Mann zu schießen. ‚Du Glücklicher!' sagte Tone Lusina, der verzweifelt war, zu mir. Er war verzweifelt, weil er, was alles noch schlimmer machte, einen Hund hatte. Aber was für einen Hund! Einen erstklassigen Hund, einen Dalmatiner, einen von denen, die ich vorhin erwähnt habe. ‚Das ist kein Hund', pflegte er zu sagen, ‚das ist ein Mensch. Ich spreche zu ihm, und er hört zu; er läßt niemanden in meine Nähe; wenn ich im Omnibus sitze, weiß er, daß ich im Omnibus sitze.' Kurz, als Tone Lusina im Begriff war, nach Galizien zu fahren, sagte er zu mir: ‚Da du in Cherso bleibst, nimm meinen Hund zu dir.' Der Hund kannte mich ja: wir waren wie zwei Brüder . . ."

„Ihr und der Hund?"

„Aber nein. Tone Lusina und ich. Er wiederholte seine Bitte so oft, und daß man einen wahren Freund in der Not erkenne, daß ich den Hund bei mir behielt."

„In Cherso, bei der Marineverwaltung?"

„Ja, in Cherso, aber nicht bei der Marineverwaltung. Ich hielt den Hund zu Haus. Im Haus meiner Tante, wo ich schlafen durfte. Ich werde nicht erzählen, was sich dann für eine Szene abspielte. Er weinte wie ein Kind."

„Ach, Hunde sind so anhänglich!"

„Nein, nicht der Hund, Tone Lusina weinte wie ein Kind! Er hatte ein weiches Herz. Er weinte, wenn er fortging, und er weinte, wenn er zurückkam . . . Wie auch immer. Mir machte es ja nicht so viel aus, einen Hund zu halten — das Problem war nur, daß es nicht so leicht war, damals, in der Kriegszeit, einen so großen Hund zu ernähren; es war, wie es so schön heißt, leichter gesagt als getan. Und man mußte ihm Fleisch geben und alles, und das Fleisch war rationiert."

„Ja, ein Hund frißt so viel wie ein Mensch. Und er braucht kräftige Nahrung!"

„Ach Gott, wir mußten uns anpassen, und auch er paßte sich an. Kurz: es war schon mehr als ein Jahr vergangen, seit ich ihn zu mir genommen hatte, als ich eines Nachts — ich mußte alleine Wache schieben in der Marineverwaltung —, um drei Uhr früh ein leises Kratzen an der Tür hörte."

„Ach, das war der Hund dieses Tone Lusina."

„Nein, Siora Nina, das war Tone Lusina selbst, und er trug einen langen Bart, der ihn unkenntlich machte."

„Aber war er nicht in Galizien?"

„Doch, er war in Galizien gewesen, aber er war desertiert. Auch deshalb, wißt Ihr, weil man in Galizien keinen Spaß verstand: wie ich schon gesagt habe, die Russen schossen gezielt auf den Mann. So war er eben desertiert."

„Darum kratzte er an der Tür?"

„Freilich, er versteckte sich, er wollte nicht entdeckt werden. Und kratzte an der Tür, weil er mich durch das Fenster gesehen hatte, und auch, daß ich allein war."

„Wollte er von Euch nicht gesehen werden?"

„Von mir schon, aber von keinem anderen! Weil unter Österreich die Deserteure in Kriegszeiten durch Erschießen von hinten bestraft wurden. In vierundzwanzig Stunden."

„Sie wurden vierundzwanzig Stunden lang erschossen?"

„Aber nein, Siora Nina. Vierundzwanzig Stunden —

das war die längste Frist vor dem Erschießen. Wenn sich einer nicht binnen vierundzwanzig Stunden stellte, wurde er erschossen. Kriegsgericht. Standgericht. Von hinten ..."

„Aber wie konnten sie jemanden erschießen, wenn er sich nicht stellte?"

„Gerade deshalb wollte ja Tone sich nicht stellen. Und ich sagte sogleich zu ihm: ‚Lieber Tone, für dich tue ich alles. Wahre Freundschaft darf nicht wanken, ein alter Freund ist wie ein Spiegel, wie man sagt. Aber ich kann dich nicht verstecken. Wenn die Feldgendarmen dich erwischen, erschießen sie zuerst dich und dann mich.' Und, ohne mich anzuhören, fragte er sogleich nach seinem Hund: ‚Der Hund, der Hund, wie geht es meinem Hund?' — ‚Wie kannst du an deinen Hund denken, wenn es um dein Leben geht! Wenn sie dich erwischen, erschießen sie dich ...'"

„Ach, er dachte an seinen Hund!"

„Das habe ich ja gesagt. Er hatte nur seinen Hund im Kopf, statt daß er an ein Versteck dachte. Also sagte ich zu ihm: ‚Weißt du was? Für diese Nacht geh hinauf und schlaf im großen Turm — der große Turm war damals ein Ziegellager und unbewohnt —, und morgen werden wir uns etwas einfallen lassen.'"

„Und was habt Ihr Euch am Morgen einfallen lassen?"

„Ja, am Morgen stand die Sache miserabel. Ich war gerade, Schlag zwölf, in der Marineverwaltung, die Glokken der Domkirche läuteten die Mittagsstunde, als zwei Feldgendarmen vor mich hintraten, und gebunden und gefesselt wie Unseren Herrn, hielten sie zwischen sich Tone Lusina. Hinter ihnen stand Martin Gherbaz. Ihr wißt, der aus Caisole ..."

„Ich kenne niemanden aus Caisole."

„Trotzdem war Martin Gherbaz in Caisole allen Leuten als ein Trottel bekannt, deshalb nannte man ihn auch ‚Martin den Armen'."

„Ach, war er ein Trottel, wie?"

„Freilich, denn er hatte wenig im Kopf. Und deshalb wurde er auch nicht in die Armee aufgenommen. Stellt Euch vor: er hatte das Gehirn eines zehnjährigen Kindes. Man erzählte, daß er als Zehnjähriger von einem Esel einen Tritt gegen den Kopf bekommen hatte. Er war aber nicht schlecht, nur blöd. Und auch Tone Lusina war blöd. Er war in den großen Turm gegangen und hatte dort, da es kalt war, ein Feuer angezündet. Und als die Feldgendarmen das Feuer im Turm bemerkten, liefen sie hinauf, es war ja Krieg, um nachzuschauen, was da los war. Da nahmen sie ihn fest."

„Um ihn zu erschießen?"

„Wieso erschießen? Sie waren nicht aus dieser Gegend, sie konnten nicht wissen, wer er war. Als sie ihn aber hinunterführten, trafen sie zufällig Martin Gherbaz, der zu Fuß aus Caisole nach Cherso gekommen war, um sich den Stempel geben zu lassen — den Stempel, daß er ein Trottel war und deshalb frei vom Militärdienst. Als Martin der Arme den Tone Lusina zwischen den Feldgendarmen sah, erkannte er ihn, trotz des Bartes, und schrie: ‚Adieu, Tone Lusina!' Er war nicht böse, wie ich schon gesagt habe, nur blöd."

„Mamma mia! Und dann?"

„Und dann — schlimm, sehr schlimm! Weil sie schon die Meldung bekommen hatten, daß Tone Lusina ein Deserteur war, brachten sie ihn zu mir, zu einer Gegenüberstellung."

„Was für eine Gegenüberstellung?"

„Eine Konfrontation. Weil, versteht Ihr, Tone Lusina, den die Gendarmen nicht kannten, bestritt, daß er Tone Lusina war. Sonst hätten sie ihn natürlich erschossen."

„Und was sagte er dann, wer er war?"

„Er sagte: ‚Ich weiß nicht, wer ich bin.' Dieser Einfall war ihm gekommen, als er Martin Gherbaz gesehen hatte. ‚Ich weiß nicht, wer ich bin. Ein Pferd hat mich am Kopf getreten. Ich habe keine Papiere und weiß nicht, wer ich bin. Ich weiß nicht, wer ich bin', sagte er die ganze Zeit, und währenddessen führten ihn die Gendarmen zu mir, und er war gebunden und gefesselt wie Unser Herr."

„Jessus Maria!"

„Jessus Maria, ja! Kaum waren die Feldgendarmen eingetreten, fragten sie mich, ob dieser Mann Tone Lusina sei. Und ich spürte ein Gruseln, als ob eine Eidechse meinen Rücken hinunterkrieche, und sagte: ‚Ich kenne ihn nicht. Ich kenne Tone Lusina sehr gut, ich habe sogar seinen Hund zu Hause, aber dieser ist nicht Tone Lusina. Dieser hat einen Bart, während Tone Lusina keinen Bart hat.' Und die zwei Gendarmen erklärten, daß der Bart nichts zu bedeuten hätte, da er ja wachsen könne. Es waren zwei Kroaten aus dem Binnenland. Und einer sagte zu mir, daß wir, da ich den Hund des Tone Lusina zu Haus hätte, zu dem Hund gehen sollten."

„Und was wollten sie von dem Hund?"

„Ich habe sofort geahnt, was sie wollten: sie dachten, daß der Hund den Tone Lusina gleich erkennen würde, wenn er es wirklich wäre. Das wäre der Beweis gewesen. Und da fühlte auch Tone Lusina, daß er verloren war. ‚Ich weiß nicht, wer ich bin, ich weiß nicht, wer ich bin', wiederholte er und weinte immer lauter, weil er ein weiches Herz hatte, wie ich schon gesagt habe. Kurzum, wir gingen zum Haus meiner Tante in Cherso, mit einer unsagbaren Angst, um zu sehen, was der Hund tun würde."

„Und was hat der Hund getan?"

„Dieser Hund — ich werde es nie vergessen — springt, als wir in den Hof kommen, dem Tone Lusina, kaum hatte er ihn erblickt, so wild an die Gurgel, daß er ihn lebendig aufgefressen hätte, wenn die Feldgendarmen und ich ihn nicht am Halsband zurückgehalten hätten."

„Jessus! Und warum?"

„Warum? Weil Tone Lusina nicht nur einen Bart hatte, sondern auch schäbig angezogen war. Schäbig, wie ein Zigeuner aus Galizien. Und dieser Dalmatinerhund haßte alle, die einen Bart trugen, besonders, wenn sie so schäbig angezogen waren wie Zigeuner. Ich habe es schon gesagt: Hunde haben Sympathien und Antipathien. Und so war Tone Lusina gerettet. Er wurde für verrückt erklärt, da er immer wiederholte: ‚Ich weiß nicht, wer ich bin, ich weiß nicht, wer ich bin', und man sperrte ihn ins Irrenhaus von Triest."

„Armer Mann!"

„Wieso arm? Freuen hätte er sich sollen, freuen wie ein Verrückter, daß man ihn zum Narren erklärt hatte. Statt dessen war er verzweifelt. Verzweifelt wegen des Hundes. Aus Enttäuschung, weil der Hund ihn nicht wiedererkannt hatte. Er weinte wie ein Kind. ‚Er weiß nicht, wer ich bin! Er weiß nicht, wer ich bin', pflegte er den ganzen Tag den Ärzten vorzujammern. Nach dem Krieg bin ich manchmal zusammen mit Martin Gherbaz ins Irrenhaus gegangen, um ihn zu besuchen."

DAS NIKOLAUSFEST

Wo erzählt wird, daß es in unseren alten Provinzen zwei Mittel gab, die Kinder am 6. Dezember glücklich zu machen: entweder durch einen unsichtbaren Nikolaus, der seine Geschenke auf dem Fenstersims deponierte, oder durch einen sehr sichtbaren Nikolaus im bischöflichen Ornat, der die Kinder an dem ihm geweihten Tag mit einem überraschenden Pastoralbesuch beglückte.

„Früher einmal, vor dem Ersten Weltkrieg, gab es große Armut, aber auch großen Reichtum. Heute dagegen klagen alle, daß sie arm sind. Wer aber würde sich jetzt, an den hohen Feiertagen zum Beispiel, mit dem zufriedengeben, was man früher einmal an solchen Festtagen getan hat? Ihr werdet Euch erinnern, Siora Nina: damals hielt man die Festtage nicht so wie heute . . ."

„Vor dem Ersten Weltkrieg?"

„Vor, während und nach. Nehmen wir zum Beispiel die Kinder: zu Weihnachten ein paar Süßigkeiten — aber ein richtiges Geschenk, ein echtes Geschenk, bekamen sie nur am Sankt-Nikolaus-Tag, und damit war man die Sorge los. Jetzt dagegen verlangen die lieben Kleinen Geschenke zum Nikolaus, zu Ostern, zu Weihnachten, zu Neujahr und womöglich auch noch zum Dreikönigsfest. Und nicht nur die Kinder. Auch die Erwachsenen verlangen sie. Damals jedoch bekamen die Kinder Geschenke nur einmal, zum Nikolaus, und basta."

„Und das war damals ein Opfer. Wie viele Opfer brachte man damals für die Kinder!"

„Opfer für die Kinder? Was wollt Ihr?: ‚Wo die Unschuld, dort auch Gottes Huld', wie Mutter Concetta von den Nonnen von Squero zu sagen pflegte. Aber wer dachte damals nach dem Nikolausfest daran, auch zu Weihnachten Geschenke zu machen? Zu Weihnachten war nur der Baum üblich. Und was wurde auf den Baum gehängt? Kerzchen, getrocknete Feigen, Mandarinen — manchmal in Silberpapier eingewickelt —, ein wenig Mandelzucker und Bonbons. Die ganze Feier bestand darin, daß man den Kindern erlaubte, alles wieder herunterzuklauben."

„Ach, Mandarinen in Silberpapier! Dafür bewahrten wir das Silberpapier der Schokoladen auf. Jetzt aber wollen die Kinder nicht nur auf dem Baum, sondern auch unter dem Baum etwas finden."

„Und auch die Erwachsenen! Damals aber bekamen nur die Kinder Geschenke, und nur zum Nikolausfest. Ihr kennt den Spruch, Siora Nina: ‚Glücklich das Alter, in dem man sich freut ohne zu wissen.' Heute, scheint mir, wissen die Kinder zuviel. Jetzt nämlich feiert man Nikolaus nicht mehr als Nikolaus, sondern wegen der Geschenke."

„Ach, als wir Kinder waren, fanden wir die Geschenke im Kamin . . ."

„Ja, Kamin! Wer hat heute schon einen Kamin? Wohin soll man jetzt die Geschenke hängen? An die Zentralheizung?"

„Nein, jetzt stelle ich sie für meinen kleinen Enkel auf das Fenstersims. Der größere weiß schon, glaube ich, aber er glaubt, daß wir nicht wissen, daß er weiß."

„Wie auch immer. Ich wollte ja von der Zeit vor dem Ersten Weltkrieg erzählen, als man hier bei uns noch ein echtes Nikolausfest feierte."

„Mit Geschenken?"

„Freilich, mit Geschenken. Aber damals brachte sie der Nikolaus selbst. Einer zog sich als Nikolaus an und überraschte am Abend die Kinder. Mit Bart, Hirtenstab, Umhang und Mitra."

„Eine Mitra, eine Bischofsmütze? Wie sie der Bischof von Ossero bei Prozessionen trug?"

„Was sonst hätte der Bischof von Ossero bei Prozessionen tragen sollen? Eine Zipfelmütze? Jedenfalls, als wir Kinder waren, spielte Barba Nane den Nikolaus. Mit Bart, Umhang, Hirtenstab und allem, und ich war das erste der Kinder, die ihn erkannten. Und nachher sagte er zu mir: ‚Schlimmer Bub! Als Erwachsener wirst du in der Welt Erfolg haben. Paß aber auf, daß du nicht zu schlau wirst und man dir dein Seefahrtsbuch abnimmt!' Armer Barba Nane! Ich erinnere mich, daß er, als er kaum mehr gehen, fast nicht mehr die Beine gebrauchen konnte, und ich schon groß war und zur See fuhr, mich eines Sonntags zu seinem Sitzplatz rief, wo er nach dem Hochamt mit Don Blas plauderte, und zu mir sagte: ‚Bortolo, dieses Jahr sollst du den Nikolaus spielen, du mußt alles allein tun.' Und seit jenem Jahr war ich immer der Nikolaus. Manchmal war es auch Tonin Polidrugo."

„Ach, und Ihr habt Euch als Nikolaus angezogen?"

„Und wie, und wie schön! So schön, daß Don Blas, nach Barba Nanes Tod, zu sagen pflegte, ich sei noch besser als er, Barba Nane, der ein kleiner Mann war. Soweit, so gut. Einmal aber waren wir gerade mit der *Jupiter,* die der Kapitän Brazzanovich befehligte, in Triest angekommen. Auf dem Schiff wurde geräuchert, und so kamen wir alle hierher ins Dorf, gerade rechtzeitig zum Nikolausfest."

„Geräuchert?"

„Aber ja: zur Desinfektion oder so. Wir alten Seeleute

nannten das Räuchern. Damals, wißt Ihr, hatte der Kapitän Brazzanovich, der spät geheiratet hat, ein kleines Kind, Nicoleto."

„Ja, ich erinnere mich, der kleine Nicoleto Brazzanovich, Sohn des Kapitäns Brazzanovich, dessen Frau viel jünger war als er."

„Na gut. Jetzt ist sie jedenfalls alt. Damals aber waren wir, Polidrugo und ich, mit dem Kapitän Brazzanovich während der Reise ins Gespräch gekommen und hatten ihm erzählt, daß wir in unserem Dorf immer den Nikolaus spielten."

„Ach, ihr zwei zusammen, wie die Drei Heiligen Könige?"

„Wie, wir zwei, wie die Drei Heiligen Könige? Manchmal ich — manchmal er. Zuerst gingen wir zu der Verwandtschaft, dann zu den Freunden, zu einigen ich, zu anderen er, nachdem wir uns bei den Nonnen angezogen hatten."

„Ihr habt euch als Nonnen verkleidet?"

„Aber nein. Wir gingen in die Kirche der Nonnen von Squero, und dort war Mutter Concetta — erinnert Ihr Euch an Mutter Concetta? —, und sie gestattete uns, die Meßgewänder zu nehmen, um uns als Nikolaus zu verkleiden. Sie hatte prächtige Sachen, die die Nonnen selbst mit eigenen Händen machten und für den Bischof von Ossero mit Gold bestickten. Damals hatte Ossero noch einen Bischof."

„Auch Pedena . . ."

„Ja, auch Pedena, aber auch Ossero. Kurz, wir hatten dem Kapitän Brazzanovich erzählt, daß die Nonnen uns erlaubten, diese Gewänder zu benützen, um für die Kinder den Nikolaus zu spielen, weil, wie die selige Mutter Concetta zu sagen pflegte, ‚wo die Unschuld, dort auch Gottes Huld'. Und der Kapitän Brazzanovich erklärte: ‚Da ihr diese Gelegenheit habt, warum sollte nicht einer von euch auch in mein Haus zu meinem Nicoleto kommen, der zufällig auch seinen Namenstag feiert?‘“

„Der kleine Nicoleto Brazzanovich?“

„Freilich, Nicoleto — Nikolaus. ‚Da ihr die Möglichkeit habt‘, sagte er, ‚soll einer von euch auch in mein Haus kommen.‘“

„Ach, die Brazzanovichs hatten ein schönes Haus, ich erinnere mich, auf der Punta Sant' Andrea. Nach dem Krieg haben die Partisanen daraus zuerst ein Jugendheim gemacht, und später ein Hotel.“

„Und was war das für ein schönes Haus! Nicht einmal in Triest habe ich solche Häuser gesehen. Ich meine das Innere: alles schön, die Lüster, orientalische Teppiche, Ölbilder, alle echt, stellt Euch das vor. Im Speisezimmer gab es ein Bild der *Jupiter,* der alten *Jupiter,* im stürmischen Meer vor dem Kap der Guten Hoffnung. Es war wunderschön, mit Segeln und allem, und so gemalt, daß man die Wanten an den Masten und sämtliche Vorsegel zählen konnte: wunderschön eben.“

„Das Bild?“

„Nicht nur das Bild, alles war schön, Siora Nina. Wenige aber haben die Gelegenheit gehabt, dieses Haus von innen zu sehen. Wenn der Kapitän Brazzanovich auf See war, wollten seine Frau und die Signorina Bortolina, die Schwester des Kapitäns und eine alte Jungfer, die mit ihnen lebte, niemanden ins Haus lassen außer den Verwandten und der alten Tona, selbstverständlich, die das Mädchen für alles war. Und wenn er selbst zu Hause war, wollte er keinen Menschen sehen und pflegte zu sagen: ‚Wenn ich zu Hause bin, was so selten ist, will ich meinen Frieden haben!‘“

„Das ist nur recht und billig.“

„Recht und billig? Temperamentsache. Ich wollte damit nur sagen, daß wenige Leute dieses Haus von innen gesehen haben und daß die alte Tona wahre Wunder davon erzählte. So könnt Ihr unsere Neugier verstehen, und daß wir, Polidrugo und ich, sofort zusagten, wir würden kommen."

„Wohin kommen?"

„Na, ins Haus der Brazzanovichs, damit einer von uns den Nikolaus für den kleinen Nicoleto spielte. Kurz: am Abend des Nikolaustages gingen wir zu den Nonnen, wo uns Severino in der Sakristei beim Anziehen half. Erinnert Ihr Euch an Severino, den man Momolo nannte?"

„Momolo von den Nonnen! Natürlich erinnere ich mich. Er ist vor vielen Jahren gestorben."

„Auch die Nonnen sind gestorben. Also: ich hatte den roten Umhang um, den schönen, den der Bischof von Ossero immer trug, wenn er hierherkam. Auch Polidrugo hatte einen schönen roten Umhang, nur war er kleiner, er hatte dem früheren Bischof gehört, der auch klein gewesen war — diesen Umhang trug immer Barba Nane, als er den Nikolaus spielte, er paßte ihm genau, weil er auch ein kleiner Mann war."

„Klein? Er war nur nicht besonders groß . . ."

„Ganz egal. Glaubt es oder glaubt es nicht, Siora Nina, Polidrugo war noch kleiner als Barba Nane. So klein, daß er beim Gehen über den Saum des Umhangs stolperte, und die Nonnen das Gewand kürzer machen mußten. Mutter Concetta, die zusah, als man ihm eine Falte einnähte, sagte: ‚Sie, Tonin, Sie sind wie Ihr Vater, ein kleiner Mann, aber ein großer Schuft!' Und die Nonnen, die da knieten und den Umhang kürzer machten, lachten, lachten unbeschreiblich!"

„Ja, die Nonnen von Squero hatten goldene Hände beim Nähen!"

„Ach was, goldene Hände — es gab diesmal ja nur eine Falte zu nähen! Ich trug also diesen roten Umhang, und auch Tonin Polidrugo hatte einen, mit einer Falte, und die Mitra, sehr schön, und einen angeklebten Bart aus Watte. Als wir angezogen und schon bei der Tür draußen waren, sagten wir: ‚Und nun, wer geht zum Kapitän?‘ Na ja, entweder geht er oder gehe ich. ‚Gut‘, sage ich, ‚fangen wir an. Zuerst gehen wir zu den Verwandten‘ — ich sollte zu meinem Bruder gehen und zu meinem inzwischen verstorbenen Cousin, und er zu allen Polidrugos, die eine unglaubliche Zahl von Kindern hatten —, ‚machen wir unsere gewöhnliche Runde, und danach treffen wir uns wieder hier und losen aus, wer zum Kapitän Brazzanovich geht.‘“

„Warum? Wolltet Ihr nicht gehen?“

„Gewiß wollte ich gehen: schon deshalb, damit ich eines Tages sagen konnte, daß ich dieses prächtige Haus des Kapitäns Brazzanovich gesehen habe, über das alle redeten. Aber Polidrugo wollte dasselbe. Er tat so, als wollte er nicht, als interessierte ihn die Sache gar nicht so sehr, aber ich wußte, daß er größten Wert darauf legte. Und auch darauf, vor dem Kapitän zu erscheinen! Er war schon damals einer von denen, die hoch hinaus wollten.“

„Und Ihr wolltet an seiner Stelle gehen?“

„Selbstverständlich, wir waren jung, und der Kapitän imponierte uns sehr.“

„Und wer ist dann gegangen?“

„Abwarten! Vor dem Nonnenkloster wandte sich der eine nach rechts, und der andere nach links. Und ich dachte: ich gehe schnurstracks zum Kapitän, und erzähle Polidrugo dann eine Geschichte — daß ich den Kapitän zufällig auf der Uferpromenade getroffen hätte, als er vom Zigarettenkaufen zurückkam, und daß er zu mir gesagt habe: ‚Kommen Sie!'"

„Und so seid Ihr gegangen?"

„Gewiß, und auf der Stelle. Ihr wißt, wie das Haus der Brazzanovich gebaut war: es lag am Meer, und vor dem Haus war eine Terrasse mit steinerner Treppe. Also gehe ich die Treppe zur Terrasse hinauf, klopfe an die Glastür, und der Kapitän Brazzanovich kommt heraus. ‚Leise, leise', deutete er — er gibt mir die Geschenke, und lacht leise —, und ich gehe hinein. In diesem schönen kleinen Salon, den sie hatten, stand der Junge. Er war damals vielleicht sechs Jahre alt."

„Nicoleto?"

„Ja, Nicoleto Brazzanovich. Er schaut mich mit erstaunten Augen an."

„Ah, die Kinder sind manchmal zum Fressen lieb!"

„Wie auch immer: er schaut mich an, mit diesen erstaunten Augen, ich gehe auf ihn zu und sage: ‚Bist du brav gewesen, Nicoleto? Hast du deine Mama nicht geärgert, deinen Papa und deine Tante?' Die Tante war Signorina Bortolina."

„Die Schwester des Kapitäns, die alte Jungfer?"

„Ja. Kurz und gut, während ich dem Kind die Geschenke reiche, klopft es an der Glastür auf der Terrasse, und der Kapitän sagt: ‚Macht auf, das muß die alte Tona sein, die ich um Zigaretten geschickt habe.' Die Tür wird geöffnet, und schon hört man eine Stimme: ‚Bist du brav gewesen, Nicoleto? Hast du deine Mama nicht geärgert, deinen Papa und deine Tante?' Kurz, ob Ihr es glaubt oder nicht, Siora Nina, Polidrugo tritt ein, als Nikolaus. Er hat versucht, mich hereinzulegen. Ein kleiner Mann, aber ein großer Schuft!"

„Eh, aber Ihr habt ihn doch auch hereingelegt! Und der Kleine?"

„Siora Nina, der Kleine — das war ein Anblick! Er schaute zuerst mich an und dann Polidrugo, und dann wieder mich . . . Zwei heilige Bischöfe . . . Gott weiß, was in seinem Kopf vorging."

„Ach, wie schade! So glaubte er nicht mehr an den Heiligen Nikolaus?"

„Warum nicht, Siora Nina? Er glaubte, und wie! Er glaubte, wie ihm seine Tante, Signorina Bortolina, sofort erklärte, von nun an, daß es zwei Nikoläuse gibt, einen großen und einen kleinen. Einen Nikolaus für alle Kinder, und einen ‚Nicoleto' nur für ihn, der ja Nicoleto hieß. Und seitdem mußte man ihn immer doppelt beschenken zum Nikolausfest. Ach ja, Siora Nina, wo die Unschuld, dort auch Gottes Huld!"

DAS HAUS IN RAGUSA

In dieser Geschichte geht es um das Haus einer wohlhabenden und unverheirateten Tante — einer häufig auftauchenden, wenn nicht sogar unentbehrlichen Gestalt in der Geschichte großer und kleiner Familien, wie in diesem Fall in der Geschichte von Marco Mitis.

„‚Farbe ist Geld', pflegte Tomissa Tominovich immer zu sagen, wenn er alte Boote frisch streichen ließ, bevor er sie verkaufte, ‚auch das Auge soll seinen Teil haben!'. Aber, seht, Siora Nina, ich werde Euch die blanke Wahrheit sagen: mir gefallen die Farbfotos, wie sie jetzt alle machen, nicht, weil sie übertrieben sind. Für mich ist eine echte Fotografie schwarz und weiß. Was ist nämlich eine Fotografie? Licht und Schatten. ‚Lux et umbra', so sagte immer der Rechtsanwalt Miagostovich, Licht und Schatten: der Kontrast, der Widerspruch."

„Ach was, Widerspruch, Ihr seid es, Sior Bortolo, der immer widerspricht. Ich habe das Hochzeitsfoto meiner Eltern zu Hause und wäre sehr froh, wenn es in Farbe wäre, wie das hier von meiner Schwester Bepina mit ihrem Mann und den drei Kindern, die in Kanada leben . . ."

„Ganz egal, worüber Ihr froh wärt, Siora Nina. Aber, sagt mir, habt Ihr jemals einen Baum gesehen, der so grün ist wie dieser Baum hier auf dem Foto? Schaut Euch doch das Gesicht Eurer Schwester an, sie sieht aus wie eine Hindufrau aus Bombay. Zwangsläufig, weil diese Farbe nicht in der Natur vorkommt, sondern nur im Farbfilm."

„Aber es ist schön, es ist fröhlich!"

„Ja, ja, fröhlich: Gips und Malerei, fertig ist die Zauberei! Aber wie auch immer: ich bin nicht wegen der Farbe gegen die Farbfotografie. Im Gegenteil — als der Maler Superina aus Fiume öfter hierherkam, ging ich zuschauen, was er malte."

„Gut, aber das waren gemalte Bilder. Das ist etwas anderes."

„Nein, Siora Nina, er malte eigentlich Fotografien."

„Ach, er machte Bilder aus Fotografien! Viele machen das, besonders nach dem Tod!"

„Nach dem Tod, Siora Nina, kann man nicht mehr viel machen, höchstens ein bißchen Salat treiben . . . Und er machte nicht Bilder aus Fotografien. Weil damals — ich spreche von den ersten Jahren nach dem Ersten Weltkrieg —, wo gab es da Farbfotos? Damals fotografierte man folgenderweise: ‚Eins, zwei . . .', und man mußte still bleiben, und man sagte zu den Kindern: ‚Schau, das Vögelchen kommt heraus!' Also gut, wenn dieser Maler Superina hierherkam, brachten ihm alle Fotos zum Malen. Aus weißen und schwarzen oder braunen — wie es sie damals noch gab — machte er schöne bunte Fotos. Mit Farbstift und Eiweiß, so war es üblich. Barba Nane sagte immer: ‚Dieser Mann steckt so oft seinen Bleistift in den Mund, daß er sich noch mit Anilin vergiften wird!'"

„Ach, auch unsere Lehrerin Morato sagte den Kindern immer, daß es gefährlich ist, einen Buntstift in den Mund zu stecken!"

„Der Lehrer Girardelli sagte dasselbe. Barba Nana aber war damals schon sehr alt. Und auch ihn hatte der Maler Superina in Farbe gemalt, aber später wurde aus diesem Foto ein braunes Bild gemacht. In Porzellan gerahmt — für den Grabstein."

„Ach ja, armer Barba Nane, ich sehe ihn immer vor mir, wenn ich auf den Friedhof gehe. Er liegt direkt neben meiner Taufpatin Tona, arme Frau. Und er sieht genauso aus wie er war, mit dem schönen, in der Mitte geteilten Bart und der Uniform: quietschlebendig."

„Quietschlebendig, ja. Superina hatte Barba Nane in Farbe gemalt, dann auch den Rechtsanwalt Miagostovich, als er Bürgermeister war, Don Blas für sein goldenes Priesterjubiläum, mitsamt all den kleinen roten Knöpfen, einen nach dem anderen, ferner Signorina Bortolina mit Hut, und auch Marco Mitis. Und dabei, mit Marco Mitis, ist ein fürchterliches Malheur passiert."

„Ist Marco Mitis noch am Leben?"

„Er lebt, er lebt, ja. Er wohnt in Ragusa, aber, der arme Mensch, es ist von ihm nicht sehr viel übrig geblieben. Man hat mir erzählt, daß er schwachsinnig geworden ist. Und zu denken, daß er ein Jahr jünger ist als ich! Damals aber war er ein starker Kerl, immer auf See, er versäumte keine Fahrt. Kurz: ich wollte gerade erzählen, daß Marco Mitis eine Tante in Ragusa hatte."

„Ach, und jetzt lebt er in Ragusa bei seiner Tante?"

„Aber wieso denn? Die Tante müßte jetzt mindestens hundertfünfzig Jahre alt sein, wenn sie noch lebte! Sie wäre dann die älteste Frau von Ragusa, ja von ganz Dalmatien. Ich spreche von der Zeit vor dem Ersten Weltkrieg, als sie schon alt war. Und sie war nicht wirklich seine Tante, sie war eine Schwester seiner Großmutter. Tante Marici hieß sie, aber sie war nur Großtante, und sie stammte aus Ragusa, eine echte Ragusanerin."

„So viele Leute stammten damals aus Ragusa . . ."

„Ganz egal. Da diese Tante aus Ragusa etwas Geld hatte, hegte und pflegte Marco Mitis sie wie sein Augenlicht. Wenn wir Ragusa anliefen, ging er sie immer besuchen. Das heißt, wenn wir nach Ragusa kamen, legten wir in Gravosa an, das etwas vorher ist und einen großen Hafen hat, während Ragusa immer einen kleinen Hafen gehabt hat. Sehr schön, aber klein, der Porto Casson. Gut, wenn wir also in Gravosa ankamen, nahm Marco Mitis die Straßenbahn — damals gab es von Gravosa nach Ragusa eine Straßenbahn, gelb war sie, ich werde mich immer daran erinnern, und die Waggons waren offen oben und hatten Sonnensegel, die im Wind flatterten — und fuhr bis zum Tor von Ragusa, wo er ausstieg; Ihr wißt ja, daß Ragusa ganz von Mauern umgeben ist. Marco Mitis also besuchte seine Tante und brachte ihr Schiffszwieback mit, der ihr sehr gut schmeckte. Sie hatte keine Zähne mehr — wer hatte damals schon falsche Zähne? —, aber sie tauchte diesen Zwieback in Süßwein. Und ihr Vater, stellt Euch vor, der Großvater von Marco Mitis, ein Adliger aus Ragusa, wie man sagte, hatte ihr ein Haus vererbt, ihr allein, da sie unverheiratet geblieben und sein Sohn nach Amerika ausgewandert war. Es war ein sehr schönes Haus. Es stand dort in Ragusa, wo man zur Domkirche hinaufgeht, wißt Ihr."

„Ich war nie in Ragusa."

„Schon gut, es war jedenfalls in der Nähe des Doms. Ein prächtiges Haus, ganz in Stein, wie alle Häuser in Ragusa, und mit einer großen Laube entlang der ganzen Fassade, mit Geranien und Oleander und Fenstern, von denen aus die Hauptstraße zu sehen war, und drinnen schöne Möbel und Kostbarkeiten, die die Tante versteckt hielt — Ihr wißt ja, wie alte Frauen manchmal sind —, und hinter dem Haus ein Garten. Na ja, Marco Mitis hatte ein Auge auf dieses Haus geworfen. Er sagte immer zu mir: ‚Wenn ich alt bin, will ich in Ragusa wohnen, in jenem Haus wohnen, in jenem prächtigen Haus, das meine Tante Marici dort besitzt.' Und so behandelte er die Alte freundlich. Diese Tante war ein wenig sonderbar, wie aus Marco Mitis' Erzählungen herauszuhören war. Sie war eine alte Jungfer, hatte niemals heiraten wollen — so sagte sie. Oder sie hatte keine Gelegenheit gehabt. Und den Marco Mitis hielt sie wie . . . wie . . ."

„Wie einen Ziehsohn."

„Richtig, wie habt Ihr das erraten? Ja, wie einen Ziehsohn. Kurz und gut, als er einmal beschloß, in Ragusa von Bord zu gehen, um sieben oder acht Tage bei seiner Tante zu verbringen, und ich mit der *Narenta* zurückfuhr — erinnert Ihr Euch an die *Narenta?* Nicht diejenige, die hierherkam, sondern die erste *Narenta* —, damals also gab er mir zwei Fotos in die Hand."

„Zwei Fotos von wem?"

„Wartet ein wenig. Zwei gleich aussehende Fotos. Ich sollte sie diesem Superina bringen, damit er sie in Farben malt, koloriert. Auf beiden Fotos sah man Marco Mitis mit einer Dame auf einer Bank sitzen. Erinnert Ihr Euch an die Fotos, die man an der Promenade machte?"

„Ach, diese Fotos! Und mit wem war er, mit seiner Braut?"

„Wieso mit seiner Braut? Was für einer Braut, wenn er doch schon verheiratet war. Mit seiner Tante war er. Nun geschah es, daß Superina zu malen begann, ohne zu wissen, daß die Dame die Tante von Marco Mitis war. Nicht einmal ich hatte es am Anfang gewußt. Ich hatte mir diese Tante als eine dicke Frau vorgestellt — nach seinen Erzählungen hatte sie doch so viel in Süßwein getränkten Schiffszwieback gegessen! Statt dessen war diese Frau auf dem Foto dünn wie ein Zwirnsfaden. Und dieser Superina hat sie so gemalt, als ob sie dreißig, höchstens vierzig Jahre alt gewesen wäre. Er gab ihrer Hand eine schöne rosa Fleischfarbe, und aus dem weißen machte er blondes Haar. Und Marco Mitis wurde in Uniform mit goldenen Rangabzeichen gemalt — ich erinnere mich, daß er damals Unteroffizier war, Maschinist!"

„Ach, schön!"

„Schön, ja. Und ich sagte dem Superina, daß diese Fotos gleich nach der Fertigstellung weggeschickt werden sollten, und zwar eins an Marco Mitis, nach Hause, und das zweite an seine Tante nach Ragusa — so hatte Marco Mitis es mir aufgetragen. Und so ist das Malheur passiert."

„Ach, sind die Bilder verlorengegangen?"

„Wieso verloren? Angekommen sind sie, angekommen. Eines bei der Tante, und das zweite bei Marco Mitis zu Hause. Weil er aber nicht zu Hause war, nahm seine Frau das Bild in Empfang."

„Und hat sie sich gefreut?"

„Gefreut? Als er zurückkam, wollte seine Frau ihn nicht ins Haus lassen. ‚Geh zu deiner Blonden!' schrie sie ihn vom Fenster her an und warf ihm das in kleine Stücke zerrissene Foto nach. Er aber setzte die Stückchen zusammen, ich sehe ihn noch vor mir, kniend im Hof, und brüllte: ‚Das ist Tante Marici, das ist Tante Marici!' Das war ein Spektakel."

„Mamma mia. Was für eine Verwirrung! Und die Tante?"

„Die Tante in Ragusa freute sich wie ein Schneekönig. Sie schickte dieses Foto sofort nach Amerika, an einen Neffen, den Sohn jenes Bruders, der noch jung nach Amerika ausgewandert und dann gestorben war."

„Ach, er war gestorben, der Arme!"

„Wieso arm? Er war schon seit vielen Jahren tot. Denkt doch lieber daran, daß dort, in Amerika, ein Landsmann war, der später amerikanischer Bürger wurde, und der, als er die Dame auf dem Foto sah, mit dem schönen Gesicht und dem blonden Haar und der feinen rosa Fleischfarbe, sich hinsetzte und ihr schrieb, daß er sie um jeden Preis heiraten wolle, da er Witwer sei. Und sie, diese Tante Marici, geschmeichelt und ein wenig durcheinander — Ihr wißt ja, wie alte Frauen manchmal sind —, heiratete ihn durch Ferntrauung, nachdem er auch sein Foto geschickt hatte: ein prächtiges Mannsbild, stattlich, mit Krawatte und Schnurrbart. Durch Ferntrauung hat sie ihn geheiratet, im Rathaus von Ragusa, bevor sie nach Amerika abreiste."

„Sie hat ihn vor der Abreise geheiratet?"

„Freilich, vor der Abreise. Alle, die sich durch ein Foto mit Amerikanern verheiraten, lassen sich vor der Abreise trauen, weil, wie hätte eine unverheiratete Frau allein nach Amerika fahren können?"

„Ach, also ist sie nach Amerika gefahren!"

„Sie wollte fahren, Siora Nina. Sie starb aber während der Überfahrt auf der neugebauten *Saturnia.* Man hat sie tot in ihrer Kabine gefunden. Sie war alt, sehr alt, diese Marici, die Tante des Marco Mitis! Und das Haus in Ragusa ist selbstverständlich dem Ehemann zugefallen, da er sie ja durch Ferntrauung geheiratet hatte."

„Und Marco Mitis?"

„Marco Mitis — ich habe es schon gesagt — lebt in Ragusa, im Ospizio Marino. Man hat mir erzählt, daß er schwachsinnig geworden ist. Obgleich er ein Jahr jünger ist als ich. Das heißt, fast zwei Jahre, um genau zu sein."

DER MANN MIT DEM STECHENDEN BLICK

Wieder einmal ist hier von Kapitän Nacinovich die Rede, einem Mann mit schwierigem Charakter, aber gewandter Zunge, und von einem Erlebnis, das er Ende des Jahres 1919 in Triest hatte — einem im allgemeinen alltäglichen, im vorliegenden Fall aber einmaligen Erlebnis.

„Der Kapitän Nacinovich, Siora Nina, hatte niemals wirklich gute Beziehungen zu dem Kapitän Ossoinak. So war es schon vor dem Ersten Weltkrieg gewesen. Es war eine Sache des Temperaments, des Charakters. Ossoinak wußte mit den Leuten umzugehen, mit der Reederei und auch mit den Matrosen; Nacinovich dagegen war ein rauher Typ, er versetzte die gesamte Schiffsbesatzung in Angst und Schrecken. Alle mußten bis ins kleinste gehorchen, und er sagte einem immer ins Gesicht, was er dachte. Dabei war es so, daß alle die Geschichte mit der *Karlsbad* kannten . . ."

„Was für eine Geschichte?"

„Der Kapitän Nacinovich hatte im Palazzo des Lloyd — als der Lloyd noch österreichisch war — Himmel und Hölle in Bewegung gesetzt, damit man ihm die *Karlsbad* zuweise. Sie war damals neu, gerade vom Stapel gelaufen und mit Funk ausgerüstet. Und er, der so viele Jahre mit dem Lloyd gefahren war, behauptete, daß er ein Recht hätte, das neue Schiff zu übernehmen. So geschah es, daß er in einen Streit mit dem Kapitän Ossoinak geriet. Es war eigentlich kein echter, direkter Streit: da auch Ossoinak versuchte, das Schiff zu bekommen, ließ

Nacinovich — der einem sonst stets ins Gesicht sagte, was er dachte — ihn und alle anderen wissen, daß manchesmal einer das bekomme, worauf er kein Anrecht habe. So kam es, daß die beiden nicht mehr miteinander redeten."

„Ach — sie redeten nicht miteinander?"

„Direkt — niemals; aber jeder wußte, was der andere über ihn sagte. Und deshalb haben sie nach jenem Zwischenfall nie mehr miteinander gesprochen. Wie hätten sie das auch tun können? Über das Funkgerät vielleicht? Tatsächlich hatte es der Lloyd nicht gewagt, dem Kapitän Nacinovich, der der richtige Mann für die *Karlsbad* war, das Schiff zu verweigern, und dem Kapitän Ossoinak, der viele Freunde und Stützen in der Verwaltung des Lloyd besaß, wurde die *Laura* zugewiesen. Ebenfalls ein schönes Schiff, mit Funkgerät und allem; dennoch aber war die *Laura* nicht das, was er sich so heiß gewünscht hatte."

„Sie redeten also nicht über das Funkgerät miteinander?"

„Wie wäre das denn möglich gewesen, da dieses Funkgerät doch nur für den Notfall, für SOS, vorgesehen war? Nach dem erwähnten Zwischenfall wegen der *Karlsbad* redete der Kapitän Ossoinak nicht mehr mit dem Kapitän Nacinovich, weder vor dem Ersten Weltkrieg noch danach, als die *Karlsbad* in *Campidoglio* umbenannt wurde."

„Ah, sie wurde nach dem Krieg *Campidoglio* genannt?"

„Das habe ich doch gerade gesagt. Ihr versteht, weshalb: für Italien hatte ‚Karlsbad' keine Bedeutung. Wie auch immer. Ich wollte nur erzählen, daß der Kapitän Nacinovich niemals gute Beziehungen zum Kapitän Ossoinak hatte, auch deshalb nicht — so hat man mir berichtet —, weil Ossoinak eher eine Vorliebe für Italien hatte, während der Kapitän Nacinovich auch noch viele Jahre nach dem Umsturz zu sagen pflegte: ‚Gesegnet sei Österreich! Es hat wenigstens ordentliche Streichhölzer gemacht‘ — jedesmal, wenn er sich eine Zigarette mit einem schwedisch-italienischen Streichholz anzündete, das nicht und nicht brennen wollte . . . Viele Jahre also redeten sie nicht miteinander und sahen einander nicht, da ja der eine auf dem einen Schiff war und der andere auf dem anderen, und wenn der eine nach Hause kam, fuhr der andere gerade weg — bis der Kapitän Nacinovich eines Tages, im Jahr 1919, kurz vor Weihnachten, nach Triest zurückkehrte. Vor der Mole kam der Lotse an Bord, der Erste Lotse Malabotich, der, kaum daß er an Deck war, zu Nacinovich sagte: ‚Lieber Nacinovich, wissen Sie, daß Ihr Ossoinak heute früh gestorben ist?‘ — ‚Mein Ossoinak? Gestorben?‘ antwortete der Kapitän Nacinovich darauf in seiner groben Art. ‚Wieso mein Ossoinak? Er kann wessen Ossoinak auch immer gewesen sein, meiner war er nicht, sakra!‘ Dann aber wurde er ein wenig still, überlegte, schaute Malabotich an und sagte: ‚Was sagen Sie da, Malabotich? Seien Sie ehrlich — Ossoinak ist gestorben?‘ — ‚Ja‘, antwortete Malabotich, ‚heute früh. Er war, wie gewohnt, um fünf Uhr aufgestanden, hatte sich rasiert und alles, da er gerade heute morgen mit der *Laura* auslaufen sollte, nach Osten. Dann hatte er gesagt: ‚Zu Weihnachten werden wir ein großes Fest an Bord feiern‘, als ihm urplötzlich schlecht wurde. Man legte ihn auf sein Bett, und als der Arzt kam, war er schon dahin.‘“

„Ach so? Ein schöner Tod!“

„Alle sagten: ein schöner Tod, auch der Lotse Malabotich. ‚Aber‘, meinte er, ‚ob schön oder häßlich, lieber Nacinovich, Ossoinak war noch jung, und alle haben sich gewundert, auch in der Marineverwaltung oder im Hafenkommando, wie es jetzt heißt, und im Palazzo des Lloyd und auf den Schiffen spricht man von nichts anderem. Und auch wir, die Lotsen, haben daran gedacht, eine Parte drucken zu lassen.'"

„Was für eine Parte?"

„Das hat auch der Kapitän Nacinovich den Lotsen Malabotich gefragt: ‚Was für eine Parte, sakra?' — ‚Die Parte in der Zeitung', antwortete dieser, ‚die Todesanzeige, die morgen früh in der Zeitung erscheint. Alle haben eine Parte drucken lassen — die Familie, selbstverständlich, das heißt die Schwester, er war ja Junggeselle; der Lloyd, die Libera Triestina und auch die Austro-Americana, oder besser die Cosulich, wie diese Gesellschaft jetzt heißt . . . Und wir Lotsen. Und dann natürlich alle Kapitäne."

„Das ist richtig, daß die Kapitäne den Tod eines Kapitäns bekanntgeben . . ."

„Freilich. ‚Alle Kapitäne', sagte Malabotich. — ‚Ah, alle, ich auch?' fragte Nacinovich. — ‚Ach, nein, lieber Nacinovich. Erstens waren Sie noch nicht da, und dann habe ich in der Marineverwaltung gehört, daß die Kapitäne heute früh miteinander geredet und sich gefragt haben, ob Sie, da es sich doch um Ossoinak handelt, ob Sie denn überhaupt bereit wären . . .' — ‚Ich soll nicht bereit sein?' brüllte da der Kapitän Nacinovich und schlug die Tür der Kabine zu, die offen geblieben war. ‚Warum soll ich nicht bereit sein? Armer Ossoinak! Wegen dieser blödsinnigen *Karlsbad,* diesem verfluchten Kahn, der jetzt nicht einmal mehr *Karlsbad* heißt? Und gesegnet sei Österreich' knurrte er, während er sich fluchend und nervös wie er war, eine Zigarette anzuzünden versuchte, ‚gesegnet sei Österreich, es hat wenigstens ordentliche Streichhölzer fabriziert!'"

„Nervös war er, aufgeregt, wie?“

„Das auch. Vor allem aber war es ihm unangenehm, daß es einen schlechten Eindruck machen würde, wenn er nicht zusammen mit dem Hafenkommando, dem Lloyd, der Reederei und den anderen Kapitänen aufschiene, er allein . . .“

„Wo? Beim Begräbnis?“

„Nicht beim Begräbnis, das hatte ja noch Zeit, sondern der Parte, von der Malabotich gesprochen hatte, auf der am nächsten Tag die Namen aller Kapitäne, außer dem seinen, aufscheinen würden. Gut, wollt Ihr wissen, Siora Nina, was der Kapitän Nacinovich tat, kaum daß sein Schiff beim alten Punto Franco, in der Nähe des Bahnhofs, vor Anker gegangen war und es schon zehn Uhr abend war?“

„Nahm er an der Totenwache teil?“

„Warum hätte er an der Totenwache teilnehmen sollen, die in Triest niemals üblich war? Nein, er lief, ohne sich umzuziehen, in Uniform, wie er war, über den Kai, dann durch die Via Nova, direkt zur Zeitung.“

„Um eine Zeitung zu kaufen?“

„Ja, dazu wäre er so weit gelaufen . . . Nein, er lief zur Zeitung, zum Zeitungsgebäude, um sich auf der Parte für den armen Ossoinak eintragen zu lassen. ‚Ehrlich‘, knurrte er, ‚ich muß es tun, auch wenn dieser boshafte Ossoinak mich wegen der *Karlsbad* hereinlegen wollte.‘ Es war also schon zehn Uhr vorbei, als er in das Zeitungsgebäude kam. Im ersten Stock wurde ihm gesagt, er möge warten, weil alle drinnen seien.“

„Weil Ossoinak gestorben war?“

„Wie, weil Ossoinak gestorben war? Es war Mussolini!“

„Mussolini war gestorben?“

„Aber wo! Im Jahr 1919 hatte er ja noch nicht einmal angefangen! An jenem Tag war Mussolini, der damals noch niemand war, oder besser, einer von den vielen, die sich überall einmischten, an jenem Tag also war er in Triest. Er war — man konnte auch die entsprechenden Plakate in den Straßen sehen — wegen Oberdan nach Triest gekommen. ‚Gedächtnisfeier für Guglielmo Oberdan' stand darauf zu lesen. ‚Es spricht Benito Mussolini'. Kurz: dieser Redner Mussolini war gerade in der Zeitungsredaktion. Nacinovich erklärte, er sei gekommen, um sich auf der Parte für Ossoinak eintragen zu lassen, und ein Angestellter antwortete, gut, aber er möge ein wenig warten, da alle drinnen beim Chef, beim Direktor, seien, mit einem fremden Herrn."

„Ein Herr von auswärts? Ein Fremder?"

„Genau das hat auch Nacinovich gefragt. ‚Ich weiß nicht', sagte dieser Laufbursche zu ihm, ‚es ist ein Herr mit stechendem Blick, und alle drinnen sprechen mit ihm.' Und gerade in diesem Moment wird die Tür geöffnet, und zuerst kommt dieser Herr mit dem stechenden Blick heraus, dann der Direktor, ein großer, magerer Mann, und dann alle anderen, und sie gehen in verschiedene Zimmer. Und während der Laufbursche dem Herrn mit dem stechenden Blick in den Mantel hilft und dessen Hut in der Hand hält, sagt der Kapitän Nacinovich zu dem Direktor, daß die Sache so und so sei, man möge ihm verzeihen, daß er so spät komme, aber er wolle sich in die Parte für Ossoinak eintragen lassen. Gut, sagte der Direktor zu ihm, der in großer Eile war, während er Nacinovichs Karte entgegennahm, und sich gleich wieder verabschieden wollte. Da bemerkte er, daß Nacinovich in Uniform war, und machte eine Bewegung, als hätte er einen Einfall gehabt."

„Ach, er hat bemerkt, daß Nacinovich von der Marine war?"

„Freilich, er trug ja die Kapitänsuniform. Kurz, er

fragte ihn, ob er — ohne daß er sich in seine, Nacinovichs, Angelegenheiten einmischen wolle — zurück zum Hafen, oder nach Hause gehe. Nicht nach Hause, antwortete Nacinovich, sondern zum Hafen, zum alten Hafen. Sehr gut, sagte da der Direktor, da er doch denselben Weg habe, würde er wohl den verehrten Herrn Redner bis zum Bahnhof begleiten? Und er zeigte auf den Herrn, der sich gerade den Mantel zuknöpfte; er müsse sofort zum Bahnhof, da sein Zug um Viertel vor zwölf abfahre. Gern, erwiderte Nacinovich, so könnten sie sich ein wenig die Beine vertreten, würden zu Fuß gehen, und dann legte er dem Direktor noch einmal dringend Ossoinaks Parte ans Herz. Der Direktor sagte, daß er seinen Wunsch zuverlässig erfüllen werde, und zu dem anderen, zu ‚unserem teuren, vielbewunderten Redner', sagte er, daß der Kapitän ihn freundlicherweise zum Bahnhof begleiten werde, und auf baldiges Wiedersehen und gute Reise. Dann ging er mit den beiden Herren zur Stiege."

„Und Mussolini?"

„Was, Mussolini? Das war doch dieser fremde Herr mit dem stechenden Blick, Siora Nina, der zum Bahnhof mußte. Erinnert Ihr Euch nicht, wie Mussolini einen anstarrte? Der Zeitungsdirektor hatte ihn zwar vorgestellt, aber Nacinovich hatte den Namen überhaupt nicht gehört, da er sich ganz auf diese Todesanzeige für den armen Ossoinak konzentriert hatte. Kurz, sie verlassen das Zeitungsgebäude, und dieser Herr fragt, ob der Bahnhof sehr weit entfernt sei. ‚Keineswegs', antwortet Nacinovich, ‚wir gehen jetzt durch die Via Nova, kommen gleich in die Via Marina, und von dort sind es nur noch ein paar Schritte bis zum Bahnhof. Es ist nicht weit. In Triest, mein Herr, gibt es praktisch keine Entfernungen. Triest sieht groß aus, aber es ist nicht groß. Sie sollten die

Entfernungen in New York oder Buenos Aires sehen! Dort wäre es nicht möglich, zu Fuß zum Bahnhof zu spazieren. Man muß gleich ein Taxi rufen. Und es gibt so viele Taxis in New York!' Und dann begann Nacinovich von New York zu erzählen, von der Dreiundzwanzigsten Straße und der Hundertdreiundzwanzigsten und wie viele Kräne es in dem Hafen gab, besonders jetzt, nach dem Krieg, immer mehr Kräne, immer mehr Arbeit, immer mehr Taxis. Kurz und gut, er kam vom Hundertsten ins Tausendste und schwätzte und schwätzte."

„Ach, so gingen sie und plauderten miteinander?"

„Nicht miteinander, Siora Nina, da der andere nicht einmal dazukam, den Mund aufzumachen! Der Kapitän Nacinovich schwätzte und schwätzte, wie ich bereits gesagt habe. Er war ja schon furchteinflößend und grob mit seinen Offizieren und der Mannschaft an Bord, aber wenn er an Land war und die Gelegenheit hatte zu sprechen, dann konnte überhaupt niemand seinen Wortschwall stoppen. Und an jenem Abend wußte er nicht, mit wem er es zu tun hatte, erstens, weil er den Namen nicht verstanden hatte; und zweitens wäre ihm dieser Name kein Begriff gewesen damals, selbst wenn er ihn verstanden hätte. Später, Siora Nina, nach vielen Jahren, während des Krieges mit Abessinien, als wir Truppen nach *Massaua* transportierten, und nach dem letzten Krieg, als er schon in Pension war, erzählte der Kapitän Nacinovich diese Geschichte, und er machte sie immer länger und länger für jeden, der sie hören wollte, und auch für jene, die sie nicht hören wollten."

„Die Geschichte von den Taxis in New York?"

„Aber nein, Siora Nina! Er erzählte, daß er im Jahr 1919 eines Nachts in Triest, nachdem er wegen der Parte für den armen Ossoinak in die Zeitungsredaktion gegangen war, Mussolini von der Piazza delle Legne bis zum

Bahnhof begleitet hatte. Das war aber später, als wir Truppen nach Massaua übersetzten, doch an jenem Abend, wie ich gesagt habe, war dieser Mann für ihn ein Mensch wie jeder andere, ein Mann mit stechendem Blick, den er freundlicherweise zum Bahnhof begleitete. Und so wenig wußte er, mit wem er es zu tun hatte, daß er zweimal während dieses Spazierganges, als er sich eine Zigarette anzündete, sagte: ‚Gesegnetes Österreich, das wenigstens ordentliche Streichhölzer machen konnte!' Vor dem Hafenkommando fuhr er mit seinem Vortrag fort, daß es jetzt zwar keine Marineverwaltung mehr gebe, daß aber alle an Bord der *Karlsbad,* das heißt, der *Campidoglio,* wie man das Schiff jetzt nenne, seinem Kommando genauso gehorchen müßten wie unter Österreich, ‚und, sehen Sie, was alles geschehen kann? Heute früh ist Ossoinak gestorben . . .' Als sie dann zum Kanal kamen, sagte dieser Herr mit dem stechenden Blick — so erzählte es Nacinovich immer am Offizierstisch, und dabei stieg er auf einen Stuhl, hob den Arm und reckte den Zeigefinger empor —, er, Nacinovich, möge ihn doch einen Moment entschuldigen, er hätte ein Bedürfnis. Daß er es schon im Zeitungsgebäude habe sagen wollen, aber aus Rücksicht . . . Doch jetzt wolle er die Gelegenheit nützen, es sei dunkel, es sei niemand da, und hier gebe es diesen Kanal. ‚Gesagt, getan', erzählte der Kapitän Nacinovich, ‚ich werde es nie vergessen. Er stellte sich hin mit gegrätschten Beinen und pißte in den Kanal!'"

„Mamma mia! Und was hat Nacinovich getan?"

„Genau das wurde der Kapitän Nacinovich auch immer gefragt. ‚Was ich getan habe?' pflegte er zu antworten. ‚Ich stellte mich neben ihn, in seinen Windschatten, und habe auch gepißt. Denn, Sie kennen ja das alte Sprichwort: Wer nicht in Gesellschaft pißt, ist entweder ein Dieb oder ein Spion.'"

DER SMYRNA-TEPPICH

Das ist die Geschichte eines von Siora Mima Chiole bei Polidrugo bestellten Hochzeitsgeschenkes und dessen Auswirkungen an Land und an Bord des Dampfers *Calitea* — in einer Zeit, als der Lloyd nicht mehr österreichisch, aber noch triestinisch war.

„Wenn jemand aus der Familie heiratet, wenn es eine Hochzeit in der Verwandtschaft gibt, Siora Nina, dann zahlt man immer drauf. Es geht nämlich nicht an, daß man einfach eine in schönes Papier verpackte Kleinigkeit schenkt, wie Siora Mima es stets ausdrückte. Und tatsächlich schenkte sie und schenkte, und nicht nur zu Hochzeiten. Sie gab großartige Almosen an die Domkirche, und am Ende vererbte sie ihr gesamtes Vermögen den Nonnen von Squero. Aber damals, bei der Hochzeit ihres Patenkindes . . ."

„In der Kirche der Nonnen von Squero?"

„Aber nein, Trauungen fanden in der Domkirche statt. Also, bei dieser Hochzeit ihres Patenkindes sagte Siora Mima Chiole immer wieder brummend zu Barba Nane: ‚Was soll ich der Norina schenken? Es geht nicht an, daß ich ihr irgendeine in schönes Papier verpackte Kleinigkeit schenke!'"

„Mein seliger Vater schlug immer vor: ‚Eine in schönes Papier verpackte Kleinigkeit aus Venedig . . .'"

„Wie auch immer. Jedenfalls, nach langem Nachdenken kam ihr dann die Idee mit dem Teppich. Ihr fiel nämlich ein, wie ihr Mann — der Kapitän Chiole nämlich, der meistens in die Levante fuhr — als er noch lebte, oft gesagt hatte, daß es in Smyrna viel billiger sei, nur die Hälfte koste, ja noch weniger als die Hälfte . . ."

„Was, das Essen?"

„Aber nein, oder besser, auch das Essen! Aber wollt Ihr essen, was die Türken essen? Das ist schwer zu verdauen und liegt einem im Magen. Zum Beispiel Mussaka oder Kebab."

„Mussaka und Kebab?"

„Kebab ist Hammelfleisch, fett und ölig, und Mussaka eine Art hausgemachter Teig mit Hackfleisch, Milch und Mehl — alles im Ofen gebacken —, und das ist auch unverdaulich und bleibt im Magen liegen. Kurz, der Kapitän Chiole . . ."

„Blieb es auch ihm im Magen liegen?"

„Ich weiß es nicht. Wie hätte ich denn als einfacher Matrose wissen können, ob der Kapitän Chiole Mussaka vertrug oder nicht? Aber wie auch immer. Er pflegte jedenfalls zu erzählen, daß man in Smyrna, im Hafen, außerhalb des Zollbezirkes, sehr schöne Teppiche für sehr wenig Geld — für eine Silber- und eine Kupfermünze — bekommen könne. Und so dachte Siora Mima daran, ihrem Patenkind zur Hochzeit einen türkischen Teppich zu schenken. Schön sind diese türkischen Teppiche, mit herrlichen Mustern und in wunderschönen Farben. Für ein Silber- und ein Kupferstück!"

„Ah, sie wollte sich von ihrem Mann einen Teppich mitbringen lassen?"

„Wie, von ihrem Mann? Der war doch schon vor vielen Jahren gestorben. Nein, sie sagte es Polidrugo — da die Polidrugos aus vielen Gründen der Siora Mima verpflichtet waren, und auch, weil Polidrugo, Pillepich und ich auf dieser Strecke fuhren und auch in Smyrna Zwischenstation machten. ‚Polidrugo', sagte sie, ‚da Ihr doch Gelegenheit habt, nach Smyrna zu fahren, und weil doch mein Mann, der Arme, immer gesagt hat, daß in Smyrna alles die Hälfte, ja weniger als die Hälfte kostet, bringt mir doch einen schönen türkischen Teppich mit — nicht zu groß, wißt Ihr, gerade so, daß er gut in ein kleines Zimmer paßt, und nicht zu teuer.' Und sie gab ihm auch das Geld."

„Ach, sie hat ihm das Geld im voraus gegeben? Wieviel?"

„Hundertfünfzig Lire, Siora Nina. Ich werde mich immer daran erinnern."

„Wie, hundertfünfzig Lire für einen Teppich? Wollt Ihr mich zum Narren halten, Sior Bortolo?"

„Nein, will ich nicht, Siora Nina, die Welt ist es, die uns zum Narren hält. Damals, ich spreche von den Jahren dreißig, zweiunddreißig, noch vor dem Krieg mit Abessinien, da waren hundertfünfzig Lire noch etwas. Was verdiente damals ein Matrose? Vierhundert Lire und freie Verpflegung . . . ‚Hier, Polidrugo, sind hundertfünfzig Lire', sagte Siora Mima zu ihm, ‚und versucht, nicht alles auszugeben, bringt mir etwas zurück, Ihr seid doch so schlau, Polidrugo!' Und Siora Mima Chiole, die einen sehr schönen Mund hatte und noch alle Zähne darin, lachte . . ."

„Meine Mutter dagegen hatte . . ."

„Ganz egal, Eure Mutter. Damals waren Polidrugo, Pillepich, der noch sein Bein hatte, und ich bei der Linie angestellt, die in die Türkei, in die Levante fuhr. Es war eine Linea Celere: Triest, Istanbul, das heißt, Konstantinopel, Smyrna, Triest. Und die *Calitea* war ein sehr schönes Schiff des Lloyds, sowohl Frachter wie auch Passagierdampfer. Meistens hatten wir Passagiere an Bord, und, stellt Euch vor, für diese Passagiere, alle Erster Klasse, gab es auf der *Calitea* eine sehr schöne Veranda an

Deck, mit kleinen Sitzgarnituren aus Bambus, wo zu Mittag die Bouillon und um fünf Uhr der Tee serviert wurde. Five o'clock."

„Ah, eine türkische Speise, wie?"

„Aber nein, türkische Speise, five o'clock! Ich erinnere mich, daß die Passagiere auf dieser Veranda sogar ein Klosett hatten und nicht unter Deck gehen mußten; das heißt, eigentlich sogar zwei . . ."

„Ah! Und das zweite war für die Mannschaft!"

„Wieso für die Mannschaft? Die mußte ein Klosett neben dem Maschinenraum benützen — eine Hitze war das und ein Gestank! Nein, das zweite Klosett war für die Damen."

„Ah, schön! Und wohin gingen die Kinder?"

„Zu den Damen. Unter Österreich gingen die Kinder überall, auch in den Badeanstalten, mit den Damen. Unter Italien dagegen nahm man das nicht mehr so genau. Aber wie auch immer: da war diese Veranda mit dem ‚Closet', wie es noch der Österreichische Lloyd an die Tür hatte schreiben lassen, woraus Ihr seht, welche Bequemlichkeiten die Passagiere damals schon hatten. Kurz: Pillepich, Polidrugo und ich waren auf der *Calitea,* und Siora Mima Chiole hatte dem Polidrugo hundertfünfzig Lire gegeben, damit er, da er doch so schlau war, einen türkischen Teppich kaufe."

„Ja, Polidrugo war gerissen."

„Freilich, Siora Nina. Aber, eines muß ich sagen, Polidrugo war alles — aber ein guter Spieler war er nicht. Und ich muß auch sagen, daß er fast niemals spielte. Nur manchmal, der Gesellschaft zuliebe."

„Was für eine Gesellschaft? Dem Lloyd zuliebe?"

„Wie sollte einer denn dem Lloyd zuliebe spielen? Ich habe gesagt, der Gesellschaft zuliebe, das heißt, uns anderen zuliebe, wenn wir zusammen waren und einer unbedingt spielen wollte, wie zum Beispiel damals der Kapitän Malusa."

„Malusa? War er von hier?"

„Ein wenig von hier und ein wenig von dort, aber laßt mich erzählen, Siora Nina. Wenn Ihr mich nicht reden laßt, kann ich nicht erzählen. Ich wollte sagen, daß Pillepich, Polidrugo und ich nach der Ankunft in Smyrna in ein türkisches Kaffeehaus gingen, um, selbstverständlich, türkischen Kaffee zu trinken."

„Ah, wird auch in der Türkei türkischer Kaffee gemacht?"

„Freilich, warum würde er sonst türkischer Kaffee heißen? Und wenn Pillepich die Gelegenheit hatte, in die Türkei zu fahren, ging er immer in die türkischen Lokale, um alle diese türkischen Speisen zu essen: Kebab, Rahatlukum, wovon er immer klebrige Finger hatte, und Mussaka natürlich, das einem im Magen liegt und von dem man, mit Verlaub, Durchfall bekommt — so daß er, wenn wir wieder an Bord waren, mehr auf dem Klosett weilte als an Deck. Als Pillepich, Polidrugo und ich also nach Smyrna kamen, gingen wir in dieses türkische Kaffeehaus, und wißt Ihr, wen wir dort antrafen, ganz hinten sitzend, eine Zigarette rauchend und türkischen Kaffee trinkend? Den Kapitän Malusa!"

„Ach, jener Malusa, von dem Ihr mir erzählt habt, einer von hier . . ."

„Eigentlich habe ich gesagt: ein wenig von hier, ein wenig von dort. Denn, Siora Nina, noch vor dem Ersten Weltkrieg hatte der Vater dieses Malusa in Smyrna die Agentur des Lloyd geleitet und eine Türkin geheiratet. Dieser Malusa war also sein Sohn und heiratete später, als Kapitän, ebenfalls eine Türkin, und bekam türkische Kinder und alles, dort in Smyrna, wo er sich niedergelassen hatte."

„Aha. War er auch Türke geworden?"

„Das weiß ich nicht, aber er sprach fließend türkisch, selbstverständlich, da er doch eine türkische Mutter hatte. Er sprach auch fließend griechisch, weil ja in Smyrna so viele Griechen lebten, fast mehr als Türken, ferner französisch, das damals in der Levante sehr gebräuchlich war, ausreichend deutsch und von italienisch gar nicht zu reden."

„Ah, italienisch redete er nicht?"

„Aber ja, wie denn nicht, da doch sein Vater von hier stammte? Kurz: Dieser Kapitän Malusa steht auf, kommt auf uns zu, und Küsse und Umarmungen. Wenn man nicht stirbt, sieht man sich wieder, und, sakra, wie viele Jahre sind vergangen? Es waren viele Jahre vergangen, da wir drei, Pillepich, Polidrugo und ich, schon vor dem Ersten Weltkrieg mit der Levante-Linie gefahren waren, als dieser Kapitän Malusa noch beim Lloyd lernte, denn die Türken hatten damals nur zweitrangige Schiffe. Und nachdem er beim Lloyd Kapitän geworden war, galt er in der Türkei als einer der besten Kapitäne und bekam die besten Schiffe, Frachten und Ausrüstungen. Und er hatte auch in Triest eine Unmenge Verbindungen, beim Lloyd und auch bei allen anderen Gesellschaften; man sagte, daß er große Schmuggelgeschäfte organisierte. Kurz, er war ein Richtiger! Wenn er nach Triest kam und den Palazzo des Lloyd betrat, da pflegte ihn Sior Antonio selbst bis zur Tür zu begleiten. Kurz, wir freuten uns sehr, Siora Nina."

„Im Palazzo des Lloyd?"

„Aber nein! In diesem türkischen Café, als wir, Pillepich, Polidrugo und ich, ihn in Smyrna ertappten, als er hinten in dem Kaffeesalon saß. Große Feier: so ist es eben, wenn man nicht stirbt, man sieht sich wieder, und, sakra, wie lang ist es her, daß wir uns nicht gesehen haben, und jetzt setzen wir uns aber hin und trinken einen Raki und spielen eine Partie Monighela."

„Wie, Monighela?"

„Monighela, Siora Nina, ist ein Hasardspiel. Die höchste Karte gewinnt, und das ist die Pik Zwei, die sticht alles. Ein Glücksspiel, ein Hasardspiel, sagte ich, und dieser Kapitän Malusa war ein auf allen Schiffen bekannter Spieler. Auf der Brücke, mit den Offizieren, würfelte er, und erst an Land! Siebeneinhalb, Cotecio, Bankuz und Monighela. Und wenn er spielte, setzte er hohe Summen, Hunderte Lire! Dazu sagte er immer auf italienisch: ‚Komm zu mir, Glück!' und schlug sich mit der Hand auf die Brust, wie auf eine Trommel. Kurz, er lädt uns ein, eine Partie Monighela mit ihm zu spielen. Pillepich sagt sogleich ja, er würde gern spielen, aber gerade in diesem Augenblick verspüre er ein Bedürfnis, und weg ist er mit einer türkischen Zeitung unter dem Arm. Ich konnte mich aus der Affäre ziehen, da ich niemals Hasard spiele, und so traf das Los Polidrugo."

„Was hat ihn getroffen?"

„Was, was! Das Los, das Schicksal. Er mußte mit dem Kapitän Malusa Monighela spielen, er ließ sich verführen. Er möge sich nur hinsetzen, sagte der Kapitän, man werde nur um ein paar Lire spielen, nur so, damit er Gesellschaft habe, und so fort. Und während Polidrugo die Karten mischte, schrie dieser Kapitän Malusa: ‚Komm zu mir, Glück!' und schlug sich auf die Brust wie auf eine Trommel. Da spürte ich sogleich, daß Polidrugo sich nicht hätte verführen lassen sollen."

„Ah, hat er ihn überlistet, wie?"

„Ich weiß nicht, ob er geschwindelt hat. Aber ich habe es schon gesagt: Polidrugo war alles mögliche, nur kein guter Spieler. Und er hat verloren."

„Verloren? Sehr viel?"

„Achtzehn Lire, ich erinnere mich genau. Aber dann kam es heraus. Als er, um zu zahlen, eine von jenen großen Zwanzig-Lire-Silbermünzen aus der Tasche zog, die auf einer Seite den König mit den Rutenbündeln und der Axt zeigten und auf der anderen die Inschrift ‚Besser einen Tag als Löwe als hundert Jahre als Schaf' . . ."

„Was! So viel war auf einer Münze geschrieben?"

„Ja. Erinnert Ihr Euch? Es war eine riesengroße Münze. Kurz, als Polidrugo diese Münze aus der Tasche zog, tat es ihm leid, so viel verloren zu haben. Er legte diese große Münze auf den Tisch und sagte: ‚Hier, geben Sie mir zwei Lire zurück!' Der Kapitän schaute ihn an mit stechendem Blick und mit hartem Gesicht, als echter Spieler, der er war. Und sagte: ‚Wie, zwei Lire zurück, Polidrugo? Das sind italienische Lire, und wir hatten uns geeinigt, um türkische Lire* zu spielen. Wo sind wir denn, bester Polidrugo? Sind wir nicht in der Türkei? Und welche Lire gibt es in der Türkei, wenn nicht türkische?'"

„Wie, türkische Lire?"

„Freilich, Siora Nina. Denn, wo waren wir tatsächlich? Waren wir nicht tatsächlich in der Türkei? Und damals war die türkische Lira, das türkische Pfund, zehnmal soviel wert wie die italienische Lira. Um es kurz zu machen: der Kapitän verlangte hundertachtzig Lire von Polidrugo."

„Hundertachtzig türkische Lire?"

„Wieso hundertachtzig türkische Lire? Das wäre unchristlich gewesen! Hundertachtzig von unseren Liren. Eigentlich nicht von den unseren: denn nur zehn gehörten uns, diejenigen nämlich, die Pillepich und ich dem Polidrugo zu seinen zwanzig dazulegten. Die restlichen

* Lira = Pfund

hundertfünfzig waren die Lire der Siora Mima Chiole, die Lire für den Teppich."

„Mamma mia, was für eine Bescherung!"

„Bescherung, ja; aber Spiel ist Spiel, und außerdem war es nicht klug, sich mit dem Kapitän Malusa in die Haare zu geraten. Ich habe es ja gesagt: der Kapitän Malusa hatte eine Unmenge Beziehungen in Triest, nicht nur beim Lloyd, sondern auch bei allen anderen Gesellschaften. Wer hätte es gewagt, mit ihm einen Streit anzufangen? Sein ganzes Leben lang wäre der nicht mehr angeheuert worden!"

„Ja, aber hatte denn Polidrugo nicht schon eine Stellung?"

„Sicher, aber wenn er gewagt hätte, mit dem Kapitän Malusa zu streiten, hätte er sie verloren."

„Und der Teppich? Wie machte er das mit dem Teppich?"

„Das war es, woran Polidrugo auch sogleich dachte. Während wir an Bord zurückkehrten, ging er in eines jener Geschäfte, die sich im Hafen von Smyrna außerhalb des Zollbezirkes befinden, um zu schauen, ob er nicht vielleicht auf Pump einen — wenn auch billigen — Teppich finden könnte. Weil er der Siora Mima Chiole doch sehr verpflichtet war und sie ihn um einen Dienst gebeten und ihm das Geld im voraus gegeben hatte, durfte er nicht ohne Teppich zurückkommen."

„Und gab es Teppiche?"

„Berge von Teppichen. Aber auch wenn er einen billigen gekauft hätte — Polidrugo erkannte, daß er mit weniger als hundert Lire nicht auskommen würde. Man verlangte drei-, vierhundert Lire. Ihr wißt ja, wie die Türken sind, aber am Ende hätten sie den Teppich auch für hundert Lire hergegeben. Hundert Lire sind aber hundert Lire!"

„Und hatte Polidrugo hundert Lire?"

„Nicht einmal wir alle zusammen hatten hundert Lire, Siora Nina! Wir bekamen unser Geld erst in Triest. Polidrugo aber war ein Mensch, der nie den Kopf verlor. Er merkte, daß in einer Ecke des Geschäftes einer dieser Türken mit einem Mann von einem Schiff aus Spalato um einen ganzen Posten Teppiche verhandelte, um vier, fünf Dutzend Teppiche für Jugoslawien. Erst in dieser Zeit begann man, von einem Jugoslawien zu sprechen, stellt Euch das vor! Er war von einer Firma oder ein Schmuggler, glaube ich. Und dieser Kerl aus Spalato sprach italienisch mit dem Türken, da die Türken aus Smyrna alle Sprachen, auch italienisch, verstehen. Polidrugo spitzt also die Ohren, als er bemerkt, wie dieser Türke dem Mann aus Spatalo einen Teppich reicht, damit ihn dieser als Muster auf sein Schiff mitnehme."

„Aha! Und der schlaue Polidrugo hat sich auch einen Teppich als Muster geben lassen?"

„Ach was! Wie, zum Teufel, hätte dieser Türke dem Polidrugo, einem einfachen Matrosen, einen Teppich als Muster geben sollen? Polidrugo hatte eine viel bessere Idee. Er ging zu dem Türken und erzählte, daß er, daß wir mit der *Calitea* nach Smyrna gekommen seien — was ja wirklich stimmte — und unseren Reeder an Bord hätten. Und dies und das . . . Und der Reeder beabsichtige, im Namen seiner Reederei für ein neues Passagierschiff des Lloyd, das so groß sei wie die *Calitea,* zwei oder drei Dutzend dieser türkischen Teppiche zu kaufen. Er möge doch am nächsten Morgen mit einem Muster auf die *Calitea* kommen. Ein schönes Muster, ein schöner Teppich solle es sein. Morgen werde der Reeder, der sich heute an Land aufhalte, wieder an Bord sein, ohne Zweifel, und so könne er sich direkt mit ihm verständigen."

„Ach, auch der Reeder wollte Teppiche kaufen? Das habt Ihr mir noch gar nicht erzählt."

„Wie sollte der Reeder denn Teppiche kaufen? Der war nicht einmal an Bord. Noch mehr: es gab keinen Reeder beim Lloyd. Es gab den Lloyd und basta. Das war eben Polidrugos List. Und Polidrugo kommt ganz aufgeregt zurück aufs Schiff, nimmt mich zur Seite, damit Pillepich, der auch da ist, nichts hört, und erzählt mir, daß er dem Türken das und jenes gesagt habe und daß dieser Türke am nächsten Morgen mit einem Teppich als Muster an Bord kommen werde. Ich aber solle in meinem schönen grauen Anzug, den ich trage, wenn ich an Land gehe, bereit sein. Er werde sagen, daß ich der Reeder bin, daß wir uns den Teppich als Muster geben lassen; und so würden wir den Türken hereinlegen, da wir ja morgen die Anker lichten und abfahren!"

„Mamma mia! Eine List!"

„Ja, denn was hätte Polidrugo sonst der Siora Mima Chiole sagen sollen? ‚Gut', sagte ich zu ihm, ‚das wäre machbar. Aber auch wenn ich meinen grauen Anzug trage, wie kann der Türke glauben, daß ich der Reeder bin?' Und dann hat mir Polidrugo die Sache mit dem Schild erklärt."

„Was für ein Schild?"

„An Bord gab es ein schönes Schild aus Messing, mit einer kleinen Kette und der Inschrift: ‚Reserviert für die Reederei' in vielen Sprachen. Dieses Schild hängte man an die Tür irgendeiner Kabine der Ersten Klasse, wenn einer der großen Herren vom Lloyd an Bord kam. Und dieses schöne Schild befand sich beim Zahlmeister Salvagno, in einem kleinen Schrank. ‚Gut', sagte Polidrugo, ‚weißt du, was wir tun werden, Bortolo? Wir werden dieses Schild aufhängen!' — ‚Aber wo?' fragte ich. ‚Alle Erste-Klasse-Kabinen sind doch besetzt!' — ‚Wir werden es an die Tür des Klosetts auf der Veranda hängen. Und wenn der Türke mit dem Teppich kommt, wirst du in der Veranda, vor der Tür des Klosetts stehen, so als kämst du aus der Kabine der Reederei, in deinem schönen grauen Anzug, und du wirst deine Uhr aus der Tasche ziehen als Zeichen, daß du es eilig hast. Dann sagst du mit Ungeduld in der Stimme: ‚Gut, lassen Sie das Muster hier, wir werden zwei Dutzend solcher Teppiche kaufen, und kommen Sie am frühen Abend wieder, damit wir eine Vereinbarung treffen . . .‘ Und dabei legen wir schon zu Mittag ab — und ihn legen wir herein! Dieser Türke wird sich schon aus der Affäre ziehen, die Türken sind doch alle Schwindler.‘“

„Mamma mia, was für eine Geschichte. Und habt Ihr es genauso gemacht?“

„Freilich. Wir haben dieses Schild aus Messing mit der kleinen Kette schön an der Klosettür aufgehängt, so daß es die Inschrift ‚Closet‘ sauber verdeckte. Dann kam der Türke mit dem Teppich unter dem Arm, und ich trete vor in meinem schönen grauen Anzug und ziehe die Uhr aus der Tasche, während dieser Türke den Teppich vor meinen Füßen ausrollt und zu mir sagt: ‚Effendi‘ — was auf türkisch ‚Herr‘ bedeutet. Sogar etwas mehr als ‚Herr‘. Polidrugo hatte ihm nämlich gesagt, daß ich der Herr und Besitzer des Lloyd von Triest sei. Und dieser Türke will, daß ich mir seinen schönen Teppich anschaue, und sagt, daß er, Effendi, viele solche Teppiche habe, so viele wie ich mir für das neue Schiff nur wünschen könne, und daß wir uns, Effendi, über den Preis gewiß einigen würden, und so weiter und so fort . . .“

„Er sagte Effendi zu Euch?“

„Freilich sagte er Effendi, da er glaubte, daß ich der Herr und Besitzer des Lloyd sei. Ich dagegen gab ihm zu verstehen, daß ich es sehr eilig hätte. Gut, gut, sagte ich, er solle den Teppich nur dem Polidrugo geben, damit er ihn unten in der Kabine ausprobieren könne. So ist es auch geschehen. Polidrugo lief schnell weg, mit diesem Teppich unter dem Arm, er lief unter Deck, die kleine Treppe hinunter, und alles ging glatt. Und schon wollte der Türke sich verabschieden — ganz nach vorne gebeugt und rückwärts schreitend —, und er sagte zu mir, daß er, ohne Zweifel, Effendi, am frühen Abend mit einer Ladung Teppiche zurückkommen werde, als etwas Unerwartetes geschah. Hinter der Tür, an der das Schild mit der Aufschrift ‚Reserviert für die Reederei' hing, hörte man plötzlich Wasser rauschen."

„Wieso Wasser?"

„Wieso nicht? Man hörte es, und wie! Auch der Türke hörte es und begann sogleich etwas zu wittern. Und genau in diesem Augenblick kommt Pillepich heraus, der sich noch die Hose zuknöpft, und schlägt die Tür so heftig zu, daß das Schild herunterfällt, und darunter steht ‚Closet' . . . Wegen der großen Menge Mussaka, die er zu essen pflegte, suchte Pillepich immer heimlich das Klosett auf der Veranda auf, obgleich er, als einfacher Matrose, kein Recht dazu hatte. Für uns Matrosen war ja das Klosett neben dem Maschinenraum bestimmt."

„Mamma mia! Und dieser Türke?"

„Und dieser Türke — fasse ihn, binde ihn, wenn du kannst! — hatte alles blitzartig verstanden. Die Türken sind schlaue Leute. Und er rennt die Treppe hinunter, dem Polidrugo nach, und schreit auf türkisch: ‚Tapi, Tapi!', was soviel bedeutet wie ‚Teppich, Teppich!'"

„Jessus! Und Polidrugo?"

„Polidrugo? Weg war er. Dem Türken gelang es nicht, ihn zu erwischen. Ihr wißt ja, wie verwirrend die Gänge unter Deck dieser großen Dampfer sind. Der Türke rennt so lange herum auf der *Calitea,* bis die Sirene dreimal tutet und die Taue losgemacht sind. Es war punkt zwölf Uhr mittag, und die Schiffe des Lloyd waren immer sehr pünktlich. Als er wieder auf die Brücke kam und immer noch ‚Tapi, Tapi!‘ schrie, ohne Polidrugo zu finden, entdeckte er, daß wir schon sehr weit von Smyrna entfernt waren — ja, daß Smyrna kaum noch zu sehen war.“

„Jessus! Ist er auf dem Dampfer geblieben?“

„Freilich ist er auf dem Dampfer geblieben. Und als Polidrugo sah, daß der Türke auf dem Dampfer geblieben war . . .“

„. . . hat er ihm den Teppich zurückgegeben?“

„Nein: Polidrugo sagte ihm, daß er sich um den Teppich keine Sorge machen solle, daß der Teppich ordentlich in der Kabine liege. Er solle ihm eher sagen, was er da auf dem Dampfer treibe. Das Schiff sei schon auf dem Weg nach Triest, und ‚Sie, mein Lieber, sind jetzt ein blinder Passagier . . .‘ Wir waren also schon weit weg von Smyrna, und wir fuhren, da es ja eine Linea Celere war, direkt nach Triest, und er, der Türke, hatte keine Fahrkarte: ein blinder Passagier; hätte man ihn ertappt, wäre er bestraft worden. Man muß aber sagen, daß Polidrugo sich ihm gegenüber sehr ordentlich benahm. Er versteckte ihn sogleich in seiner eigenen Kabine, er ließ ihn auf dem Teppich schlafen, er brachte ihm Mittag- und Abendessen, und auch Imbisse. Und um ihm zu helfen, sich die Zeit zu vertreiben, da er immer in der Kabine eingeschlossen sein mußte, spielte Polidrugo mit ihm Monighela, Tag und Nacht, obwohl er kein Spieler war. ‚Glück, komm zu mir!‘ schrie Polidrugo und schlug sich auf die Brust wie auf eine Trommel. Und bevor wir noch in Triest ankamen, hatte er den Teppich und zwanzig Lire dazu gewonnen.“

„Türkische Lire?“

„Nicht türkische, sondern italienische Lire. Wir waren ja auf einem italienischen Schiff. Zwanzig Lire. Eine jener großen Silbermünzen mit dem König und den Rutenbündeln, auf deren Rückseite geschrieben stand: ‚Besser einen Tag als Löwe leben als hundert Jahre als Schaf'."

DER GRIMMIGE ZOLLBEAMTE

In dieser Geschichte lernt man am Beispiel der Finanzbeamten Rimbaldo und Butoraz, beides uniformierte Hüter der Rechte des k.u.k. Zolls, wie verschieden ein und dieselbe Rolle gespielt werden kann, und erfährt, mit welchem Erfindungsreichtum es unseren Seeleuten immer wieder gelang, das Erlaubte wie das Unerlaubte an Land zu bringen.

„Schmuggel, Siora Nina, hat es immer gegeben und wird es immer geben, wo es Schiffe und Seeleute gibt. Im Triest von damals, zum Beispiel, mit seinem riesigen Freihafen, wo ungeheure Betriebsamkeit herrschte, wo Schiffe aus China, Suez, Amerika anlegten, wer hätte da überhaupt jemals Zoll bezahlt, wenn es nicht Finanzbeamte auf der kleinen Brücke, der Passerella di Sant' Andrea, auf dem Bahnhofsplatz und an der Cavalcavia di Barcola gegeben hätte? Alle wären ein- und ausgegangen, mit allen nur möglichen und erdenklichen Schmuggelgütern!"

„Schön!"

„Schön schon; das wäre schön gewesen! So sagte auch mein verstorbener Onkel Nini, der immer Angst vor den Zollbeamten hatte, wenn er nach Triest zurückkehrte und uns Kaffee, Zigaretten und Bonbons von der Levante, Spirituosen und Puppen aus Japan und Ledertaschen aus Alexandrien brachte."

„Mamma mia, und wie schaffte er es, das alles auf einmal herauszubringen?"

„Wie, auf einmal? Wie hätte er das schaffen sollen? Das konnten nur die Zwillinge Filipas."

„Die Zwillinge Filipas? Wer war das?"

„Ja, wißt Ihr es nicht, Siora Nina? Diese Zwillingsbrüder, die so ähnlich aussahen, daß man den einen vom anderen nicht unterscheiden konnte. Beide waren groß, blond, mit himmelblauen Augen und Stupsnasen, und sie fuhren immer zusammen zur See. Man konnte sie nicht unterscheiden."

„Ach ja, jetzt erinnere ich mich: die Zwillingsbrüder Filipas! Man sagte, daß nicht einmal ihre Frauen sie auseinanderhalten konnten."

„Freilich. Und wenn nicht einmal ihre Frauen sie voneinander unterscheiden konnten, wie hätten sie die Zollbeamten in Triest unterscheiden können? Und so ging immer nur derjenige von den beiden in das Zollamt, der nichts bei sich trug — nichts Zollpflichtiges, meine ich. Der Beamte stempelte das deutsche Wort ‚frei' in sein Seefahrtsbuch, und er durfte weitergehen, und er ging weiter und übergab das Seefahrtsbuch seinem Bruder, der an der Ecke des Zollgebäudes auf ihn wartete; und dieser zeigte dem Finanzbeamten am Tor des Freihafens das schon gestempelte Büchlein und durfte ruhig, mit einem Sack voller Schmuggelwaren, passieren."

„Das verstehe ich nicht."

„Ganz egal, auch die Finanzer haben es nie verstanden. Aber nur die Zwillingsbrüder Filipas konnten diesen Trick anwenden, da sie genau gleich aussahen. Alle anderen dagegen mußten, um Schmuggelgut aus dem Freihafen herauszubringen, mit Geduld und List vorgehen. So konnte man zum Beispiel Tabak zum Teil in einer Tasche, zum anderen Teil in einer langen Unterhose, und Kaffee in der schmutzigen Wäsche verstecken. Was die Flaschen mit alkoholischen Getränken betraf, so genügte es, sie zu öffnen und etwas davon zu trinken. Offene Flaschen waren erlaubt, auch unter Italien — oh

Gott, nur eine oder zwei, nur keine Übertreibung! —, und bei den Bonbons von der Levante genügte es, den Beamten zu sagen, daß sie für die Kinder bestimmt seien. Die Ledertaschen aus Alexandrien aber, Schultaschen zum Beispiel, wurden auf andere Weise herausgeschmuggelt."

„Unter dem Mantel?"

„Auch. Aber, wißt Ihr, was am besten war? Am besten war es, sie mit einem Kind zu schmuggeln."

„Mit dem Kind eines Zollbeamten?"

„Aber wo. Wer kannte im Triest von damals schon die Kinder von Zollbeamten? Nein, wenn einer eine lederne Schultasche aus Alexandrien für ein Kind herausschmuggeln wollte — für ein eigenes Kind, selbstverständlich —, ließ er sein Kind auf das Schiff kommen. So werde ich mich immer daran erinnern, wie unser Bootsmann Fatutta, der keine Kinder hatte, der Arme, einmal eine Tasche für mich aus Alexandrien mitgebracht hat; also ließ er mich auf das Schiff kommen."

„Als Stiefsohn?"

„Wieso Stiefsohn? Ich spreche von der Zeit vor dem Ersten Weltkrieg, als ich noch die Marineschule in Lussino besuchte, und der Bootsmann Fatutta mit der *Calitea* fuhr. Er hatte meinem Vater versprochen, daß er für mich eine lederne Schultasche aus Alexandrien mitbringen würde. Damals waren diese Taschen in Alexandrien sehr billig: man bekam sie für ein Spottgeld. Und, ob Ihr es glaubt oder nicht, ich kam eigens wegen dieser Tasche zusammen mit meiner Tante Marici nach Triest. Was wäre damals in Triest nicht zu finden gewesen? So schien es mir zumindest."

„Ihr seid nach Triest gekommen, mit Eurer Tante Marici?"

„Freilich, weil sie, wenn die *Calitea* in Triest eintraf,

ebenfalls kam, um auf ihren Mann, den Oberbootsmann Chiole, zu warten. Man nannte ihn den ‚Wunderscheißer', weil er immer aus einer Mücke einen Elefanten machte. Und er war auf der *Calitea* eingeschifft."

„Auf der *Calitea?*"

„Zwangsläufig, wenn doch meine Tante Marici nach Triest kam, sobald die *Calitea* einlaufen sollte. Also gut, wißt Ihr, wie wir es machten? Meine Tante Marici brachte mich mit der Straßenbahn bis zur Passerella di Sant' Andrea und wartete dann auf mich auf einer Bank. Und ich gehe hinein in den Freihafen mit meinen Schulbüchern . . ."

„Um dort zu lernen?"

„Wieso lernen? Wer lernte denn im Freihafen, wo alle arbeiten mußten? Um die lederne Schultasche aus Alexandrien herauszubringen, ohne Zoll zu zahlen, ging ich hinein, die Schulbücher mit dem Hosengürtel zusammengebunden, und die Hose hing an den Hosenträgern. Kurz, ich laufe über die kleine Brücke auf die *Calitea* und frage nach dem Bootsmann Fatutta. Man bringt mich in seine Kabine — als Bootsmann hatte er seine eigene Kabine —, und dort gibt er mir diese nagelneue lederne Schultasche aus Alexandrien und auch Bonbons. Ich stecke meine Bücher in die Tasche, ziehe wieder den Gürtel durch die Schlaufen des Hosenbundes und gehe zum Zollamt an der Passerella di Sant' Andrea, ich esse meine Bonbons und trage unter dem Arm die lederne Schultasche aus Alexandrien, vor den Augen der Zollbeamten . . ."

„Mamma mia! Und sie haben die Tasche gesehen!"

„Freilich haben sie sie gesehen. Sie haben sogar verlangt, daß ich sie öffne. Sie haben alles überprüft und jedes Schulbuch einzeln herausgezogen, und als sie sahen, daß es sich um Schulbücher handelte, sagten sie zu mir:

‚Weiter, weiter, *mulo**, weiter, du hast noch zu wachsen und zu lernen!'"

„Und das war unter Österreich?"

„Natürlich unter Österreich, wenn doch der Finanzbeamte auf deutsch zu mir sagte: ‚Weiter, weiter!' Und ich besuchte noch die Marineschule. Es waren aber gute Menschen, diese Finanzbeamten unter Österreich. Ich glaube, sie wußten, daß auf diese Weise lederne Schultaschen aus Alexandrien herausgeschmuggelt wurden, aber bei diesen Kinderschultaschen taten sie so, als hätten sie nichts bemerkt."

„Unter Österreich waren die Finanzer gute Menschen, ja. Mein Vater, der Arme, erzählte mir immer, daß der Finanzbeamte Rimbaldo in Rabaz ein Auge oder auch zwei Augen zudrückte, wenn man den Tabaksbeutel an Land brachte . . ."

„Gewiß war der Zollbeamte Rimbaldo ein guter Mensch, ein sehr guter Mensch. Als er aber pensioniert wurde, ich weiß nicht, ob Ihr es wißt, da kam an seine Stelle ein strenger, ein ausgesprochen grimmiger Beamter. Er trug, wie ich mich erinnere, einen aufgezwirbelten Schnurrbart. Es war ein gewisser Butoraz, den man den ‚Wutscheißer' nannte, weil er wegen jeder Kleinigkeit zornig wurde, ein Kroate aus dem Binnenland, der immer die Mole auf und ab marschierte mit dem Gang eines Gendarmen: die Hände hinter dem Rücken, die Kappe tief in die Stirn gedrückt, wild entschlossenes Gesicht. Und, stellt euch vor, wenn Schiffe aus Antivari, aus Montenegro oder anderen fremden Ländern kamen, ließ er zusammen mit einem Gehilfen aus zwei Booten ein Kabel ins Wasser und zog es unter dem Kiel des Schiffes durch . . ."

* triestinisch für „Junge"

„Um die Leute zu ärgern, wie?"

„Ach was, ärgern! Um zu schauen, ob man einen Sack mit Tabak unter den Kiel gehängt hatte, wie man es oft wirklich tat."

„Mamma mia, und fand er ihn dann?"

„Zunächst ja, da hat er die Leute ertappt, aber später, als es sich herumgesprochen hatte, nicht mehr. Niemand traute sich, selbstverständlich. Und der Oberbootsmann Bogdanovich, der in allen Häfen wegen seiner Tabakschmugglerei bekannt war, sagte zu dem Matrosen Pillepich, der mit ihm zusammen auf dem Schiff war und damals noch sein Bein hatte: ‚Weißt du, lieber Pillepich, was wir mit diesem Hundesohn Butoraz tun werden? Wir werden ihn mit dem Trick hereinlegen, den man anwendet, um Finanzbeamte zu foppen!'"

„Ein Trick, um ausgerechnet die Finanzbeamten zu foppen?"

„Wartet, ich erzähle es gleich. Bogdanovich nahm das Seefahrtsbuch von Pillepich aus einem Schränkchen, steckte es in seine Tasche und fuhr mit dem Tender an Land. Und auf dem Kai, mit aufgezwirbeltem Schnurrbart, die Kappe tief in der Stirn, wild entschlossen, wartet auf ihn dieser Butoraz. Sogleich fragt er Bogdanovich, woher er komme. ‚Von Antivari', antwortet Bogdanovich. Antivari, das sei Ausland, sagt darauf Butoraz, und ob er schon in einem anderen Hafen einen freien Beruf ausgeübt habe. Das habe er nicht, erwiderte Bogdanovich. Dann müsse er, wenn er an Land wolle, sein Seefahrtsbuch abgeben. ‚Hier', sagt Bogdanovich. Butoraz öffnet es, schaut das Foto an, das selbstverständlich Pillepich zeigt, und sagt: ‚Wie? Das sind doch nicht Sie! Was ist das für eine Geschichte?' Er steckt das Buch in die Tasche und erklärt: ‚Morgen früh, Mann, um zehn Uhr, melden Sie sich in der Marineverwaltung!'"

„Er hat ihm den Ausweis weggenommen?"

„Gewiß. Er hat ihn ihm weggenommen, weil er ihn auf dem Foto nicht erkannt hat."

„Und dann?"

„Dann, Siora Nina, ging der Spaß weiter. Nach dem Mittagessen stieg Pillepich in den Tender und begab sich mit Bogdanovichs Seefahrtsbuch an Land. Und auf der Mole stand immer noch, die Kappe tief in der Stirn, wild entschlossen, dieser Butoraz. Ob er das Seefahrtsbuch habe, fragte er Pillepich. ‚Hier', sagte dieser. Das sei doch nicht er auf dem Foto, und was das für eine Geschichte sei. ‚Mit diesem Schiff ist etwas nicht in Ordnung.' Und er steckt den Ausweis in die Tasche und sagt zu Pillepich, daß er sich morgen früh um punkt zehn bei der Marineverwaltung zu melden habe."

„Ah, so mußten beide zur Marineverwaltung am nächsten Morgen?"

„Freilich, Siora Nina: das war der Trick. Sie gingen wirklich am nächsten Vormittag beide zur Marineverwaltung. ‚Schauen Sie', sagte dieser Butoraz zu dem Beamten der Marineverwaltung von Rabaz, einem gewissen Viscovich, ‚schauen Sie, das sind die zwei Matrosen, von denen ich Ihnen erzählt habe: beide haben ein Seefahrtsbuch mit einem falschen Foto.' — ‚Gut', sagte dieser Viscovich, ‚lassen Sie einmal sehen, was es auf sich hat mit dieser Geschichte.' Er holt die Ausweise aus der Schreibtischlade, öffnet einen, liest und ruft: ‚Giuseppe Bogdanovich!' — ‚Das bin ich!' — ‚Eh, ja, das sind Sie. Ich erkenne Sie auf dem Foto. Lassen Sie uns den zweiten anschauen: Antonio Pillepich!' — ‚Hier!' — ‚Ja, stimmt, das sind Sie. Ich erkenne Sie auf dem Foto!' und zu Butoraz sagte er: ‚Was ist denn das für eine Geschichte, lieber Butoraz? Sie wissen, daß ich es mir nicht leisten kann, Zeit zu verschwenden!‘ So wurde dieser Butoraz ordentlich blamiert.“

„Gefoppt, wie?“

„Gewiß, Siora Nina. Ein alter Trick, um die Finanzbeamten zu foppen. Barba Nane aber pflegte oft zu sagen: ‚Foppt, foppt nur die Finanzer! Ich an ihrer Stelle würde euch die Seefahrtsbücher wegnehmen wegen solcher Heldentaten!‘“

„Ah, und so haben die beiden ihre Seefahrtsbücher verloren?“

„Wieso die Seefahrtsbücher verloren? Nein, Butoraz hat die Fassung verloren. Er war so wütend und tobte derart wegen dieser Blamage in der Marineverwaltung, daß alle, sogar die Hafenarbeiter und die Kinder, die am Strand gespielt hatten, dahergerannt kamen, um zu schauen, was los war. ‚Donnerwetter‘, brüllte er, ganz rot im Gesicht — und es schien, als würde ihn jetzt und jetzt der Schlag treffen. Und, ob Ihr es glaubt oder nicht, seitdem nannten ihn alle, wirklich alle in Rabaz, den Wutscheißer. Auch die Kinder.“

„Auch die Kinder? Wie häßlich.“

„Wieso häßlich? Wenn die Kinder, die Straßenjungen ihn auf der Mole herummarschieren sahen — mit seinem Gendarmengang, eine Hand auf dem Rücken, die Kappe tief in der Stirn und wild entschlossen —, schrien sie hinter ihm her: ‚Wutscheißer, Wutscheißer!‘, und dann machten sie sich aus dem Staub, die Treppe hinauf, die, wie Ihr Euch erinnert, zur Schule führte. Kurz, für diesen Butoraz war es in Rabaz nicht mehr auszuhalten. Und so beschwerte er sich in Pola.“

„Ah, er beschwerte sich, weil man ihn Wutscheißer nannte? Armer Mann!“

„Ach was, armer Mann! Er war grimmig, fürchterlich. Und wie hätte er in Pola sagen sollen, daß man ihn Wutscheißer nannte? Nein, er hat sich in Pola beschwert — da Pola damals für alles in der Marine, auch für Finanz und Zoll, zuständig war —, er hat sich beschwert und ersucht, daß man ihn an einen anderen Ort versetzt."

„Damit er nicht mehr Wutscheißer genannt würde?"

„Freilich. Man versetzte ihn also nach Triest, da es, wie Ihr wißt, in Triest so viel Arbeit im Hafen gab, daß man immer neue Finanzbeamte brauchte. Im Triest von damals nannte man ihn weder Wutscheißer noch Wunderscheißer, denn wer kannte in Triest schon den Butoraz? Und wißt Ihr, wo er in Triest als Zollbeamter Dienst machte? Ausgerechnet auf der Passerella di Sant' Andrea. Man konnte ihn von den Schiffen aus sehen, wie er mit seinem Gendarmengang, die Kappe tief in der Stirn, Hand auf dem Rücken, wild entschlossen auf und abmarschierte — es war der schlechteste Platz für einen Zollbeamten, den es gab, da dort ununterbrochen etwas los war, mit all den Matrosen, die von und zu den Schiffen gingen. Es nahm kein Ende."

„Was nahm kein Ende?"

„Das Kommen und Gehen, das Fragen nach dem Seefahrtsbuch, das Filzen der Leute, selbstverständlich, der Ärger mit diesen Matrosen, die versuchten, ihn hereinzulegen. Gut, und was geschieht? Eines Tages ging der Sohn des Nini Filipas — eines der Zwillingsbrüder, von denen ich schon erzählt habe, Nini und Tonin, die immer zusammen zur See fuhren, beide hochgewachsen, blond, himmelblaue Augen, Stupsnase, ganz genau gleich aussehend, so daß nicht einmal ihre Frauen sie unterscheiden konnten —, eines Tages also ging dieser Sohn, ein Kind noch, das die Volksschule besuchte, an Bord der *Calitea,* um eine neue lederne Schultasche zu holen, die sein Vater aus Alexandrien mitgebracht hatte."

„Ach, so wie es auch Ihr als Kind getan habt?"

„Freilich, man tat es weiterhin — die Kinder mit dem Vater, und der Vater mit den Kindern. Gut, dieser Nini Filipas steckte dem Sohn die mit dem Gürtel zusammengebundenen Bücher, die er an Bord mitgebracht hatte, in die Schultasche und beschloß, den Jungen, der ja noch ein Kind war, bis über die Passerella zu begleiten."

„Damit er nicht hinunterfällt?"

„Wie hätte man denn von der Passerella fallen können, die doch so breit und so lang war wie die Scalan-Brücke in Görz, glaube ich? Nein, er wollte ihn einfach begleiten. Und hält da nicht dieser Butoraz, der sich in Triest noch ärger aufführte als in Rabaz, dieses Kind an? Was in dieser Tasche sei? ‚Das ist die Schultasche meines Sohnes, der die Schule besucht, und Schulbücher sind darin', sagt lächelnd Nini Filipas. ‚Da gibt es nichts zum Lachen', erwidert Butoraz grob, er wisse, daß darin nur Schulbücher seien, aber er sei ja nicht umsonst Zollbeamter — dies sei eine Tasche aus Alexandrien, für die Zoll bezahlt werden müsse. ‚Das ist eine Schultasche!' sagt Nini Filipas, und dann, zum Teufel, wann habe man je einen Zollbeamten gesehen, der auf der Passerella wegen einer Schultasche aus Alexandrien Geschichten machte? ‚Wenn Sie ihn noch nicht gesehen haben, werden Sie ihn jetzt sehen, Donnerwetter noch einmal!' brüllte darauf Butoraz. Kurz, Schultasche hin, Tasche aus Alexandrien her, sie begannen so laut zu streiten, so laut, daß sich eine große Menschenmenge um sie ansammelte. Der kleine Junge aber — weil er so schlau war wie sein Vater, oder aber aus Angst —, schlüpfte mit seiner Tasche in der Hand mitten durch den Wirrwarr und lief über die Passerella, bis zum Haus seiner Tante, die in der Nähe, in Broleto, wohnte."

„Jessus! Hat er die Tasche hinausgeschmuggelt?"

„Selbstverständlich, wenn er doch mit der Tasche weggelaufen ist! Und dieser Butoraz hat es bemerkt und geschrien: ‚Wo ist die Tasche, wo ist das Kind?‘ Er war rot vor Zorn und befahl Nini Filipas, ihm sein Seefahrtsbuch auszuhändigen, und wenn er es zurückhaben wolle, dann solle er es morgen nachmittag um drei Uhr in der Marineverwaltung abholen."

„Mamma mia, der Ausweis war weg?"

„Zwangsläufig, wenn Butoraz ihn ihm doch weggenommen hatte! Und Nini Filipas ging gleich an Bord zurück und erzählte seinem Bruder Tonin von dem Vorfall: Wo habe man je so etwas gesehen? Auf der Passerella tue ein abscheulicher Hundesohn Dienst, der sogar die Kinder Zoll zahlen lasse, und daß er natürlich streiten habe müssen, und so weiter und so fort, kurz, dieser Butoraz habe ihm auch das Seefahrtsbuch abgenommen. ‚Gut‘, sagte Tonin, ‚sei ruhig, Nini, wir werden uns schon irgendwie aus der Affäre ziehen. Der Zollbeamte ist noch nicht geboren, der uns hereinlegen kann.‘ Und da am nächsten Morgen Tonin Filipas einen freien Tag hatte — sein Bruder aber nicht —, zog er sich Zivil an, ging an Land und schritt über die Passerella . . . Kaum sieht ihn dieser Butoraz, der, wie gewöhnlich auf und abmarschiert, die Kappe tief in die Stirn gedrückt und wild entschlossen, brüllt er los: ‚Ach, Sie sind es? Wieder Sie‘ — ‚Was heißt wieder Sie?‘ antwortet Tonin Filipas. Er habe keine Lust auf Geschwätz, da sei sein Ausweis — und er zeigt ihm das Seefahrtsbuch. Und dieser Butoraz reißt es ihm aus der Hand wie ein Geier. ‚Was!‘ schreit er, ‚Wie? Wie kann ein Matrose zwei Seefahrtsbücher haben?‘ Aber am Nachmittag werde er kein einziges mehr besitzen! Denn, Siora Nina, wehe dem, der unter Österreich zwei Seefahrtsbücher besaß!"

„Und er nahm ihm wieder den Ausweis weg?"

„Was heißt wieder? Einen hatte er ja seinem Bruder Nini weggenommen, den anderen ihm, Tonin, da man sie ja, so gleich wie sie aussahen, nicht unterscheiden konnte. Am Nachmittag aber, um drei Uhr, fragt der Kommandant der Marineverwaltung von Triest, der ein Lussiner war, ein gewisser Stuparich, den Tonin Filipas, was denn das für eine Geschichte sei. ‚Butoraz sagt, daß Sie zwei Seefahrtsbücher haben?' — ‚Aber nein, ich habe nur eines, Kommandant', antwortet Tonin, über das ganze Gesicht grinsend, ‚vielleicht gehört das andere meinem Bruder Nini.' Und er zeigt mit dem Finger auf den Bruder, der hinter ihm steht. ‚Vielleicht ist es deshalb so gekommen, Kommandant, weil mein Bruder und ich Zwillinge sind, die Zwillinge Filipas, beide hochgewachsen, himmelblaue Augen, blond, Stupsnase, so ähnlich, daß nicht einmal unsere Frauen uns auseinanderhalten können . . .' Ein Gelächter gab es da, Siora Nina, in der Marineverwaltung, ein Gelächter, daß niemals, glaube ich, in einer Marineverwaltung so viel gelacht worden ist."

„Wer lachte denn?"

„Alle, Siora Nina. Auch der Kommandant der Marineverwaltung von Triest, der Lussiner Stuparich. Alle lachten. Bis auf Butoraz, der wütend war und laut ‚Donnerwetter!' brüllte, ganz rot im Gesicht; es schien, als würde ihn jetzt und jetzt der Schlag treffen. Lächerlich gemacht fürs Leben. So hat man ihn auch in Triest Wutscheißer genannt — bis zum Sturz Österreichs."

„Und nachher nannte man ihn nicht mehr so?"

„Nein, nachher übersiedelte er nach Metkovič, wo er kroatischer Zollbeamter wurde. Und noch viele Jahre marschierte er auf und ab auf der Mole von Metkovič, mit seinem Gendarmengang, Hände hinter dem Rükken, Kappe tief in der Stirn, aufgezwirbelter Schnurrbart und wild entschlossen. Und alle nannten ihn Wutscheißer. Auf kroatisch, selbstverständlich.“

EIN PLATZ AN DER SONNE

Dies ist der Roman einer armen jungen Frau, oder, wenn Ihnen das besser gefällt, die Saga einer oder eher zweier Familien unserer Insel zur Zeit der Jahrhundertwende — einer Zeit, in der, wie wir alle wissen, alles anders war, auch die Lebenseinstellung.

„Was soll ich Euch sagen, Siora Nina, damals hatte man eine ganz andere Einstellung zum Leben. Vor dem Ersten Weltkrieg, meine ich. Zunächst, weil es vierzig Jahre lang keinen Krieg gegeben hatte, eigentlich aber, weil jeder auf seine Weise das Seinige hatte, ausgenommen selbstverständlich jene, die nichts hatten. Ihr wißt ja, damals war es das Wichtigste, das Licht der Welt auf der richtigen Seite zu erblicken. An erster Stelle nämlich kamen die Herren . . ."

„Gut, aber das ist doch auch heute so."

„Eh, nein, denn die Herren damals, die richtigen Herren, die wußten nicht einmal, was sie hatten — so viel hatten sie! Wie zum Beispiel, hier bei uns, die Petris, die Colombis, die Ivanissevich, der Graf Bepi Duda aus dem Geschlecht der Ivanissevich, und auch die Bertoto, die allerdings weniger. Sie alle besaßen Häuser und Ländereien und überhaupt alles. Und dann kamen die Reichen."

„Ah, waren die Herren nicht reich?"

„Warum nicht? Die Herren waren ohne Zweifel reich, aber nicht alle Reichen waren Herren. Sie waren diejenigen, die Geld gemacht hatten — mit Werften, Schiffen, Frachtgeschäften, Agenturen —, wie, um ein paar aufzuzählen, einer von den Bunicich, der alte Moise, die Giadrossich, die Nicolich — alle Brüder Nicolich . . ."

„Ja, ich erinnere mich, die Nicolich waren alle wohlhabende Leute."

„Nein, Siora Nina, die Nicolich waren reich, wohlhabend waren andere; wohlhabend wurden damals diejenigen genannt, die arbeiten mußten, um zu leben. Und dann kamen die unteren, jene, die lebten, um zu arbeiten."

„Wie Martin Gherbaz, zum Beispiel?"

„Wieso Martin Gherbaz? Wer hat Martin Gherbaz je arbeiten gesehen? Martin Gherbaz war ein Armer. Nicht einer von jenen Armen, die betteln müssen, die meistens in der Stadt wohnen, aber er war trotzdem ein Armer, ein Bedürftiger nämlich."

„Und die Bedürftigen bettelten nicht?"

„Nein. Man wußte nur, daß sie bedürftig waren und sonst nichts. Dagegen waren die wenigen, die bei uns bettelten, wirklich arm."

„Meint Ihr die Armen, die an die Tür kamen? Meine arme selige Mutter gab ihnen immer eine Kupfermünze, später zehn Centesimi oder auch zwanzig, wenn ein Feiertag war . . ."

„Ja, das taten damals viele. Aber wißt Ihr, was man in Lussino zu tun pflegte? Wenn ein Bettler an die Tür klopfte und um eine Kupfermünze bat, sagten die Frauen zu ihm ‚Guter Mann, würdet Ihr nicht lieber eine Suppe von gestern haben?' — ‚Gern, danke.' — ‚Gut', sagten sie, ‚dann kommt morgen.'"

„Um ihnen nichts geben zu müssen?"

„Nein, nicht, um ihnen nichts geben zu müssen, Siora Nina. Aber damals war es undenkbar, daß ein Bettler die Suppe vom selben Tag bekam, wie die Bettler heute. Damals mußten die Bettler die Suppe von gestern essen."

„Ah, war das unter Österreich so geregelt?"

„Wieso geregelt? Siora Nina! Für diese Dinge gab es nie eine Regel. Piero Tominovich zum Beispiel, der Leuchtturmwärter, gehörte als solcher zu den unteren, aber die Tominovich hätten auch wohlhabende Leute sein können, hätten sie nicht so viele Kinder gehabt. Weil Piero Tominovich um jeden Preis einen Sohn haben wollte, zeugte er sechs Kinder — sechs Töchter: Maria, Vanda, Nevina, Nives, Mercedes und zuletzt Pierina — so genannt, weil er selbst Piero hieß."

„Ah, Piero Tominovich, der Leuchtturmwärter?"

„Freilich, von dem spreche ich doch die ganze Zeit! Er war Leuchtturmwärter, als der Leuchtturm noch da auf dem Felsen der Punta stand."

„Ja, wir gingen manchmal bis zu diesem Leuchtturm hinaus. Ich erinnere mich, wie meine Mutter, als ich noch ein Kind war, zu sagen pflegte: ‚Hier, Nina, lebte einmal Piero, der Leuchtturmwärter, und jetzt ist er im Ospizio Marino, im Altersheim für Seeleute . . ."

„Gewiß. Piero Tominovich, ein armer Mensch, wie ich schon gesagt habe. Ich habe aber auch gesagt, daß die Tominovich wohlhabende Leute hätten sein können, wenn sie nicht so viele Kinder hintereinander bekommen hätten. Was konnte der Leuchtturmwärter anfangen mit seinem armseligen Gehalt und sechs Töchtern? Sicher, er durfte im Leuchtturm wohnen. Ach Gott, wohnen? Es gab gerade genug Platz zum Stehen in dem Leuchtturm. Der Raum war so klein, daß die Familie — Mann, Frau und Kinder — mit Verlaub, kein Klosett im Haus hatten."

„Ach ja. Damals war es fast immer getrennt von der Wohnung."

„Was heißt getrennt? Nicht einmal ein getrenntes Klosett hatten sie: sie mußten ihr Geschäft auf den Klippen vor dem Leuchtturm verrichten. Manchmal, im Sommer, als die Töchter schon größer waren, schwammen die Jungen unter Wasser bis dorthin, um sie zu sehen — Lausbuben, versteht Ihr! Wie auch immer. Piero Tominovich hatte seine Sorgen."

„Ja, diese Mädchen, so allein auf den Klippen . . ."

„Ach, nicht deswegen! Das wußten alle außer ihm selbst, glaube ich. Nein: er hatte Sorgen, weil er mit dem armseligen Gehalt eines Leuchtturmwärters nicht das Auslangen fand."

„Das sind echte Sorgen, wenn man mit dem Geld nicht auskommt, Sior Bortolo!"

„Manchmal aber gibt es auch Sorgen, wenn man mit dem Geld auskommt und sogar noch etwas übrig bleibt. Wie viel, zum Beispiel, blieb dem Sior Niccolò Nicolich übrig, der wirklich reich war! Reich? Millionär war er, heißt es! Es gab fünf Brüder Nicolich, und jeder hatte Anteil an der ‚Nicolich', und darüber hinaus noch das Seinige."

„Alle hatten Anteil an der Nicolich? Wer war sie?"

„Was heißt ‚Sie'? Die ‚Nicolich', die Gesellschaft ‚Niccolò Nicolich und Co.' Sie hatten Boote, Schoner, auch Dampfschiffe, und Hafenagenturen, hier in Triest, aber auch in der Levante, in Konstantinopel. Als ich auf der Levante-Linie fuhr, sah ich am Kai in dieser Stadt an einer prachtvollen Stelle in großen Buchstaben geschrieben: ‚Niccolò Nicolich und Co.'"

„Ach, in Konstantinopel?"

„In Konstantinopel, aber auch sonst überall. Vor allem in Triest, wo die vier Brüder wohnten."

„Habt Ihr nicht gesagt, daß es fünf waren?"

„Freilich waren es fünf, wenn Sior Niccolò vier Brüder hatte! Da waren er, und dann Mondo, Meto, Marco und Menigo. Und er hatte zwei Söhne."

„Und die anderen nicht?"

„Wieso denn nicht? Die Nicolich waren wie ein Kaninchenstall! Ich wollte sagen, daß er, Sior Niccolò, zwei Söhne hatte: Zaneto und Tonin, und genau deshalb hatte er Sorgen . . ."

„Weil er nur zwei Söhne hatte, und die anderen mehr?"

„Was heißt nur zwei? Zwei sind genug und mehr als genug, Siora Nina. Übrigens hätte er nicht mehr Söhne haben können, da seine Frau zuerst lange Zeit krank war und dann gestorben ist. Seine Hauptsorge war, denke ich, daß sein älterer Sohn, Zaneto, nicht so gesund, und der zweite, Tonin, wenn nicht gerade schwachsinnig, so doch ein wenig zurückgeblieben war. Stellt Euch vor, Sior Niccolò mußte ihn in die Schiffahrtsschule von Triest schicken, zu seinen Brüdern, weil er in unserer Schule nicht mitkam. Hier brauchte er zwei Jahre für jede Klasse: hochaufgeschossen und dünn, saß er immer in der letzten Bank; er konnte weder vorwärts noch rückwärts."

„Ein Repetent, wie?"

„Oh ja. Denn in der Marinesschule von Lussino halfen einem unter Österreich weder Gott noch die Heiligen. ‚Wofür soll ich Euch auf See schicken? Um die Schiffe zu versenken?' pflegte der Professor Marincovich zu seinen Schülern zu sagen. Unter Österreich gab es keine Protektion, wie sie es heute gibt. Das heißt, es gab sie, aber weniger. Und deshalb, glaube ich, konnte dieser Tonin in Triest, einer großen Stadt, wo Umwege möglich waren, auf die eine oder andere Weise vorwärtskommen . . ."

„War er in Triest in Kost bei den Brüdern seines Vaters?"

„Ja, aber es war keine Belastung. Diese Brüder stellten etwas dar in Triest. So sagten sie auch zu Sior Niccolò, dem eigentlichen Haupt der Familie: ‚Warum bleibst du in Lussino, Niccolò? Komm doch zu uns nach Triest, in Triest lebt man sehr gut!‘ Sie waren schon seit vielen Jahren in der Stadt und fühlten sich in Lussino nicht mehr so wohl. Sior Niccolò aber wollte nichts davon hören. ‚Meine Lieben‘, sagte er zu ihnen, ‚ich bleibe hier, weil man hier ist, wer man ist, während man in Triest ist, was die anderen wollen!‘“

„Welche anderen?“

„Ach, unwichtig. Das pflegte er eben zu sagen. Die Wahrheit war, daß er, der älteste der Brüder, seine Eigenheiten hatte, und daß er sich fern von dieser Insel nicht wohl gefühlt hätte. So machte er zum Beispiel jeden Morgen — ich sehe ihn immer noch vor mir, ein gutaussehender Mann, hochgewachsen, bolzengerade, mit vollem Haar und sehr schönen Augen — vor dem Gabelfrühstück einen Spaziergang; mit Hut und Mantel im Winter, ohne Sakko im Sommer. Bis zum Leuchtturm ging er, und manchmal bis zum Haus des Lehrers Girardelli, wißt Ihr noch?“

„Ah, ging er spazieren, um den Lehrer Girardelli zu besuchen?“

„Wieso denn? Der war zu dieser Stunde doch in der Schule. Nein, er ging hin und zurück, nur um spazierenzugehen. Meistens aber wanderte er nur bis zum Leuchtturm. Und dort geschah es, daß er einmal die kleine Nives traf, kurze Zeit, nachdem sie an Typhus erkrankt gewesen war — wißt Ihr, die Töchter des Leuchtturmwärters Tominovich aßen auf den Klippen Muscheln, die sie mit einem Stein aufschlugen — und, selbstverständlich das Haar geschnitten hatte. Sie war noch ein Kind, und sie trug einen alten, gestreiften Pullover ihres Vaters, der ihr bis zu den Knien reichte. In der Hand schleppte sie einen großen Eimer, der so schwer war, daß sie ihn alle Augenblicke niederstellen mußte."

„Armes Kind! Einen Eimer mit was?"

„Was wohl? Einen Eimer mit Wasser. Den Tominovich fehlte nicht nur das Klosett, sondern auch das Wasser, und die kleine Nives mußte es oft aus der Zisterne holen. Und so groß, Siora Nina, war dieser Eimer, daß Sior Niccolò zu der kleinen Nives, die mit ihrem kurzen Haar und in dem gestreiften, bis zu den Knien reichenden Pullover ihres Vaters wie ein Junge aussah, sagte: ‚Eimer, wohin trägst du diesen Mann?' Nives stellte den Eimer nieder, schaute Sior Niccolò an und lächelte anmutig: ‚Aber nein', sagte sie, ‚ich bin kein Mann, ich bin die kleine Nives, und man hat mir das Haar geschnitten, weil ich Typhus gehabt habe.'"

„Ja, wenn die Kinder klein sind, sind sie sehr lieb . . ."

„Ja, wenn sie klein sind. Das dachte auch Sior Niccolò, als er dieses kleine Mädel mit den großen himmelblauen Augen und dem kurzen blonden Haar in ihrer ganzen schönen Anmut sah: ‚Ah, Nives heißt du! Ich aber heiße Niccolò, wie der heilige Nikolaus', sagte er lachend, und sie nahm wieder ihren Eimer auf. Er winkte ihr zu, stand auf und kehrte auf der Stelle um, da es schon Gabelfrühstückszeit war."

„Ja, die Männer waren es nun einmal gewöhnt, am Vormittag ein Gabelfrühstück einzunehmen."

„Wie auch immer. Ich wollte ja nur erzählen, daß Sior Niccolò jeden Morgen — jeden Morgen, wenn er die kleine Nives vor dem Leuchtturm traf — schon von Ferne rief: ‚Eimer, wohin trägst du diesen Mann?', und sie den Eimer niederstellte und anmutig lächelnd auf ihn zukam. Wie brav sie auch heute Wasser hole, und daß Wasser nichts koste, und auch, daß Sauberkeit ein Gebot der Gesundheit sei. Ja, und wer sauber sei, der werde einem Engel ähnlich, wie die Lehrerin Moreto immer sagte. Ah, sie geht schon in die Schule? Schon in die vierte Klasse! Und wieso sei sie dann am Morgen nicht in der Schule? ‚Die Schwestern sind in der Schule, mich lassen sie noch zu Hause, weil ich Typhus gehabt habe.' — ‚Und wie alt bist du?' — ‚Im April war ich zehn.' Wie brav, schon so groß! Und sie darauf: ‚Ja, und wie alt seid ihr?'"

„Was, sie hat ihn so frei heraus gefragt, wie alt er war?"

„Freilich. Und auch Sior Niccolò war überrascht, da die Kinder gewöhnlich nicht nach dem Alter der Erwachsenen fragen. Also schaute er sie an und sagte dann in der spöttischen Art, die er manchmal hatte: ‚Wie alt ich bin, Kleine? Ich könnte siebenunddreißig oder siebenundvierzig Jahre alt sein, ich erinnere mich nicht . . .' Wieso er sich denn nicht erinnern könne, lachte sie, ob er siebenunddreißig oder siebenundvierzig sei? Und dann sagte er, immer noch in dem spöttischen Ton: ‚Ach, meine Kleine, ich zähle die Flaschen Wein in meinem Keller, ich zähle das Silberbesteck in den Laden meiner Anrichte, ich zähle mein Geld, weil das Dinge sind, die ich verlieren oder die mir jemand stehlen könnte, aber die Jahre, meine Kleine, zähle ich niemals, weil ich sie gewiß nicht verliere und sie mir gewiß niemand wegnehmen wird.'"

„Ah, er wollte seine Jahre nicht zählen?"

„Aber nein. Es war nur ein Spaß, ein Spaß, den schon sein Vater mit ihm gemacht hatte, als er noch klein war, und den er nun mit der kleinen Nives machte, um sie zum Lachen zu bringen, während sie ihn wie verzaubert anschaute. Viele Späße machte er mit ihr, die schon sein Vater und vielleicht sein Großvater mit ihm gemacht hatten, als er noch ein Kind war. So saßen sie zum Beispiel einmal auf der niedrigen Mauer der Terrasse vor dem Leuchtturm, als ihm der Hut hinunter auf die Klippen fiel und er sagte: ‚Lassen wir ihn liegen, wo er hingefallen ist, da er nicht tiefer fallen kann! Wenn ich hinuntersteige, um ihn aufzuheben, kann es passieren, daß ich selbst falle; und wenn ich hinfalle, würde er dann mich aufheben? Und wenn er mich nicht aufhebt, warum soll ich hinunterfallen, um ihn zu holen?'"

„Ah, und er ließ seinen Hut dort liegen?"

„Aber nein! Das war auch nur ein Spaß, den er machte, um das Kind lachen zu sehen. Gewiß hat er den Hut wieder geholt. Sior Niccolò war ein flinker Mann. ‚Ihr seid immer wie ein Junger!' rief ihm der alte Andre stets zu, wenn er ihn früh am Morgen sah, wie er geschwind die große, schöne Treppe aus Stein hinuntereilte, die durch den Garten hinauf zum Haus der Nicolich führte. Kurz, ich wollte sagen, daß diese kleine Plaudertasche Nives so glücklich war, mit Sior Niccolò plaudern zu dürfen, daß sie sich manchmal verspätete, um lächelnd neben ihrem Eimer zu warten, bis er daherkam."

„Ach, trafen sie einander jeden Morgen?"

„Nein, Siora Nina, nur so lang, bis sie wieder in die Schule gehen mußte. Aber wie brav war doch diese kleine Nives in der Schule! Erstaunlich brav. Sie war die einzige von Piero Tominovichs Töchtern, die einen Kopf und einen Willen hatte. Vor allem Willen hatte sie. Und ordentlich war sie, ein hübsches Kind, und, wie gesagt, sehr brav in der Schule. So brav, daß die Lehrerin Moreto, als Nives mit sehr guten Noten in allen Fächern die Volksschule absolviert hatte, ihr bei der Gemeinde ein Stipendium der österreichischen Schulbehörde verschaffte, damit sie ihre Ausbildung in einer — selbstverständlich italienischen — Lehrerbildungsanstalt in Pisino fortsetzen konnte. Ein anständiges Mädchen, graziös, das immer schöner wurde: blondes Haar, himmelblaue Augen, und sie sah sehr auf sich. Niemand hätte geahnt, daß sie die Tochter des armen Leuchtturmwärters Tominovich war, dessen Frau mit Kopftuch und Schürze herumging, auch wenn sie die Tochter in Pisino besuchte. Gut, wollt Ihr hören, Siora Nina, was geschah, als sie mit der Schule fertig war?"

„Sie ist Lehrerin geworden!"

„Auch. Aber das war nicht wichtig. Es geschah nämlich, Siora Nina, daß Zaneto, Sior Niccolòs älterer Sohn, sich eines Sommers in sie verliebte."

„Und hat sie Schwierigkeiten gehabt?"

„Keine Schwierigkeiten. Warum? Sie war Nives Tominovich, ein Mädchen, wie gesagt, mit Kopf und Willen. Sie wußte, was sie wollte. Und dieser Zaneto, der Sohn des Sior Niccolò, war keine Schönheit. Er hatte eine Stumpfnase, wie seine Mutter, die eine geborene Bertoto war, und eine schwache Gesundheit — deshalb wurde er nicht zum Militär eingezogen, ein Lungenleiden —, aber er war ein guter Junge, mit einem guten Herzen. Und er hat sich in die kleine Nives verliebt. Sie hatten den ganzen Sommer miteinander gesprochen, und er hatte ihr immer wieder gesagt, daß sie auf die eine oder andere Weise schon einen Weg finden würden."

„Was für einen Weg?"

„Sie mußten irgend etwas unternehmen, Siora Nina, da es unvorstellbar war, daß ein Sohn des Sior Niccolò eine Tochter des Leuchtturmwärters Tominovich heiratete, aus einer Familie — Mann, Frau und sechs Töchter —, die nicht einmal ein Klosett hatte und die, mit Verlaub, ihr Geschäft auf den Klippen verrichten mußte . . ."

„Ach, sie sind scheußlich, diese Sachen, mit so verschiedenen Familien . . ."

„Scheußlich oder nicht, Siora Nina, das Schöne war, daß Nives Tominovich, weil sie zusammen mit Doretta Ivanissevich in Pisino auf der Schule gewesen war und die Ivanissevich zu Allerheiligen immer ein großes Fest in ihrem Haus veranstalteten — da die Mutter Santina, die Heilige, hieß —, ein Fest, zu dem alle, ich meine, alle besseren Leute von Lussino kamen, also, das Schöne war, daß auch Nives dazu eingeladen wurde. Die beiden Mädchen waren nämlich enge Freundinnen geworden. Nives war sehr oft im Haus der Ivanissevich, und dort hatte sie, wie ich glaube, Gelegenheit gehabt zu sehen, wie diese Herren lebten. So gab es auch diesmal ein prächtiges Fest und eine großartige Bewirtung."

„Ach, es gab auch eine Bewirtung?"

„Gewiß. Großartig. Graf Bepi aus dem Geschlecht der Ivanissevich gab immer großartige Feste. Er war ein echter Herr. Ich habe schon gesagt, daß die Herren so viel hatten, daß sie nicht einmal wußten, was sie besaßen, und tatsächlich wußte er damals nicht, daß er nichts mehr hatte. Gut, Nives Tominovich wurde zu dem Fest eingeladen, und in einem großen Zimmer erblickte sie plötzlich Sior Niccolò, auf einem Sofa sitzend wie ein Kaiser. Er sah noch immer gut aus, mit vollem Haar, obwohl zehn Jahre vergangen waren, und er schaute den jungen Leuten beim Tanzen zu. Er saß allein da, denn, wie ich schon erzählt habe, seine Frau war schon vor vielen Jahren gestorben. Gut, wißt Ihr, was Nives Tominovich tat? Ohne lang zu überlegen, ging sie schnurstracks auf ihn zu."

„Um ihn zum Tanzen aufzufordern?"

„Ach was! Wann hätte es damals ein Mädchen gewagt, einen Herrn zum Tanzen aufzufordern? Sie ging geradewegs auf ihn zu und, setzte sich neben ihn auf das Sofa. ‚Sior Niccolò', sagte sie, ‚Sie müssen mir verzeihen, vielleicht erkennen Sie mich nicht, aber ich kenne Sie, und weiß, was für ein Mensch Sie sind . . .' — ‚Ah, wenn Sie wissen, was für ein Mensch ich bin, möchte ich wissen, wer dieses schöne Mädchen ist, das weiß, was für ein Mensch ich bin.' Und darauf sagte Nives, während sie ihn mit ihren großen himmelblauen Augen ansah: ‚Eimer, wohin trägst du diesen Mann?' Und lächelte."

„War dort ein Eimer?"

„Ach, Siora Nina! Kaum hatte sie ‚Eimer, wohin trägst du diesen Mann?' gesagt, erkannte er sie sogleich, an ihren großen himmelblauen Augen, denke ich. ‚Wirklich', rief Sior Niccolò, ‚ich erinnere mich, ja! Aber wie ist das möglich? Sie waren ein kleines Mädchen, und jetzt sind Sie in der Blüte ihrer Jugend! Auf mein Wort, mir fehlen die Worte!' — ‚Aber ich, wenn Sie erlauben, Sior Niccolò, hätte ein Wörtchen mit Ihnen zu reden', antwortete sie, und ganz frei und offen fuhr sie fort: ‚Sie, Sior Niccolò, sind, wer Sie sind, und ich bin, wer ich bin. Ich bin ein einfaches Mädchen, ich bin nur die Tochter des Leuchtturmwärters Tominovich — ich weiß nicht, ob Sie sich daran erinnern —, aber ich habe auch die achte Klasse in Pisino erfolgreich absolviert, und ich habe keinen Unsinn im Kopf. Bald werde ich Lehrerin sein, mir wird das tägliche Brot nicht fehlen, und auf dieses Brot allein kommt es an, wie Sie wissen. Jetzt aber muß ich Ihnen etwas sagen, das Sie noch nicht wissen — nämlich, daß Ihr Sohn in mich verliebt ist, und ich in ihn. Liebe schafft Liebe, und Grausamkeit zerstört sie, wie es heißt. Aber über mich kann niemand etwas Schlechtes sagen. Fragen Sie nur die Lehrerin Morato und meinen Beichtvater Don Blas und alle anderen, und niemand wird Schlechtes über mich erzählen können.

Und Sie werden auch hören, daß ich gewiß nicht dem Geld nachlaufe, weil ich niemals Geld gehabt habe. Wenn es nicht so wäre, daß ich in Ihren Sohn verliebt bin und er in mich, wäre ich nicht hergekommen, um Sie zu stören.‘“

„Jessus Maria! So frei hat sie mit ihm geredet?“

„Genau das war es, was Sior Niccolò zu ihr sagte. ‚Wissen Sie‘, antwortete er, ‚wissen Sie, was ich Ihnen sagen werde, mein Mädchen? Sie gefallen mir sehr, so frei und offen wie Sie sind, genauso wie damals, als ich Sie mit dem Eimer beim Leuchtturm traf. Um aufrichtig die Wahrheit zu sagen: es würde mir nicht leid tun, wenn ein so freimütiges, schönes und gesundes Mädchen wie Sie einen meiner Söhne heiratet. Gut: Liebe schafft Liebe, und Grausamkeit zerstört sie. Einverstanden, heiraten Sie meinen Sohn. Aber Sie haben mir noch nicht gesagt, welchen Sie meinen. Den älteren oder den jüngeren?‘ — ‚Ach, Sie haben zwei Söhne zum Heiraten?‘ sagte sie aus Spaß und schaut ihn mit ihren großen himmelblauen Augen an, ‚wenn Sie zwei Söhne haben, Sior Niccolò, dann nehme ich denjenigen, den Sie wünschen, daß ich nehme, da ich niemals etwas tun würde, das Ihnen nicht gefällt.‘ So redete sie, immer noch lachend, im Spaß. Und er lachte auch und nahm sie an der Hand und führte sie zu Zaneto, der keine Ahnung hatte und gerade eine Pastete aß.“

„Um ihm zu sagen, daß sie den anderen heiraten sollte?“

„Wieso den anderen? Sie hat Zaneto geheiratet, der in sie verliebt war, denjenigen mit der Stumpfnase der Bertoto und den kranken Lungen. Das war eine Hochzeit, Siora Nina! Alle staunten über diesen Sohn des Sior Niccolò, der eine Tochter des Piero Tominovich heiratete. Und es gab ein großes Fest im Haus der Nicolich, man lud alle die besseren Leute von Lussino ein, Niccolòs Brüder kamen aus Triest, selbstverständlich, überhaupt die ganze Verwandtschaft. Nur die Tominovich kamen nicht; sie hatten Sior Niccolò gesagt, daß es sie nicht interessiere, es genüge, wenn sie in die Kirche kämen. Und tatsächlich, so wurde erzählt, waren sie in der Kirche, in der Domkirche, ihre Mutter mit dem Kopftuch, und die Schwestern standen hinten neben dem letzten Beichtstuhl, am Ausgang der Kirche unter der Orgelempore."

„Ah, wurde die Orgel gespielt?"

„Ich weiß nicht, Siora Nina, ob auch die Orgel gespielt, wurde, aber ich glaube schon. Ich wollte nur erzählen, daß dieser Zaneto, zweieinhalb Jahre später, wenig älter als dreiundzwanzig Jahre alt, dahingegangen ist."

„Ist er zur Armee eingerückt?"

„Wieso eingerückt, wenn er doch untauglich war wegen seiner Lungenkrankheit! Er ist dahingegangen, gestorben. An seiner Lungenkrankheit und noch ohne Kinder, die Sior Niccolò so sehr ersehnt hatte. Und Nives, selbstverständlich, hat geweint."

„Weil sie keine Kinder hatte?"

„Vielleicht auch deswegen, aber sie hat so geweint, daß sie noch sieben Tage nach seinem Tod im Haus eingeschlossen blieb, in diesem großen Haus, das die Nicolich an der Riva hatten. So sehr weinte sie, daß es Sior Niccolò, der doch seinen Sohn verloren hatte, und auch Zanetos Bruder Tonin, der aus Triest zum Begräbnis gekommen war, nicht verstehen konnten. Nicht einmal zum Mittagessen kam sie ins Speisezimmer, und die Dienstmädchen brachten ihr etwas zu essen in ihr Zimmer. So stieg eines Tages Sior Niccolò hinauf zu ihr, um ihr zu sagen, daß sie vernünftig sein solle."

„Eh, ich, als meine selige Mutter starb . . ."

„Laßt Eure selige Mutter, Siora Nina. Sior Niccolò jedenfalls ging hinauf zu Nives, um ihr zu sagen, daß sie vernünftig sein solle: ‚Sei vernünftig, meine Nives, es darf nicht so weitergehen, es sind schon acht Tage, daß du weinst und dich abhärmst, als ob er diesen Morgen erst gestorben wäre. Du mußt vernünftig sein, du mußt dich fügen, meine Nives, sonst wirst auch du krank. Das Leben muß weitergehen.‘ Kurz, Siora Nina, er sagte und tat alles mögliche, um sie zu überzeugen . . .“

„Daß sie hinuntergehen und im Speisezimmer essen sollte?“

„Das auch. Aber er hatte sich noch etwas anderes in den Kopf gesetzt. Denn, tatsächlich, nicht einmal sechs Monate später — die Monate der strengen Trauer, die damals eingehalten wurden —, stellt Euch vor, da hat man erfahren, daß Nives wieder heiraten würde. Sie heiratete Zanetos Bruder Tonin, den zweiten Sohn Sior Niccolòs.“

„Den Bruder! Der ein wenig schwachsinnig war, wie Ihr gesagt habt?“

„Nicht eigentlich schwachsinnig. Er besuchte noch die Schule in Triest, obgleich diejenigen, die mit ihm zusammen angefangen hatten, schon den Militärdienst hinter sich hatten und Kapitäne geworden waren. Er sprach langsam, aber er war ein sehr guter Junge und tat alles, was man ihm sagte. Auch in der Schule war er langsam, sehr langsam, und mühselig kam er so weit, daß ihm nur noch die Kapitänsprüfung fehlte. Und Sior Niccolò, der sehr zufrieden war, daß mit dieser Nives wieder ein wenig Leben in sein großes Haus zurückgekehrt war, wo es früher nur ihn, den kränklichen Sohn, den alten Andre und die alte Tona gegeben hatte, die für alles sorgten, was notwendig war, hatte die Sache so arrangiert, daß sein zweiter Sohn Tonin ihr einen Antrag machte. Es redeten alle darüber, daß die Nives den Bruder ihres verstorbenen Mannes heiraten würde, und Ihr könnt Euch den Klatsch im Ort vorstellen . . ."

„Es war Neid, wie?"

„Ja, ja, auch Neid, aber vor allem Klatsch. Das sei zu schnell gegangen, hieß es, nicht einmal sechs Monate seien vorbei, und so weiter, und dann, ausgerechnet den Bruder habe sie gewählt. Aber später, am Tag der Hochzeit, als Don Blas die beiden vermählte, kamen alle, die etwas darstellten in Lussino, zur Hochzeitstafel in das Haus der Nicolich und in den Garten, da es Sommer war und heiß. Es war im Jahr vierzehn, ich erinnere mich, denn gerade damals war meine Mutter gestorben."

„Und so seid Ihr nicht zur Hochzeitstafel gegangen?"

„Aber wie denn, Siora Nina, hätte ich erwarten können, daß mich Sior Niccolò Nicolich zu seiner Tafel einlädt? Ich erinnere mich, wie sie alle, elegant gekleidet, durch das eiserne Gartentor hereinkamen — alle diese Leute, die etwas darstellten . . . Sie gingen die Gartentreppe hinauf, eine große Treppe aus weißem Stein, und oben stand Sior Niccolò, bolzengerade, und reichte allen die Hand. Alle Türen zum Garten und im Haus waren weit offen, und alle waren sehr glücklich, zu dieser Tafel eingeladen zu sein, auch, weil sie herumschnüffeln konnten.

Auch Siora Mima kam, die drei unverheiratete Töchter und eine allseits bekannte böse Zunge hatte. Als diese Siora Mima auf der Anrichte im Speisezimmer die gerahmte Fotografie des armen Zaneto erblickte, fragte sie laut, damit alle es hören sollten: ‚Wer ist denn das auf dem Foto, liebe Nives? Wer ist dieser hübsche junge Mann, den ich ohne Brille nicht erkennen kann? Wer ist es?' — ‚Oh, Siora Mima', antwortete prompt Nives, ‚das ist mein Schwager, der arme, der vor sechs Monaten gestorben ist . . .'"

„Ja freilich, nachher war er Schwager geworden."

„Nachher? Was bedeutet nachher? So viele Sachen entstehen erst nachher. Nach jener Tafel zum Beispiel im Jahr vierzehn, nicht einmal einen Monat später, geschah es, daß Franz Ferdinand starb — auf so häßliche Art, bekanntlich, von dem Bosniaken umgebracht, der ihn und seine Frau mit drei Schüssen traf . . ."

„Ja, häßlich!"

„Ja, man hat gleich gesehen, daß es häßlich war. Dieser Tonin aber, gerade erst Ehemann geworden, sollte, da es Juli war, seine letzte Prüfung in der Schiffahrtsschule ablegen. Eines Morgens, ich erinnere mich, es war ein sehr schöner Morgen mit frischem Wind, fuhr er mit dem Dampfer nach Triest. ‚Und komm zurück als Kapitän!' schrie Nives, während sie ihm von der Mole aus mit dem Taschentuch zuwinkte und die Sirene des Dampfers heulte. ‚Wir sehen uns am Freitag, spätestens am Samstag wieder!' rief er. Statt dessen aber, Siora Nina, traf in Lussino bei der Marineverwaltung eine Nachricht ein. Und wißt ihr, wer sich gerade in dem Augenblick, als das Telegramm kam, in der Marineverwaltung aufhielt?"

„Sior Nadalin, der Postmeister?"

„Aber, wieso Sior Nadalin, der Postmeister, da doch die Marineverwaltung einen Telegraphen hatte? Nein, es war der Leuchtturmwärter Piero Tominovich dort, als das Telegramm eintraf, der Vater der Nives, der gekommen war, um sein armseliges Gehalt abzuholen. Kaum hatte er die Nachricht gehört, lief er zum Haus der Nicolich, und als er sah, daß der alte Andre gerade das eiserne Gartentor aufsperrte, rannte er eilig hinein, um seiner Tochter die Neuigkeit zu erzählen. Als er aber vor der großen Treppe aus weißem Stein angelangt war, an deren oberem Ende das Haus mit der Säulenhalle stand, das er noch nicht gesehen hatte, besann er sich und erzählte die Nachricht nur dem alten Andre, der soeben einen Seebarsch, den er mit der Harpune gefischt hatte, heraufbrachte. Es war schon Mittag, und in der Sonnenhitze ging Piero Tominovich langsam zu seinem Leuchtturm zurück. Hie und da steckte er die Hand in die Tasche, um zu prüfen, wo er sein Geld, das armselige Gehalt, stecken hatte.

Und so geschah es, Siora Nina, daß Sior Niccolò und Nives vom alten Andre erfuhren — er kam in das Speisezimmer gerannt, die Harpune mit dem aufgespießten Fisch in der Hand —, daß Österreich dem Königreich Serbien den Krieg erklärt hatte."

„Und wie war dieser Seebarsch? Reichte er für alle?"

„Oh Gott, Siora Nina, wie könnt Ihr an den Fisch denken, wenn Österreich den Krieg erklärt hatte? Das bedeutet: erstens allgemeine Mobilmachung, und zweitens: daß Tonin Nicolich nicht nach Hause zurückkehren durfte. Er mußte sich in der Großen Kaserne stellen, und da er, was verständlich war in diesem Augenblick, nicht seine Kapitänsprüfung ablegen konnte, wurde er als einfacher Soldat nach Galizien geschickt. Seht Ihr, Siora Nina, wie das Schicksal manchmal spielt? Ganz anders als ‚Komm als Kapitän zurück!' oder ‚Wir sehen uns am Freitag, spätestens am Samstag wieder!' Armer Tonin, er kam weder als Kapitän noch als Leutnant zurück. Und er, Nives und sein Vater, haben sich nicht mehr wiedergesehen, weder am Freitag noch am Samstag oder überhaupt jemals."

„Wie — niemals wiedergesehen?"

„Niemals — weil es Krieg war, und in Galizien schoß der Russe gezielt auf unsere Leute, und Tonin Nicolich, der arme Tonin, wie man später sagte, ist in den ersten

Tagen des Krieges gefallen. Man hat nie genau gewußt, wann, aber auf der Karte aus Wien, die ein Foto von ihm in Uniform zeigte, war auf deutsch geschrieben: ‚An einem der ersten Tage der Schlacht'. Und wißt Ihr, Siora Nina, daß Sior Niccolò von jenem Tag an keinen Seebarsch mehr essen wollte?"

„Mamma mia! Keinen Seebarsch mehr, und dabei ist Seebarsch so gut! Und sie auch nicht?"

„Nein, sie aß Seebarsch, Rotbarsch, Oraden, Barben, Sardinen und Sardellen, Meerwolf, St. Peters-Fisch, alles, weil den Nicolich niemals etwas fehlte während des Krieges. Den armen Leuten dagegen fehlte vieles: Kaffee und Zucker, aber auch weißes Mehl und Reis, sogar Maismehl, und viel mehr Bettler kamen an die Tür und baten nicht mehr um Geld, sondern um eine Suppe von gestern."

„Sagte man ihnen, daß sie am nächsten Morgen wiederkommen sollten?"

„Ganz egal, heute oder morgen. In Triest fehlte es auch an Öl, und mehrmals kamen die Brüder des Sior Niccolò mit ihrem Dampfer her, um . . ."

„Ah, sie kamen mit dem Schiff, um Öl zu holen?"

„Ja, sie kamen her, und Sior Niccolò befahl dem alten Andre, ihnen eine große Flasche zu geben, da Sior Niccolò eine Ölpresse und Ländereien besaß, und er gab ihnen auch Schinken und Lammkeulen und Käse und Honig, da es keinen Zucker gab, und Kartoffeln — stellt Euch vor, in Triest gab es nicht einmal Kartoffeln."

„Ah, und sie kamen immer mit dem Dampfer, um alle diese Sachen zu holen?"

„Immer? Sie kamen, wenn es nötig war, wenn sie nichts mehr hatten. Da nunmehr in diesem großen Haus nur Sior Niccolò und Nives lebten, sagten die Leute jetzt: ‚Was für ein Glück für Sior Niccolò, armer Mann, der seine Kinder verloren hat, daß jetzt die Schwiegertochter für ihn sorgt, ihm Gesellschaft leistet und ein bißchen Fröhlichkeit ins Haus bringt! Sie denkt für ihn, sie begleitet ihn auch aufs Land, kümmert sich um die Landwirtschaft und paßt auf, daß die Bauern nicht zuviel zurückbehalten!‘ Aber für die Brüder, Siora Nina, die Brüder in Triest — Mondo, Meto, Marco und Menigo — wurde es, wenn sie nach Lussino kamen, immer unangenehmer . . .“

„Wegen des Öls?“

„Ach was. Diese Nives hatte alles in der Hand, sie ging mit dem Schlüsselbund am Gürtel im Haus herum. Ihr versteht: sie rechnete damit, daß ihr, wenn der älteste Bruder eines Tages sterben würde, als Witwe des Sohnes, sogar der zwei Söhne, alles zufallen würde, wie Mondo sagte. ‚So wird sie das ganze Vermögen unseres Bruders bekommen, nicht wir und unsere Kinder werden erben, sondern sie und ihre Familie!‘ — ‚Ja, diese anderen‘, sagte Meto, ‚die Tominovich vom Leuchtturm!‘ — ‚Gut‘, meinte Menigo, der sich nicht zuviel einmischen wollte, ‚zerbrechen wir uns nicht den Kopf, bevor es soweit ist: jung und schön, wie sie ist, wird sie wieder heiraten, und alles wird in Ordnung sein . . .‘ — ‚Heiraten?‘ erwiderte Marco, ‚wer wird eine solche Frau heiraten, die schon zwei Männer begraben hat? Wer würde es wagen? Sie wird nicht mehr heiraten, glaube ich, und Mondo hat recht, wenn er sagt, daß alles ihr und denen vom Leuchtturm zufallen wird. Für ihn dagegen, für Niccolò, wäre es an der Zeit, daß er selbst heiratet, da er seit so vielen Jahren Witwer ist. Und wißt ihr, wen? Noreta Bertoto.‘“

„Noreta Bertoto, wer war das?“

„Wer das war? Eine Cousine der Brüder Nicolich. Ich habe schon erzählt, daß ihre Mutter eine Bertoto war und deshalb einige von den Nicolich eine Stumpfnase hatten. Eigentlich war sie die Tochter eines Sohnes eines Bruders der Mutter. Cousine zweiten Grades also, und noch unverheiratet . . ."

„Eine alte Jungfer?"

„Keine alte, eine junge. ‚Auf diese Weise', sagte Marco, ‚hätte unser Bruder Niccolò jemanden, der sich um ihn kümmert, und wenn er eines Tages nicht mehr da ist, bleibt sein ganzes Vermögen in der Familie und fällt nicht denen vom Leuchtturm zu!'"

„Ach ja, als Cousine zweiten Grades hätte sie ihn heiraten dürfen. Und gleichzeitig gehörte sie zur Familie. Ein guter Gedanke!"

„Auch die anderen Brüder sagten sogleich: ‚Freilich, ein guter Gedanke, das hast du sehr wohl überlegt, Marco.' Eine Sache aber hatten sie nicht wohl überlegt: daß zum Heiraten zwei nötig sind! So kamen sie einmal nach Lussino, mit der Ausrede, daß sie Öl brauchten, um dem Bruder Niccolò — vertraulich, natürlich —, diesen Vorschlag zu machen. Aber Niccolò sprang auf: ‚Ich soll die Noreta mit ihrer Stumpfnase heiraten? Sie ist langweilig wie die Litanei der Muttergottes, und es ist kein Wunder, daß sie noch unverheiratet ist!' — ‚Gerade deshalb, weil sie noch unverheiratet ist', sagte Mondo zu ihm, ‚könntest du sie heiraten, da du, nach Gottes Ratschluß, keine Kinder hast. Eines Tages wirst du es nötig haben, daß sich jemand um dich kümmert, dich pflegt. Weil du, lieber Niccolò, der älteste von uns bist. Weißt du, wie alt du bist, Niccolò?' — ‚Wie alt ich bin?' antwortete Sior Niccolò, stand auf von seinem Stuhl und machte es kurz. ‚Siebenundvierzig oder siebenundfünfzig, ganz egal; ihr sollt wissen, daß ich meine Jahre nicht zähle. Ich zähle mein Geld, meine Weinflaschen im Keller, meine Ölflaschen, mein Silberbesteck in den Schubladen im Speisezimmer, meine Goldnapoleons, die ich habe — ich sage nicht, wo —, ich zähle diese Sachen, weil sie verlorengehen oder gestohlen werden könnten —, aber meine Jahre, meine Lieben, die zähle ich niemals, weil ich sie nicht verlieren kann und gewiß niemand sie mir wegnehmen wird.‘“

„Und wie alt war er wirklich?“

„Ich weiß nicht. Ganz egal. Ich wollte nur erzählen, daß er sogleich die Möglichkeit ausschloß, Noreta Bertoto zu heiraten. Ich glaube aber, daß er gerade in diesem Augenblick nachzudenken begann.“

„Nachzudenken worüber?“

„Darüber, glaube ich, daß er, wenn seine Brüder ihn dazu treiben wollten, eine Noreta Bertoto zu heiraten, die fünfundzwanzig Jahre jünger war als er, daß es dann doch das gleiche wäre . . .“

„Das gleiche was?“

„Das gleiche, das er sich schon einmal gedacht hatte, ohne es so recht wahrzunehmen. Und tatsächlich, am nächsten Tag, als seine Brüder, Gott sei Dank, weggegangen waren, um rechtzeitig den Dampfer nach Triest zu erreichen, schloß er die Haustür, legte Nives die Hand auf die Schulter und sagte: ‚Gott sei Dank, sie sind weggegangen, mit Gott! Diese vier Ms — Mondo, Meto, Marco und Menigo — sind zu nichts anderem gut als herzukommen und Verwirrung zu stiften.‘ Und dann, lachend: ‚Und so sind wir wieder allein zusammen . . . wie zwei Eheleute.‘ Sie aber schaute ihn mit ihren großen himmelblauen Augen an, zog seine Krawatte zurecht und sagte: ‚Warum nicht?‘ Und lächelte.

Siora Nina, wollt Ihr es glauben? Nicht einmal einen Monat später heirateten sie, sehr früh am Morgen, in der kleinen Kirche von San Martino. Nur der alte Andre und die Tona waren dabei, als Zeugen. Und nachdem sie

Arm in Arm weggegangen waren, sagte Don Blas zum Messner Severino: ‚Diese Welt ist immer wieder für Überraschungen gut . . .‘“

„Mamma mia, hat er seine Schwiegertochter geheiratet?“

„Ja, Siora Nina. Am Anfang sagte man, daß er seine Schwiegertochter geheiratet hat; später aber sagte man einfach, daß er die Nives geheiratet hat. Es war Krieg, und niemand dachte mehr daran. Aber eines Nachmittags kam Siora Mima in ihr Haus, neugierig wie immer, und mit der Ausrede, daß sie in Triest gewesen sei und Sior Niccolòs Brüder gesehen habe, aber in Wirklichkeit war sie gekommen, um herumzuschnüffeln. Liebe Nives hier und liebe Nives dort, wie schön haben Sie das alles gemacht, auch neue Gardinen sind da, und: ‚Leider habe ich meine Brille nicht bei mir und sehe nicht gut — wer ist denn der hübsche Mann auf diesem Foto auf der Anrichte?‘ — ‚Wer?‘ antwortete prompt Nives. ‚Das ist mein verstorbener Stiefsohn, der arme, der in Galizien gefallen ist . . .‘“

„Freilich, jetzt war er ihr Stiefsohn.“

„Wie auch immer. Ich wollte damit nur sagen, daß Nives wußte, wie sie die Siora Mimas dieser Welt zurechtweisen konnte. Und niemand in Lussino wagte es, weiter darüber zu klatschen. Die beiden aber, Sior Niccolò und Nives, gingen sonntags zum Hochamt in die Domkirche, Arm in Arm, und abends gingen sie auf der Promenade spazieren. Er war ein neuer Mann, ein junger Mann geworden. Sie ruderten mit ihrem Boot — mehr als einmal — bis Candia, Altatorre und Cirvizza, und er sagte: ‚Schade, daß es Krieg ist, meine Nives, sonst könnten wir mit einem schönen Liniendampfer eine schöne Reise um die Welt machen. Wenn der Krieg aus ist, werden wir zwei, Nives, eine schöne Reise mit der

Vienna nach Ägypten machen, in dieses herrliche Land . . .' Und er sang sogar."

„Was sang er?"

„Was er sang? Er sang das Lied von den zwei Matrosen, die nach Ägypten reisen . . ."

„Ja, und sind sie nach dem Krieg nach Ägypten gefahren?"

„Der Mensch denkt und Gott lenkt, Siora Nina, besonders, wenn Krieg ist. Nach dem Krieg war alles durcheinander. Erstens ist Österreich zusammengebrochen, und zweitens sind die Italiener hierhergekommen, und Sior Niccolò sagte: ‚Wir werden auch ihnen die Schiffahrtskunst beibringen!' Und dann wütete die Spanische Grippe. Diese Krankheit war überall. Auch zwei Brüder des Sior Niccolò in Triest starben daran, aber ihn erwischte es nicht. Das ist Schicksal. ‚Es wäre unvernünftig, liebe Nives, wenn wir jetzt durch die Welt reisen, da es doch so gefährlich ist', sagte Niccolò zu ihr, ‚und hier geht es uns gut, uns beiden.' Viele schöne Jahre haben sie hier zusammen verbracht, wißt Ihr. Sie ließen ihr Haus neu verputzen, innen und außen, und überall Parkettböden legen, und, stellt Euch das vor, eine Zentralheizung installieren — die erste in Lussino —, und ein Badezimmer und eine Toilette, eine sehr schöne Toilette mit Fliesen. Sie kauften auch ein Grammophon. Und dann, eines schönen Tages, sagte Sior Niccolò zu Nives: ‚Weißt du was, meine liebe Nives, warum sollen wir mit der *Vienna* nach Ägypten reisen, wo man das Trachom bekommen kann? Wir werden statt dessen mit der *Saturnia,* einem nagelneuen Schiff, von Triest nach Amerika fahren . . .'"

„Ach, die *Saturnia!* Die *Saturnia* und die *Vulcania!*"

„Nein, die *Vulcania* wurde später gebaut. Zuerst kam die *Saturnia,* und auch ich bin auf diesem Schiff gefahren. Das war ein Schiff, die *Saturnia!* Ich kannte die *Martha Washington*, die *Vienna*, die *Heluan* und die *Thalia* — die nur für Kreuzfahrten eingesetzt wurde, für Passagiere der Luxusklasse; trotzdem muß ich die Wahrheit sagen: als ich das erstemal auf die *Saturnia* kam, war ich hingerissen. Mein Gott, was für Teppiche, Kronleuchter, Salons Erster Klasse, Buffets und Bars es da gab! Ein feines Orchester spielte an Bord, es wurden Feste veranstaltet, mit Champagner. Ich war mit dem Proviantmeister Fonda in der Kombüse, und wir schickten jeden Abend Dutzende und Dutzende Flaschen Champagner in Eiskübeln hinauf. Eine Reise mit der *Saturnia* war in jenen Jahren — es war im Jahr achtundzwanzig — etwas, an das sich die Passagiere eher erinnerten als an Amerika."

„Luxus, was?"

„Luxus, Siora Nina, was bedeutet Luxus? Es waren der Komfort, die Bequemlichkeit für die Passagiere. Wo gibt es das heute noch? Und Sior Niccolò nahm mit Nives eine Deckkabine. Der Proviantmeister Fonda, der arme, sagte mir, daß die Kabinen dort das Beste vom Besten waren: kleiner Wohnraum, Badezimmerchen, Toilette, mit Verlaub, und, selbstverständlich, richtige Betten — keine Stockbetten, sondern nebeneinander, wie zu Hause, aus poliertem Holz."

„Himmel! Und wie teuer!"

„Was, wie teuer! Sior Niccolò hatte Aktien und Beteiligungen an allen Schiffen und selbstverständlich zahlte er nichts für die Schiffskarten. Und außerdem, mit dem vielen Geld, das er hatte, ließ er es, weil es doch die erste Reise war, die er mit Nives machte, an nichts fehlen: Festtafeln und Spiele und Filme und Feiern und Bälle, alles, was es gab — sie waren immer dabei. Gut, eines Samstags — am Samstag war immer großes Abendessen, Galadiner wurde es genannt —, ausgerechnet an diesem

Samstag also hatte Sior Niccolò Geburtstag, und — wie mir später der Proviantmeister Fonda, der arme, erzählte — er und Nives feierten bis in den Morgen. Der Tanz hatte erst um Mitternacht begonnen, so lange hatte das Abendessen in der Ersten Klasse gedauert, und wir hatten bis drei Uhr früh und noch später Eiskübel mit Dutzenden und Dutzenden Flaschen Champagner hinaufgeschickt."

„Ein großes Fest für Sior Niccolò?"

„Ja, ich habe es Euch doch gesagt, daß zufällig sein Geburtstag war, aber man feierte nicht nur seinetwegen. Jeden Samstag war das so auf der *Saturnia:* Ball mit Kotillon hieß das. Man verteilte Kreppapierhüte aller Art, und die Passagiere, die den gleichen Hut hatten, mußten zusammen tanzen."

„Ah, sie mußten?"

„Müssen, müssen! Wie hätte man einen Passagier der *Saturnia* zu etwas zwingen können! Es war so, daß Sior Niccolò und Nives zusammen tanzen konnten, weil sie den gleichen Hut bekamen, und sie tanzten immer zusammen, bis es dämmerte. Und als sie in ihre Kabine zurückgingen, ist ihm, der seinen Teil getrunken hatte, im kleinen Salon der Hut zu Boden gefallen, und er sagte zu Nives: ‚Gut, dort soll er bleiben, tiefer kann er nicht rutschen, und wenn ich ihn aufhebe und dabei selbst hinfalle, würde er vielleicht mich aufheben?'"

„Er war betrunken, wie?"

„Siora Nina, die Herren an Bord sind nie betrunken, die Herren sind bloß lustig. Und er war lustig, wißt Ihr! ‚Heute', predigte er Nives, während er sich in der Kabine das Sakko auszog, ‚heute habe ich meinen Geburtstag gefeiert, und ich weiß nicht, wie alt ich bin, weil ich die Jahre nicht zähle . . .' Und bevor er noch fortsetzen konnte mit: ‚. . . jedenfalls kann sie mir niemand wegnehmen', bemerkte Nives, daß ihm eine Röte ins Gesicht stieg. Er legte sich, mit den Schuhen, ins Bett und sagte: ‚Ich fühle eine Hitze im Kopf, bitte geh und hol mir ein Stück Eis.' Sie ist selbstverständlich erschrocken und gleich in den Festsaal gelaufen. Dort nahm sie einen Eiskübel und lief damit zurück in die Kabine. Als Sior Niccolò sie mit diesem Kübel in der Hand zurückkehren sah, schaute er sie, schon weiß im Gesicht, an, lächelte und sagte: ‚Eimer, wohin trägst du diesen Mann?' Dann schloß er die Augen und verschied, lächelnd."

„Armer Sior Niccolò! Aber ein so schöner Tod . . ."

„Schön? Schön für ihn, nicht aber für die Schiffahrtsgesellschaft. Ein Toter an Bord ist ein Toter an Bord — Eisschrank und alles . . . Wie auch immer. Jedenfalls hatte Sior Niccolò, wie auch der Proviantmeister Fonda sagte, schon seine Jahre auf dem Buckel. Jahre? Ach Gott, nur im Vergleich zu ihr, weil er schließlich ungefähr so alt war wie ihr Vater. Nur war der Vater der Nives noch am Leben, und er war immer noch Leuchtturmwärter."

„Ah, der Leuchtturmwärter Tominovich!"

„Ach Gott, Leuchtturmwärter — man hatte den Leuchtturm schon automatisiert, aber er wohnte — immer noch ohne Klosett — weiter dort, allein mit seiner kranken Frau, während alle seine Töchter geheiratet hatten, eine hierhin, die andere dorthin. Nives aber, allein und ohne einen Mann, blieb allein in dem großen Haus der Nicolich — allein mit den gerahmten Fotos des verstorbenen Zaneto, des armen Tonin in Uniform und jenem des lächelnden Sior Niccolò, das etwas höher und in der Mitte stand."

„Allein ist sie geblieben, die arme?"

„Arm? Nun war sie die alleinige Besitzerin des ganzen Vermögens, das Niccolò gehört hatte. Und dann, in diesem großen Haus, hatte sie noch den alten Andre, die Tona und drei Dienstmädchen aus Ciunski. Der alte Andre nämlich war sehr alt geworden, ebenso wie die Tona, die nicht mehr die Treppe hinaufgehen konnte, um die Tür zu öffnen. So geschah es, daß Piero Tominovich an dem Tag, an dem seine Frau starb, im Leuchtturm, gerade, als er den Kaffee warmmachte, und er, der arme, sofort daran dachte, Nives zu benachrichtigen, daß er also am Meer entlanglief bis zur Riva und die Glocke am eisernen Gartentor läutete. Diesmal aber öffnete ihm eines dieser Mädchen aus Ciunski. ‚Wer läutet da?‘ fragte Nives oben im Haus. ‚Er sieht aus wie ein Bettler‘, antwortete das Mädchen. ‚Ah, dann frage ihn, ob er eine Suppe von gestern haben will.‘ — ‚Es ist gut, ah!‘ sagte da der arme Leuchtturmwärter Tominovich zu dem Mädchen aus Ciunski, während er die große Treppe aus weißem Stein ansah und hoffte, daß man ihn wenigstens in die Küche ließe. ‚Ja, Signora, danke, er hat gesagt, daß er eine Suppe von gestern essen würde.‘ — ‚Gut‘ erwiderte Nives von oben, ‚dann sage ihm, daß er morgen kommen soll . . .‘

Es war keine Ausrede, um nichts geben zu müssen, Siora Nina, es war nur, daß man sich damals in Lussino nicht vorstellen konnte, einem Bettler eine Suppe von heute zu geben. Und außerdem hatte Nives nicht gesehen, daß es sich um ihren Vater handelte, weil sie, als die Glocke läutete, mit Verlaub, auf der Toilette war. Denn jetzt hatte sie ja eine sehr schöne Toilette zur Verfügung.“

IM VERTRAUEN

ist eine Geschichte aus der Zeit vor dem Ersten Weltkrieg, als nicht nur die Züge, sondern auch die Schiffe — selbst nach einer langen und gefahrvollen Reise — pünktlich laut Fahrplan ankamen. Es wird darin erzählt, was passierte, als der Kapitän Dundora, der üblicherweise auf den Bruchteil einer Minute pünktlich war, sich in der Lage fand, eine geradezu unglaubliche Verspätung rechtfertigen zu müssen.

„Früher, Siora Nina, hielten die Leute viel eher Wort als heute. Nehmen wir zum Beispiel einen Frachtauftrag: wenn sich ein Kapitän einen Tag, zwei Tage, mit einer Fracht verspätete — und damals waren ein oder zwei Tage keine große Verspätung bei langen Reisen —, gut, für eine solche Verspätung mußte der Kapitän der Reederei ausführlich Rede und Antwort stehen."

„Heute ist das nicht mehr nötig?"

„Selbstverständlich ist es auch heute nötig, glaube ich, aber damals, vor allem, als im Palazzo — im Palazzo des Lloyd, natürlich — noch Sior Antonio amtierte, wehe demjenigen, der mit einer Fracht in Verzug kam, ohne das Warum und Weshalb und Wie erklären zu können!"

„Wie, warum und weshalb?"

„Warum etwas schiefgegangen war mit der Fracht und weshalb er sich ein oder zwei Tage verspätet hatte . . ."

„Und warum verspätete man sich?"

„Wer hat denn gesagt, daß man sich verspätete? Wehe dem, der sich verspätete! Ach Gott, und trotzdem passierte es einem manchmal. Und, wißt Ihr, der häufigste

Grund für eine Verspätung war nicht eine Havarie — damals war eine Havarie auf See bei den Schiffen des Lloyd eine Seltenheit —, sondern es waren die Schwierigkeiten mit den Zollämtern in den Häfen. Den fremden, selbstverständlich."

„Wer waren die Fremden?"

„Die fremden Häfen, Siora Nina. Wo von den Zollbeamten das Verzeichnis der Waren Punkt für Punkt geprüft wurde, und sie an Bord kamen und ein Warenpaket nach dem anderen kontrollierten, und was immer sonst man an Bord hatte. Denn in fremden Häfen gab es immer die Möglichkeit, irgendwie zu schmuggeln. So fand man in Hongkong oder Shanghai, in China eben, Unterhosen für Mann oder Frau, die nur ein paar Groschen kosteten, oder auch Seide, Porzellan, chinesisches Geschirr und, für die Mutigen, Opium. Vor allem auf das Opium hatte es das chinesische Zollamt — nicht das chinesische in China, sondern das englische in Hongkong — abgesehen."

„Was! Habt Ihr Opium nach Hause mitgebracht?"

„Ich, Opium? Niemals! Geschirr aus China habe ich so viel wie möglich mitgebracht, und auch Seide, sehr schöne, aber Opium? Gott bewahre, daß wir uns mit Opium einlassen! Aus Kobe brachten wir Kameras, japanische Uhren, die nach Gewicht verkauft wurden, kiloweise, stellt Euch vor! Und Wasserpflanzen und Puppen. Es waren Puppen aus Zelluloid, und sie trugen, mit Verlaub, auf dem Hintern die Aufschrift ‚Made in Japan'. Das war ein Gelächter an Bord!"

„Wir hatten auf dem Bett eine Puppe aus Japan sitzen, die mein Vater mitgebracht hatte . . ."

„Alle hatten diese Puppen auf dem Bett sitzen, wo sonst? Aus Odessa brachten wir Pelzwaren mit, aus Alexandrien Taschen, aus Südamerika Kaffee und aus Konstantinopel Spieluhren, die eine türkische Marschmusik spielten, dann Rahatlukum für die Kinder, die ganz versessen waren darauf. Und Parfums aus Marseille."

„Und aus Amerika, was habt Ihr aus Amerika mitgebracht?"

„Alles, Siora Nina, denn, das muß ich Euch sagen, in Amerika gab es alles, gibt es alles und wird es alles geben. Amerika ist eine ganze Welt. Wir brachten aber meistens, wie ich mich erinnere, Feuerzeuge und Tischtücher aus Wachsleinwand für den Küchentisch mit, die mit einem bunten Bild der Freiheitsstatue und des ganzen Hafens von New York verziert waren, sehr schön anzuschauen, und sie hielten ewig — amerikanische Ware eben."

„Ach ja, sie hielten und hielten, diese amerikanischen Sachen!"

„Und halten jetzt noch. Alle diese Dinge waren, als Schmuggelgut, eine Kleinigkeit, Siora Nina, es waren Sachen, die jeder mitbringen konnte.

Als Schmuggelgut, als wirkliches Schmuggelgut aber galten drei Dinge, schreckliche Dinge: erstens Opium, mit dem ich niemals zu tun gehabt habe; zweitens Devisen, die besonders aus der Türkei, aus Saloniki und aus Beirut zu uns geschmuggelt wurden. In Beirut verkaufte man Dollars, Pfund Sterling, Gulden — was man sich nur wünschen konnte! — in Ständen auf der Straße, wie man bei uns Salat und Radicchio verkauft; und drittens Diamanten."

„Diamanten in Beirut, auf dem Marktplatz, in Ständen?"

„Wieso in Beirut? Diamantenschmuggel wurde dort betrieben, wo er immer betrieben wurde, glaube ich, nämlich in Südafrika. Und zwar von denjenigen, die mit dem Lloyd nach Südafrika, Kapstadt, Johannesburg fuhren. Dort war es furchtbar — für die Neger; es gab großen Reichtum und großes Elend. Es gab auch Gold und Edelsteine nach Belieben. Doch brauchte man, wie gesagt, viel Mut, um Diamanten zu schmuggeln, es war sehr gefährlich, wenn man in Kapstadt oder Johannesburg im Zollamt mit einem Diamanten ertappt wurde."

„Ach, war es schwierig, Diamanten mitzubringen?"

„Leicht und schwierig, Siora Nina. Schwierig war es, weil man viel Kapital brauchte, sehr viel. Zweitens mußte man diejenigen finden, die die Diamanten hatten; größtenteils waren es Neger, die sie im Bergwerk stahlen, und ich sage Euch nicht, Siora Nina, wo man sie versteckte, um sie herauszuschmuggeln. Anderseits war es leicht, weil ein Diamant, auch ein an sich riesiger Diamant, immer klein ist. Wenn man also Geld, Glück und einen geeigneten Neger hatte, war der Gewinn phantastisch. Was beim Juwelier Janesich in Triest ein Vermögen kostet, konnte man in Südafrika unglaublich günstiger haben. Es war nicht zu vergleichen."

„Ah, war es sehr vorteilhaft?"

„Ein gewaltiger Vorteil, Siora Nina. Und deshalb, versteht Ihr, war es jedesmal eine lange Prozedur im Zollamt von Kapstadt und Johannesburg, bevor man die Anker lichten konnte, und darum verspäteten sich die Schiffe manchmal auch einen ganzen Tag. Aber einmal, Siora Nina, handelte es sich nicht nur um einen Tag. Es vergeht ein Tag, es vergehen zwei, drei, fünf Tage, und der Kapitän Dundora mit der *Jupiter,* die aus Kapstadt zurückkehren sollte, ist noch immer nicht in Port Said aufgetaucht — ausgerechnet der Kapitän Dundora, der bekannt war als einer, der auf die Minute pünktlich an der Mole anlegte!"

„Und was war geschehen?"

„Genau das hat der Repräsentant des Lloyd in Port

Said, ein gewisser Bonifacio, ein Triestiner, auch gefragt. Was ist geschehen, daß der Kapitän Dundora, einer, der sonst auf die Minute pünktlich ist, nach fünf Tagen noch nicht zurück ist mit der *Jupiter?* Er wollte gerade nach Kapstadt telegraphieren, als er spät am Abend vom Fenster der Agentur aus die *Jupiter* kommen sah. Kapitän Dundora, der fünf Tage Verspätung hatte, wurde sogleich in die Agentur beordert. ‚Fünf Tage Verspätung haben Sie', sagte dieser Bonifacio zu ihm, ‚was ist denn passiert? Haben Sie eine Havarie gehabt?' — ‚Nein, keine Havarie', antwortete der Kapitän Dundora. ‚Sangulin, unser Bootsmann Sangulin, ist nicht weit von Kapstadt über Bord gegangen.' — ‚Es ist unangenehm', meinte Bonifacio, ‚ins Meer zu fallen, besonders vor Kapstadt. Aber warum haben Sie ihn fünf Tage lang gesucht? Wissen Sie denn nicht, daß der Vorschrift nach ein Seemann, der über Bord gegangen ist, nur einen Tag lang gesucht werden darf, und daß alles, was man nachher noch tut, nicht bezahlt wird?'"

„Fünf Tage hat man gesucht, um ihn zu finden?"

„Aber nein, Siora Nina, nicht einmal fünf Minuten. ‚Nicht einmal fünf Minuten', sagte Dundora, ‚haben wir gesucht. Lieber Bonifacio, nicht einmal fünf Minuten. Unser Sangulin war dabei, die Schiffsschraube zu überprüfen, als er eine ungeschickte Bewegung machte und ins Meer gefallen ist. Wir haben gesehen, wie ihn ein Haifisch sogleich gefressen hat. Es war ein großer Haifisch, ein alter, einer von denen, die vor Kapstadt auf die Schiffe warten, ob etwas für sie abfällt — ein großer Bursche, fünfeinhalb Meter lang, stellen Sie sich vor!' — ‚Wenn aber, Dundora, wenn der Haifisch den Sangulin gefressen hat — er tut mir sehr leid, armer Sangulin —, wenn der Haifisch ihn in fünf Minuten gefressen hat, warum haben Sie fünf Tage Verspätung gehabt?' —

‚Zwangsläufig, Bonifacio, weil wir hinter einem norwegischen Schiff herfahren mußten!'"

„Sie sind hinter einem norwegischen Schiff hergefahren? Wozu?"

„Das hat auch Bonifacio den Kapitän Dundora gefragt: ‚Wozu sind Sie hinter dem norwegischen Schiff hergefahren?' Und dann, Siora Nina, stand der Kapitän Dundora auf und sagte klipp und klar: ‚Ach, lieber Bonifacio, es tut mir leid, aber das darf ich Ihnen nicht so, in einer Agentur in Port Said, erzählen. Das darf ich nur in Triest berichten, in der Direktion der Gesellschaft im Palazzo!'"

„Er war zornig, wie?"

„Kapitän Dundora war ein Mann, der nie zornig wurde. Er wollte einfach dem Bonifacio nichts erzählen. Kaum war er aber in Triest angekommen, ging er in die Direktion der Gesellschaft in den Palazzo. Gut, und dort stellte ihm Sior Polich, ein Kanzleichef in der Direktion, an welchen Bonifacio das Telegramm aus Port Said geschickt hatte, sofort die Frage: ‚Warum, Kapitän Dundora, sind Sie vor Kapstadt hinter einem norwegischen Schiff hergefahren? Dieses Telegramm da lautet: ›Fünf Tage Verspätung, weil norwegisches Schiff verfolgt‹.' — ‚Warum? Weil, Sior Polich, der Bootsmann Sangulin, kaum daß wir aus Kapstadt ausgelaufen waren, ins Meer gefallen ist.' — ‚Ah, und das norwegische Schiff hatte ihn aufgefischt?' — ‚Nein, Sior Polich, ein Haifisch hat ihn gefressen. Ein viereinhalb Meter langer Haifisch, zweimal so groß wie dieser Schreibtisch. Und er hat ihn in fünf Minuten gefressen, armer Sangulin!' — ‚Aber dann, Kapitän Dundora, warum die fünf Tage Verspätung? Warum hinter einem norwegischen Schiff herfahren? Sind Sie verrückt geworden?'"

„Ah, war er wegen des Schocks verrückt geworden?"

„Aber wie konnte denn ein Kapitän Dundora verrückt werden, ein Mann, der sich niemals aufregte? ‚Nein', sagte er, ‚nein, Sior Polich, es war so, daß ein paar Fischer, die fast eine Stunde später vorbeifuhren, uns meldeten, ein norwegisches Schiff habe diesen alten Haifisch gefangen, der zweimal so groß war wie dieser Schreibtisch. Und sie hätten gesehen, wie man ihn an Bord hievte. Ja und dann, Sie werden es verstehen, blieb uns nichts übrig als zu wenden und hinter diesem norwegischen Dampfer herzufahren . . .' — ‚Ach, ich verstehe, Kapitän Dundora: um den armen, von dem Haifisch gefressenen Bootsmann Sangulin zu bergen! Ich kann das verstehen. Das ist menschlich, Dundora. Aber fünf Tage sind Sie hinterhergefahren?' — ‚Nein, Sior Polich, am nächsten Tag haben wir das Schiff schon erreicht, nur, wir haben einen Tag verloren, indem wir über den Preis des Haifisches verhandelten . . .'"

„Ach, verkaufte man diese Haifische, wenn man sie fing?"

„Freilich, Siora Nina, man versuchte alles zu verkaufen, was man im Meer fing, und wer weiß, wie viele Leute schon als Thunfisch gekauften Haifisch gegessen haben! Aber egal. ‚Schön, ein Tag, um hinterherzufahren und ein Tag für die Verhandlungen, das geht', sagte Sior Polich, ‚aber die anderen drei Tage?' — ‚Eh, aber wir mußten gleich nachher', antwortete Dundora, ‚wir mußten sogleich einen Arzt suchen!' — ‚Einen Arzt? Aber wieso, Dundora, hat der Bootsmann Sangulin etwa noch gelebt im Bauch des Haifischs, wie Jonas im Walfisch?' — ‚Ach, es tut mir leid, Sior Polich, das darf ich Ihnen nicht hier in der Direktion sagen. Das kann ich nur dem Sior Antonio in seinem Büro sagen!'"

„War Sangulin noch am Leben?"

„Wartet, ich erzähle es gleich. Der Kapitän Dundora

erklärte, er würde es nur dem Sior Antonio sagen. Und am nächsten Tag, als Sior Antonio ihn in sein Büro eintreten sah, sagte er zu ihm: ‚Man erzählt mir in der Direktion, daß Sie, Kapitän Dundora, sich mit der *Jupiter* fünf Tage verspätet haben, um einen Arzt zu suchen. Hatten Sie Cholera an Bord?‘ — ‚Nein, Sior Antonio. Es war so: Der Bootsmann Sangulin ist, kaum daß wir außerhalb des Hafens von Kapstadt waren, ins Meer gefallen . . .‘“

„Ah, er hat alles noch einmal erzählt?“

„Was heißt noch einmal, Siora Nina! Dem Sior Antonio hatte er noch nichts erzählt. Dieser fragte also: ‚Ah, der Bootsmann Sangulin ist ins Meer gefallen! Hat er sich verletzt?‘ — ‚Nein, Sior Antonio, ein Haifisch hat ihn gleich gefressen. Ein Haifisch, der so groß war wie dieser Tisch hier. Was soll man sagen? Es war Pech. Der Mann war damit beschäftigt, die Schiffsschraube zu überprüfen . . .‘ Und dann erzählte er von den Fischern, die sie informiert hatten, von dem norwegischen Schiff, das den Haifisch gefangen hatte, vom Preis, den sie für den Haifisch vereinbart hatten, kurz, wie sie zwei Tage verloren hatten . . .“

„Hatten sie denn nur zwei Tage verloren?“

„Aber nein, Siora Nina, fünf Tage! Schließlich sagte Sior Antonio: ‚Ich verstehe, zwei Tage wegen all dieser Sachen, aber Sie haben fünf Tage Verspätung gehabt, Kapitän Dundora!‘ — ‚Eh, Sior Antonio, danach mußten wir ihn ins Krankenhaus bringen!‘ — ‚Den Haifisch? Dundora! Haben Sie den Haifisch ins Krankenhaus gebracht?‘ — ‚Nicht den Haifisch, Sior Antonio. Wir haben den Haifisch an Bord des norwegischen Schiffes aufgeschnitten, ausgenommen und wieder an die Norweger verkauft. Wir haben den armen Bootsmann Sangulin ins Krankenhaus nach Sansibar gebracht.‘“

„Jessus Maria! So hatten sie ihn im Bauch des Haifisches noch lebendig gefunden?"

„Das fragte auch Sior Antonio: ‚Lebendig haben Sie ihn im Bauch des Haifischs gefunden? Was ist das für eine Geschichte? Die des Jonas im Walfisch?' — ‚Nein, Sior Antonio', sagte der Kapitän Dundora lächelnd, ‚um Ihnen aufrichtig die Wahrheit zu erzählen, eigentlich war er tot. Er sah aber gut aus, als wir ihn fanden: er sah aus, stellen Sie sich vor, als ob er schliefe, trotz der vielen Bisse. Wir mußten ihn aber in Sansibar ins Krankenhaus einliefern, weil nur ein Chirurg durch eine Operation ihn finden konnte.' — ‚Was hätte er finden können? Durch welche Operation?' — ‚Eh, Sior Antonio, durch die Operation des armen Sangulin. Nur so konnte man den Diamanten finden, den er geschluckt hatte, um ihn beim Zollamt von Kapstadt durchzuschmuggeln, wie Sie mich beauftragt hatten. Und hier ist er, Sior Antonio, schön geschliffen, für Ihre Frau, wie Sie mir im Vertrauen gesagt haben. Und so habe ich Ihnen auch, im Vertrauen, alles über diese Verspätung erzählt, und nur Ihnen!' Und so lang, so lang, Siora Nina, hat die Frau Sior Antonios diesen schönen Diamanten getragen. Bei sämtlichen Stapelläufen!"

K. K. K.

Hier ist von drei aufeinanderfolgenden Ka die Rede, die bei uns, in den alten Provinzen, nicht Ku-Klux-Klan bedeuten oder bedeutet haben, sondern einfach: Kaiserliche und Königliche Kriegsmarine. Es wird in dieser Geschichte aber nicht vom Krieg berichtet, sondern von etwas, das sich auf der Insel Cherso ereignete, als der Krieg schon lang vorbei war.

„Wißt Ihr, Siora Nina, manchmal erinnere ich mich an Ereignisse aus der Zeit vor dem Ersten Weltkrieg, als ob sie sich gestern zugetragen hätten, und weniger an Dinge, die gestern geschehen sind."

„Wie meine Mutter, die arme. Mit ihren achtundachtzig Jahren wußte sie noch — wie das Vaterunser — Gedichte auswendig, die sie in der Schule gelernt hatte: ‚Ein junges Fräulein, sehr reich und sehr schön . . .'"

„‚. . . ritt am Morgen aus, traf einen Jungen vor dem Haus . . .' Auch ich erinnere mich daran. Die Lehrerin Morato hat uns dieses Gedicht beigebracht. Aber wie auch immer! Warum laßt Ihr mich Gedichte deklamieren? Ich wollte nur sagen, daß ich mich manchmal an Dinge erinnere, bei denen ich mich nicht einmal erinnere, daß ich mich erinnere! Erinnert Ihr Euch, zum Beispiel, an die Zeit, als ich ein Taucher war?"

„Ja, warum nicht? Ihr wart Taucher bei der Marittima Recuperi, der Bergungsgesellschaft. Ich erinnere mich, ich war ein junges Mädchen . . ."

„Und ich war Taucher, Siora Nina. Viele von uns waren Taucher, wir trugen einen Anzug aus Gummi und einen Helm, der mit dem Schraubenschlüssel verschlossen wurde, als wir die *Erzherzog Franz Salvator* bargen . . . Ein Panzerschiff, das im Krieg dummerweise bei Vallone di Cherso auf eine Mine aufgelaufen war, stellt Euch vor! Und nach dem Krieg, als die Italiener kamen, holten wir von der Marittima Recuperi das Schiff herauf. In kleinen Booten kamen die Leute, um uns zuzuschauen. Und einmal beugte sich eine Dame aus Triest dabei so weit aus ihrem Boot — um zu sehen, wie wir die Trümmer heraufbrachten —, daß ihr die Handtasche ins Wasser fiel."

„Mamma mia!"

„Mamma mia, ja, das sagte sie! Wie habt Ihr das gewußt? ‚Mamma mia', sagte sie zu ihrem Mann, ‚ich hatte meine Ringe in die Tasche gesteckt, weil ich sie zum Baden heruntergenommen hatte!'"

„Ja, viele Frauen nehmen die Ringe ab. Ich tue das niemals . . ."

„Sie jedenfalls hat es getan. Gut, ich war kaum aufgetaucht, todmüde nach fünf Stunden Arbeit unter Wasser. Man hatte mir den Helm schon aufgeschraubt, und diese Dame schreit mir aus Ihrem Boot zu und winkt: ‚Herr Taucher!' schreit sie, ‚würden Sie mir den Gefallen tun, noch einmal hinunterzutauchen und meine Handtasche zu suchen? Ich habe alles darinnen, auch meinen Verlobungsring, und meinen Ehering!'"

„Ach, das Herz blutet einem, wenn man den Ehering verliert . . ."

„Freilich! Und dazu auch den Verlobungsring! Es tut einer Frau sehr weh. Deshalb sagte ich sofort: ‚Schraubt mir den Helm zu, damit ich tauchen kann!' Und Barba Nane schrie mich an: ‚Bist du verrückt? Du bist schon schwindlig, es sind fünf Stunden, daß du unten bist! Du wirst dich ruinieren, und man wird dir das Seefahrtsbuch wegnehmen.' Aber ich bleibe taub. Ich lasse mich von der Leiter hinuntergleiten und tauche ins Wasser. Und langsam gelange ich auf die Brücke der *Franz Salvator.*

„Aber Sior Bortolo, kann man denn sehen in dieser Tiefe?"

„Warum nicht? Die Sonne dringt durch sieben Wasser, pflegte der verstorbene Barba Checo immer zu sagen. Dazu kam, daß ich seit einem Monat auf dieser Brücke arbeitete, und sie war mir vertraut wie meine Hosentasche. Und so sehe ich es gleich funkeln und blitzen hinter einer Luke."

„Mamma mia, eine Laterne?"

„Ach was, eine Laterne! Das war ein Glanz, den ich noch nie gesehen hatte, und ich begriff sogleich, daß es sich um den Bügel der Handtasche handelte."

„Ach, es war eine Handtasche mit Bügel?"

„Freilich, und seht Ihr, wie das Schicksal manchmal so spielt? Diese Tasche war durch die Luke unter Deck geraten."

„Und so war nichts zu machen!"

„Wieso nichts zu machen? Ich sagte, daß der Bügel funkelte — es ist mir, als wäre es gestern gewesen —, und ich tauchte durch die Luke unter Deck, und, unter der Handtasche, Siora Nina, sehe ich eine kleine eiserne Truhe mit Vorhängeschlössern, und darauf die Buchstaben K.K.K."

„Ku-Klux-Klan?"

„Wieso Ku-Klux-Klan? Wer dachte damals an solche Sachen? Ka und Ka und Ka, wie wir in der Schule und später als Soldaten gelernt hatten, bedeutete Kaiserliche und Königliche Kriegsmarine, selbstverständlich. Und mir, wißt Ihr, ist es wie ein Blitz durch den Kopf geschossen . . ."

„Dieser Glanz, dieser Blitz, von dem Ihr erzählt habt?"

„Aber nein: nicht der Glanz des Handtaschenbügels; die Tasche hatte ich ja schon in der Hand. Mir ist es wie ein Blitz durch den Kopf geschossen, daß diese kleine Truhe die Kasse war. ‚Das', habe ich sogleich gedacht, ‚ist das Safe der *Erzherzog Franz Salvator.* Da müssen Wertsachen drinnen sein, Geld, Goldgulden!'"

„Ach, meine Mutter erzählte, daß damals Goldgulden im Umlauf waren."

„Im Umlauf? Vor dem Ersten Weltkrieg hatte man sie in der Hosentasche wie nichts. Und ich, selbstverständlich, habe nichts gesagt."

„Ach, Ihr habt nichts gesagt, wenn Ihr Goldgulden in der Hosentasche hattet? Ihr habt es niemandem erzählt?"

„Aber nein! Warum denn nicht? Damals hatten das ja alle! O Gott — alle? Vergleichsweise. Ich sagte nichts, daß ich diese Truhe gefunden hatte. Ich bin wieder aufgetaucht, ich habe dieser Dame die Handtasche zurückgebracht, und ihr Mann, stellt Euch vor, schenkte mir fünfzig Lire, ich erinnere mich genau, einen Fünfzig-Lire-Schein . . ."

„So wenig?"

„Fünfzig Lire wenig? Es war gleich nach dem Ersten Weltkrieg, Siora Nina! Schon für fünfzehn Lire hättet Ihr ein schönes Paar Schuhe kaufen können, oder in Fiume in der Zollfreizone, für acht Lire! Ich aber blieb stumm. ‚Danke, Signora', das sagte ich selbstverständlich, aber kein Wort über die Truhe. Ich dachte sofort, daß es, hätte ich davon erzählt, ‚Auf Wiedersehen, Truhe' geheißen hätte. Sie hätten sie für sich behalten — sie, das heißt der Staat, Italien als Nachfolgestaat Österreichs, wie es damals überall geschah. Und daher sagte ich nichts."

„Ach, und so habt Ihr die Truhe unten im Wasser gelassen?"

„Aber nein, wartet doch! Ich habe niemandem etwas gesagt, nur den Polidrugo, der mit mir die Pumpen bediente, habe ich in das Geheimnis eingeweiht. Er pumpte die Luft für mich, wenn ich unter Wasser war — damals verwendete man Handpumpen. Ich ging nach vorne zum Bug, um ihm diese Geschichte von der Truhe zu erzählen, als er sich schon umgezogen hatte. Wir hatten nämlich beschlossen, an Land zu gehen: in Cherso wurde das Fest des heiligen Isidor gefeiert."

„Ach, damals wurde in Cherso ein sehr schönes Isidorfest gefeiert!"

„Freilich. Deshalb hatten Polidrugo und ich auch beschlossen, an Land zu gehen. Ich sagte aber zu ihm: ‚Lieber Polidrugo, diesmal könnte es unser Glück sein!' Und ich erzählte von dieser Truhe und daß Ka und Ka und Ka darauf stand. Kurz und gut, wir rechneten damit, daß wegen des Isidorfestes alle an Land gehen und daß wir eine Ausrede finden würden: wir seien müde, wir hätten keine Lust. ‚Und in der Nacht tauche ich, und du pumpst die Luft für mich, und dann machen wir halbe-halbe!'"

„Mamma mia! Und habt Ihr halbe-halbe gemacht?"

„Wir machten es so, wie wir vereinbart hatten. An Bord waren nur wir zwei und der Hund. Ich tauchte mit einer Lampe, da es dunkel war, band die Truhe an ein Tau, und wir zogen sie herauf. Schwer war sie, Siora Nina, ich sage Euch nicht, wie schwer. Unglaublich schwer."

„Mamma mia! Die Truhe mit den Goldgulden!"

„Wartet! Wir kratzten also den Rost von dieser Truhe — sie war seit dem Jahr siebzehn im Meer! —, aber es gelang uns nicht, sie zu öffnen. Meißel, Hammer, Zangen, es half nichts. Dann sagte Polidrugo: ‚Macht nichts!'"

„Ach, war es ihm unwichtig geworden?"

„Nein. Er sagte: ‚Macht nichts, wir werden es mit dem Schweißbrenner versuchen.' Auf dem Schiff der Marittima Recuperi gab es jede Menge Schweißbrenner. Und sofort beginnt Polidrugo an der Truhe herumzuschweißen, er hatte noch Erfahrung von früher, als er im Arsenal in Pola arbeitete. Und dann plötzlich, Siora Nina, ich erinnere mich, als ob es gestern gewesen wäre, höre ich etwas wie ein Brutzeln. Und dann, ein Blitz . . ."

„Ein Licht, wie?"

„Man sah auch ein Licht. Darum sind wir unter Deck gerannt. Dann ein Knall, Siora Nina! Ein Knall, eine Druckwelle und Raketen, die in alle Richtungen durch die Luft schießen: gelbe, grüne, rote, Raketen in jeder Farbe. Raketen, die explodierten und dabei ein hellglänzendes Licht bis hinüber in den hintersten Winkel der Piazza von Cherso verstrahlten, wo das Fest des heiligen Isidor gefeiert wurde . . ."

„Raketen, die in der Luft explodiert sind?"

„Ein Glück, daß sie uns nicht ins Gesicht geflogen sind, Siora Nina. Raketen, ja, Leuchtraketen der k.u.k. Österreichisch-Ungarischen Kriegsmarine, deutsches Erzeugnis. Und wir haben sie mit dem Schweißbrenner gezündet."

„Mamma mia! Und sie sind alle explodiert?"

„In der Luft, über der Piazza, und so konnte Don Blas am nächsten Tag von der Kanzel sagen: ‚Ich habe noch nie in meinem ganzen Leben ein so schönes Feuerwerk am Festtag des heiligen Isidor gesehen!' Er sagte es wirklich von der Kanzel herab und war sehr glücklich. Und das, obwohl die Raketen seit dem Jahr siebzehn unter Wasser gewesen waren! Ihr versteht, Siora Nina: Deutsches Erzeugnis."

in das Polidrugo verwickelt war in einer Zeit, in der in Fiume — das damals zum Königreich Ungarn gehörte — sehr viele, wegen ihrer Freigebigkeit berühmte ungarische Offiziere verkehrten; ganz zu schweigen von den eleganten und geheimnisvoll-verruchten Damen.

„Jeder Tritt befördert einen vorwärts, Siora Nina, und für einen Seemann ist die Gelegenheit alles, weil er sie nützen kann. Nützen? Eigentlich nur einen kleinen Vorteil daraus ziehen, sich arrangieren, wie sich eben ein Seemann arrangiert. Als erstes arrangierten sich immer die Kapitäne; selbstverständlich taten es auch die Bordkommissäre und die Proviantmeister. Aber auch die einfachen Matrosen. Ich habe von überall Sachen mitgebracht, vor allem aus Shanghai; alles, was sich tragen läßt. Immer aber mit Vernunft, ohne Übertreibung, nicht so wie Polidrugo. Dieser war ein Mann, der, wie man sagt, keine große Mütze braucht, weil er einen Kopf hat."

„Einen großen Kopf?"

„Wieso, einen großen Kopf? Einen feinen Kopf hatte er. Wenn er nach Shanghai oder Kobe reiste, war er nicht zufrieden, wie es wir waren, mit ein paar Stücken chinesischen Geschirrs oder zwei Metern Seide, was beides sehr billig war dort. Polidrugo, Siora Nina, war auf Wertsachen spezialisiert. Und er brachte sie mit. Auch wenn er an Land war, verkaufte und kaufte er: er kaufte und verkaufte Gold und Preziosen, und es blieb ihm immer etwas in der Hand. So sagte Barba Nane oft zu ihm:

‚Ihr, Polidrugo, gebt fünf aus und nehmt sechs ein, bis Ihr auf den richtigen stoßt, und man Euch das Seefahrtsbuch wegnehmen wird!‘ Und jedesmal, wenn er viele Monate an Land, in Fiume, bleiben mußte, während er auf seine Einschiffung wartete, machte er günstige Geschäfte — und wie geschäftstüchtig er war!“

„Oh ja, er war wirklich geschäftstüchtig, Polidrugo!“

„Freilich. Er war also an Land in Fiume, und beim Kauf und Verkauf von Preziosen blieb ihm immer etwas in der Hand. In Fiume verkehrten vor dem Ersten Weltkrieg ungarische Offiziere, weil Fiume der ungarischen Krone gehörte.“

„Und wieviel war eine ungarische Krone wert?“

„Was für eine Frage! Die ungarische Krone und die österreichische Krone waren ein und dieselbe Sache. Das Reich hieß doch Österreich-Ungarn. Fiume gehörte zum Königreich Ungarn. So schickten die Portiere den Polidrugo — vor allem die Portiere in Abbazia, die immer gut im Geschäft waren — von einem zum anderen, wenn es günstige Gelegenheiten gab. In Fiume war damals viel los mit diesen ungarischen Offizieren. Das Geld glitt ihnen durch die Finger, diesen Ungarn, besonders den Offizieren. In diesen großen Hotels von Abbazia tranken sie, warfen die Gläser auf den Boden, spielten und hatten Frauen nach Belieben, und so fehlte es nicht an Gelegenheiten.“

„Was für Gelegenheiten?“

„Na ja: Ringe, Ohrringe, Edelsteine, Napoléons, Goldfrancs, allerlei Preziosen also. Niemals aber handelte es sich um gestohlene Ware. Man muß sagen, daß Polidrugo sich damit nie abgab. Und wißt ihr, was einmal geschah? Einmal ruft ihn der Portier des Quarnero Palace Hotels und erzählt ihm, daß eine Dame, und so fort, und so weiter . . .“

„Ah, eine die getrennt war von ihrem Mann?"

„Aber wieso denn? Laßt mich erzählen! Es war eine Dame, die wirklich wie eine Dame aussah. Ungefähr vierzig Jahre alt. Gut angezogen. Sie war eine Ungarin, aber sie sprach fließend italienisch, deutsch und kroatisch. Sie kommt also ins Strandcafé zu dieser Unterredung, die vereinbart worden war, und gibt sich dem Polidrugo zu erkennen. Sie trug einen Hut mit Schleier, wie es damals üblich war."

„War sie Witwe?"

„Aber wieso denn? Laßt mich doch erzählen! Sie stellt sich dem Polidrugo vor, den Schleier heruntergezogen, so daß er ihr Gesicht nicht gut sehen konnte, und zeigt ihm einen Ohrring, der sehr schön war."

„War sie in Not und wollte sie den Ohrring verkaufen?"

„Nein. Es war ganz anders. Nicht, was Ihr vermutet! Es war etwas Komplizierteres. Um es kurz zu machen: sie hatte den anderen Ohrring verloren."

„Wie, den anderen verloren?"

„Zwangsläufig den anderen! Nicht denjenigen, den sie in der Hand hatte! Aber sie hatte ihn auf eine Weise verloren, daß sie es ihrem Mann nicht erzählen konnte."

„Jessus, ein Verhältnis?"

„Ganz egal. Polidrugo wollte sich nicht einmischen. Und wie hätte er eine Dame im Café, die er kaum gesehen hatte, fragen können, ob sie ein Verhältnis hat? Sie fragte Polidrugo, von dem sie im Hotel gehört hatte, daß er der richtige Mann dazu sei, wo sie einen zweiten, ganz genau gleichen Ohrring machen lassen könnte, ohne daß ihr Mann es merkte. Und Polidrugo sagte sogleich: ‚Nur in Triest, in Capo di Piazza, bei Janesich. Nur bei Janesich. Und es wird einen Monat dauern.' — Da sagt die Dame verzweifelt: ‚Wie? Man hat mir aber doch gesagt, daß Sie die Sache sofort in Ordnung bringen können. Würden Sie wenigstens mit mir nach Triest fahren?' — ,Ihr Wunsch ist mir Befehl', antwortete Polidrugo ganz aufgeregt — sie war eine schöne Frau, sie war eine Ungarin, und dann diese Geschichte! Er hatte gleich verstanden, daß sie viel zu verbergen hatte."

„Ah, und sie hat ihm geschmeichelt, wie?"

„Ob sie ihm geschmeichelt hat, weiß ich nicht. Tatsache ist, daß Polidrugo sehr aufgeregt war. Gewiß, natürlich, sie würden zusammen nach Triest fahren, und er werde mit diesem Signor Janesich sprechen, den er sehr gut kenne. Und so vereinbarten sie, einander wieder in zwei Tagen in diesem Strandcafé zu treffen. Indessen erfährt Polidrugo am nächsten Tag, daß ihn jemand sucht."

„Mamma mia! Ein Gendarm?"

„Wieso ein Gendarm? Ihr wollt immer alles besser wissen als ich. Es war irgend jemand. Man merkte es gleich an seinem Gang — wie Polidrugo mir erzählte —, daß es sich um einen Offizier in Zivil handelte. Er war ein Ungar, aber er sprach fließend italienisch, jung, um die dreißig. Und er fragte, ob Polidrugo einen Ohrring kaufen möchte. Daß er vom Portier des Continental zu ihm geschickt worden sei. Und Polidrugo sagt, Geschäft ist Geschäft — er müsse sehen, ob es ein vorteilhaftes Geschäft sei, und er möge ihm bitte den Ohrring zeigen. Siora Nina! Zieht dieser Herr nicht aus einem durchscheinenden Papiersäckchen einen Ohrring, der genauso aussah wie der Ohrring der Dame? Er habe ihn beim Spiel im Kursaal gewonnen, erklärt der Offizier, beim Spiel gewonnen!"

„Ich habe verstanden! Das war der Ohrring, den die Dame verloren hatte. Und hat ihn Polidrugo gleich gekauft?"

„Nicht gleich. Polidrugo war schlau. Er sagte ihm, er möge morgen wiederkommen, ins Strandcafé. Daß ihn dieses Geschäft, vielleicht, ja, interessiere, aber er müsse es sich überlegen. Selbstverständlich wollte Polidrugo vorher die Dame wiedersehen."

„Im Strandcafé?"

„Nein, im Hotel Quarnero, wo sie, wie er wußte, wohnte. Tatsächlich geht er sofort hin und sieht sie gleich, als sie gerade einen Kaffee trinkt. Er erzählt ihr von diesem Ohrring. Und sie: Mamma mia, das sei gewiß ihr Ohrring. ‚Wenn Sie wollen, können wir zur Polizei gehen', schlägt Polidrugo vor. Und sie: um Gottes willen! Entsetzlich, nur nicht die Polizei, entsetzlich, wenn ihr Mann von dieser Sache erfahren sollte! Kurz, sie sagt, daß Polidrugo den Ohrring um jeden Preis kaufen möge von diesem Herrn. Und sie sei einverstanden, bis zu hundert Gulden dafür zu zahlen."

„Hundert Gulden? Wieviel wäre das heute?"

„Das ist schwer umzurechnen. Wenn man bedenkt, daß das Haus des verstorbenen Pessimol, das große Haus an der Straßenbiegung, für dreihundert Gulden versteigert wurde! Ganz egal. Am nächsten Tag ist Polidrugo im Strandcafé, und gleich danach kommt der Offizier in Zivil. Er zieht den Ohrring aus dem Papiersäckchen und sagt: ‚Achtzig Gulden!' Polidrugo wittert sogleich ein gutes Geschäft, aber, schlau wie er ist, sagt er: ‚Schauen Sie, man darf sich da nicht zuviel erwarten! Dieser Ring, der noch dazu einzeln ist, ist höchstens zwanzig Gulden wert.' Das stimmte, das war der richtige Preis."

„Und wollte dieser Herr ihn übervorteilen?"

„Wartet, wartet doch! Nach einigem Hin und Her einigen sie sich auf fünfzig Gulden. Polidrugo denkt: ‚Dem Weib biete ich ihn für achtzig, und das ist noch immer ein Vorteil für sie, da sie bereit war, hundert Gulden dafür zu geben! So bleiben mir dreißig Gulden, und alle sind zufrieden.'"

„Ach, ein Schlaukopf, der Polidrugo. So profitierte auch er!"

„Siora Nina: Polidrugo zahlt die fünfzig Gulden, nimmt den Ohrring und läuft ins Hotel Quarnero. Und dort sagt man ihm, daß die Dame abgereist sei. Abgereist? Wann? Heute früh. Aber wie? Ohne Ohrringe?"

„Ja, warum ohne Ohrringe?"

„Ach, Siora Nina! Habt ihr noch nicht verstanden? Allerdings konnte auch Polidrugo es sich im ersten Augenblick nicht erklären. Aber dann verstand er: sie hatten ihm für den Ohrring fast das Dreifache des tatsächlichen Wertes abgenommen!"

„Mamma mia, was für ein Pech!"

„Kein so großes Pech, Siora Nina. Erstens einmal blieb dem Polidrugo der Ohrring, und später, auf seiner nächsten Reise, ging er in Sebenico, neben der Domkirche, mit seinem Ohrring in ein schönes Juweliergeschäft. Beim ersten Besuch trug er einen Schleierhut und ein Kleid, und am nächsten Tag präsentierte er sich als ungarischer Offizier in Zivil. Er hatte genau den Gang eines Offiziers in Zivil."

DAS HAUS DER ZWEI SCHWESTERN

ist eine Geschichte, in der Marco Palisca und Piero Sangulin, Kameraden in der Schule und auf den langen Schiffsreisen, Freunde in guten wie in schlechten Zeiten, lernen — ohne Philosophen zu sein —, daß das Schlechte nur die Kehrseite des Guten ist.

„Es gibt nichts Schlechtes ohne ein Gutes, Siora Nina, wie Don Blas nach einem Blitzschlag immer zu sagen pflegte. Der Blitz hatte ihm eine Glocke im Turm der Domkirche zerschlagen, und er hatte in der Kirche verkündet, daß es Pflicht sei, ‚der Kirche nach Brauch und Gesetz in ihrer Not zu helfen'. Und so spendete die Bruderschaft vom heiligen Isidor."

„Was spendete sie?"

„Was wohl, Siora Nina? Stockschläge? Geld gab sie ihm, wie Don Blas es sich gewünscht hatte, Geld, schönes Geld, Kronen, Gulden, für eine neue Glocke. Eine Glocke, die einen schönen Klang hatte, einen noch schöneren als die geborstene Glocke."

„Ja, selbstverständlich, eine geborstene Glocke hat keinen schönen Klang!"

„Was soll das? Die alte Glocke hatte auch vorher keinen schönen Klang gehabt. Und, es gibt nichts Schlechtes ohne ein Gutes, wie Don Blas zu sagen pflegte. Vielleicht haben auch Marco Palisca und Piero Sangulin von ihm gelernt. Als Kinder waren sie Meßdiener bei ihm gewesen."

„Marco Palisca und Piero Sangulin, was lernten sie?"

„Den Satz über das Schlechte und das Gute. Und wißt

Ihr, wie die beiden genannt wurden? Hier hießen Marco Palisca und Piero Sangulin Gut und Schlecht . . ."

„Ah, weil der eine gut und der andere schlecht war?"

„Nicht, weil der eine gut und der andere schlecht war. Sie waren beide sehr gut und fuhren viele Jahre zur See. Nein, sie wurden Gut und Schlecht genannt, weil sie bei jeder Gelegenheit zu sagen pflegten: das ist gut und das ist schlecht."

„Zu wem sagten sie das?"

„Zu einander, weil sie immer zusammen waren. Sie hatten sogar ein Haus zusammen, nachdem sie geheiratet hatten — vor Don Blas, selbstverständlich."

„Was! Hatte Marco Palisca den Piero Sangulin geheiratet?"

„Und Don Blas hat sie gesegnet . . . Siora Nina! Sie hatten ihre Hochzeit in der Domkirche gefeiert, zusammen, am selben Tag, sie haben die Zwillingsschwestern Ballaben geheiratet. Norina und Dorina Ballaben, Zwillingsschwestern, genau gleich aussehend, so daß sie nicht einmal ihr Vater, der für die Ungarisch-Kroatische Linie in Dalmatien fuhr und jede Woche nach Hause kam, auseinanderhalten konnte. Stellt Euch das vor! Aber wie auch immer. Als sie die beiden die Zwillingsschwestern Ballaben geheiratet hatten und nachdem sie ja viele Jahre hindurch zur See gefahren waren ohne die geringste Meinungsverschiedenheit, beschlossen sie, zusammen ein Haus zu bauen."

„Wie schön, alles zusammen! Auch das Haus!"

„Schön und nicht schön, Siora Nina, gut und schlecht. Kaum waren sie fertig mit diesem Haus, das eigentlich aus zwei Häusern mit zwei gleichen Türen vorn und hinten bestand, fingen sie an zu jammern: ‚Oh Gott, das ist schlecht, weil es schrecklich ist, in zwei Häusern nebeneinander zu wohnen. Anderseits aber war es billiger, weil wir uns eine Mauer erspart haben, und das war gut.' Schlecht dagegen war, daß sie gleich nach ihrer Hochzeit an Land blieben. Frischgebackene Ehemänner, die sie waren, konnten sie auf diese Weise mehr Zeit mit ihren Frauen verbringen, und das war gut — aber ohne Einkommen zu leben, versteht ihr, war wiederum schlecht!"

„Ah, hat man sie nicht bezahlt?"

„Hätte man sie bezahlen sollen, damit sie bei ihren Frauen blieben? Man bezahlte sie nicht, weil sie beide an Land blieben, nachdem sie von Bord der *Cherca* gegangen waren, weil das Schiff verschrottet werden sollte. So hatten sie kein Einkommen, ‚und das ist schlecht', sagte Marco Palisca zu Piero Sangulin, ‚es ist schlecht, weil wir ohne Geld sind, und die Tage währen länger als die Wurst, mein lieber Piero.'"

„Ja, häßlich ist es, sehr häßlich, wenn der Mann kein Einkommen hat! Ich erinnere mich, als ich klein war, hatte mein Vater . . ."

„Laßt Euren Vater. Die beiden waren jedenfalls kaum verheiratet und blieben ohne Einkommen, und die Sonne fraß die Tage, und selbstverständlich gab es mehr Tage als Wurst. Bis Piero Sangulin eines Abends, bevor sie schlafen gingen, zu Marco Palisca sagte: ‚Weißt du, was ich dir sagen werde? Ich habe — aber erzähle es niemandem — in einem Lokal Barba Chiole getroffen, der gerade mit der *San Francisco* aus Antivari gekommen ist. Er hat mir, im Vertrauen, erzählt, daß er einen Sack voll Tabak an Bord hat, unter Deck, sich aber nicht getraut, ihn an Land zu bringen.'"

„Ja, damals gab es viel Schmuggel mit Tabak aus Antivari!"

„Freilich, da es sehr vorteilhaft war. ‚Und, mein lieber Piero, da wir ohne Lohn dastehen und viele Ausgaben wegen des Hauses gehabt haben', sagte Marco Palisca,

‚wäre es schön, etwas zu verdienen. Und wenn Barba Chiole sich nicht getraut, den Tabak an Land zu bringen, können doch wir uns getrauen und ihn nachts mit unserem kleinen Boot holen, das wäre gut. Gut, oh Gott, wenn alles klappt. Wenn uns aber die Zollbeamten ertappen, dann wäre es schlecht.‘"

"Ah, es ist schlecht, sehr schlecht, wenn die Zollbeamten einen beim Schmuggeln ertappen. Da kann man seine blauen Wunder erleben . . ."

„Freilich ist es unangenehm, aber manchmal ertappen sie einen nicht. Und das war es, was Piero Sangulin zu Marco Palisca sagte: ‚Ach ja, Marco, aber wenn die Zollbeamten uns nicht ertappen, nachdem wir den Tabak geholt und an Land gebracht haben, wäre es ein schöner Gewinn, und das wäre gut.‘ — ‚Ein schöner Gewinn ist gut, lieber Piero, aber, gut oder schlecht, Schmuggeln ist schlecht.‘ — ‚Oh Gott, ist Schmuggeln schlecht? Don Blas hat mir einmal im Beichtstuhl gesagt — aber ich sollte es niemandem weitersagen —, daß Schmuggel vor dem österreichischen Gesetz keine wirkliche Sünde sei und daß nur eine Geldstrafe darauf stehe.‘ — ‚Dann ist es nicht schlecht, Piero?‘ — ‚Oh Gott, Marco, es kann gut sein, wenigstens hoffe ich es!‘ Stundenlang setzten sie an jenem Abend, auf der Türschwelle sitzend, dieses Gespräch fort, ob es gut oder schlecht wäre. Aber in der Nacht taten sie weder Gutes noch Schlechtes, sondern nahmen das kleine Boot, das ihnen ebenfalls gemeinsam gehörte, und ruderten in der Dunkelheit an die Längsseite der *San Francisco* heran, um sich diesen Sack herunterwerfen zu lassen. Es war ein großer Sack voll Tabak."

„Es ist also gut gegangen?"

„Fast, bis sie an Land gelangten. Dann aber ging es schlecht, denn, kaum hatten sie den Leuchtturm passiert, wurden sie von den Beamten im Zollwacheboot gesehen — da, und das war das Pech, genau in diesem Augenblick der Strahl des Leuchtfeuers auf sie fiel. Und wißt Ihr, was sie taten? Sie taten weder Gutes noch Schlechtes, sie warfen den Tabaksack ins Meer, vertäuten ihr Boot an der kleinen Mole und rannten schnell, bevor sie von den Zollbeamten erkannt wurden, auf dem kürzesten Weg nach Haus, traten eilig durch die Hintertür ein und legten sich angezogen, wie sie waren, mitsamt den Schuhen, zu ihren Frauen ins Bett."

„Ah, und die Zollbeamten haben sie nicht erkannt?"

„Eigentlich nicht. Sie haben aber gleich bemerkt, daß die Ruder von Piero Sangulins und Marco Paliscas Boot naß waren, und beschlossen, die beiden in ihrem Haus aufzusuchen."

„Mamma mia! Dann ist es schlecht gegangen!"

„Nein, es ist gut gegangen. Als die Beamten durch die Fenster im Erdgeschoß schauten, wo die Schlafzimmer waren, sahen sie, daß beide ganz ordentlich bei ihren Frauen im Bett schliefen, und so konnten sie nichts unternehmen. Denn wenn sich, unter Österreich, jemand mit seiner Frau im Bett befand, war er gerettet."

„Ach, so war das? Schön! Also ist es gut gegangen?"

„Gut, ja. Auch deshalb, weil die Beamten nicht wußten, daß in der Dunkelheit und in der Eile Marco in das Haus des Piero und Piero in Marcos Haus gerannt war."

„Piero in Marcos Haus und Marco in Pieros Haus? Wie das?"

„Alle im Ort erzählten es: die alte Teta Rosina, die früh am Morgen immer Holz sammeln ging, sah den Piero aus dem Haus des Marco Palisca und den Marco aus Piero Sangulins Haus kommen; und, Ihr werdet es verstehen, wenn Teta Rosina etwas wußte, wußten es alle, so als hätte die Glocke der Domkirche geläutet. Alle redeten darüber."

„Man hat also geredet? So war es schlecht?"

„Genau das sagte auch Piero Sangulin zu Marco Palisca: ‚Eh, mein lieber Marco, wir haben den Tabak verloren, und das ist schlecht.' — ‚Ja', sagte darauf Marco, ‚aber wir sind den Zollbeamten entwischt, mein lieber Piero, und das ist gut.' — ‚Gut, lieber Marco, aber im Dunkel und in der Verwirrung bist du in das Schlafzimmer meiner Frau und ich bin in das Schlafzimmer deiner Frau gelaufen, und das ist schlecht.' — ‚Mein Gott, schlecht, Piero, aber die Zollbeamten haben gesehen, daß wir ordentlich bei unseren Frauen im Bett lagen, und sie haben uns keine Geldstrafe aufgebrummt, und das ist gut.' — ‚Ja, wir waren bei unseren Frauen, aber, Marco, der ganze Ort weiß, daß ich früh am Morgen aus deinem Haus getreten bin, und daß du aus meinem Haus gekommen bist, und dabei haben wir kaum erst geheiratet, und das ist schlecht.' — ‚Oh Gott, schlecht! Es wäre nicht gut gewesen, wenn wir zu Haus, unter der Decke geschmuggelt hätten, aber das haben wir nicht, wenigstens hoffe ich es . . .'"

„Und wer von den beiden sagte das?"

„Beide, Siora Nina, sagten es. ‚Gott, wenigstens hoffe ich es.' Sie sagten es gleichzeitig. Und so lebten beide in der Hoffnung weiter. Sie sahen ja genau gleich aus, die Zwillingsschwestern Ballaben, Norina und Dorina, die Frauen des Piero Sangulin und des Marco Palisca, die Gut und Schlecht genannt wurden."

DER KLASSENKAMPF

Hier wird berichtet, wie der Bootsmann Jurissevich teilweise gegen den kategorischen Imperativ des Sprichwortes „Sei sparsam im Leben, freigebig auf Reisen und verschwenderisch, wenn du krank bist“ verstößt und gleichzeitig beweist, daß die Tugend der Sparsamkeit zu Wasser und zu Lande nicht nur eine Belohnung an sich darstellt, sondern auch den Verstand schärft.

„‚Im Leben sei sparsam, auf Reisen freigebig, und verschwenderisch, wenn du krank bist‘, pflegte Barba Nane immer zu sagen. Und damit meinte er, Siora Nina, daß man zu Hause, in der Familie, im täglichen Leben die Ausgaben einschränken, sparen soll, sofern man gesund ist. Wenn man krank ist, soll man dagegen verschwenderisch sein, ohne Rücksicht auf die Ausgaben, weil die Gesundheit das höchste Gut ist. Und auf Reisen soll man Geld ausgeben, weil man da ja auf jeden Fall Ausgaben hat, man gibt Geld aus und wird immer Geld ausgeben . . .“

„Ach ja, kaum ist man außer Haus, rinnt einem das Geld durch die Finger!“

„Freilich, denn die Wahrheit ist, daß Reisen immer teuer sind und waren. Wie hätten sonst die Schiffahrtsgesellschaften Geld machen können? Wie wären die Lussiner reich geworden?“

„Ja, wie denn, Sior Bortolo?“

„Erstens: durch die Schiffahrt. Niemand hat so viel Geld mit Segelschiffen, Dampfern und Frachtern gemacht wie die Lussiner. Zweitens: weil sie sich immer um das Geld bemüht haben, es war für sie die Nummer eins. Und nicht nur diejenigen, die Schiffahrtsunternehmen besaßen, wie zum Beispiel die Brüder Giadrossich, die zu sagen pflegten: ‚Koste es was es wolle, Hauptsache, man gibt nichts aus!‘, sondern auch Leute wie der Bootsmann Jurissevich, der am Anfang ein einfacher Seemann gewesen war. Wo er sparen konnte, versuchte er, nichts auszugeben."

„Ah, er verzichtete . . ."

„Nein, er verzichtete auf nichts. Wenn er zum Beispiel Lust hatte zu rauchen, an Bord oder in einem Lokal, sagte er zu seinem Begleiter: ‚Ach, hätte ich ein Streichholz, dann würde ich um ein kleines Stück Zigarettenpapier bitten, aber ich habe keinen Tabak . . .‘"

„Warum? Hatte er nichts?"

„Doch, er hatte. Papier, Tabak, Streichhölzer und alles, aber er sparte sie, wenn er sie sparen konnte. Und, so geizig und sparsam wie er war — wenn er für etwas, das zu bezahlen war, nicht zu zahlen gezwungen wurde, dann zahlte er nicht. Auf dem Dampfer zum Beispiel. Wie oft hat der Bootsmann Jurissevich als junger Mann in letzter Minute einen Dampfer bestiegen und sich in eine Ecke gesetzt, gegen die Fahrtrichtung!"

„Zahlte man nichts, wenn man gegen die Fahrtrichtung saß?"

„Wieso denn nichts? Er setzte sich gegen die Fahrtrichtung, um nicht gesehen zu werden, obgleich er ein großer Kerl von einem Mann war. Und er fuhr nach Cherso, Arbe, Pola und Fiume, ohne seine Fahrkarte zu bezahlen. Wenn man ihn manchmal erwischte und die Fahrkarte verlangte, sagte er: ‚Ach, ich hatte keine Zeit mehr, die Fahrkarte zu kaufen! Ihr hattet schon getutet, ihr Schlimmen, und ich bin noch den Kai entlanggerannt . . .‘ Und dabei zog er die Geldbörse heraus."

„Und mußte er zahlen?“

„Ja, aber nur in einem von fünf Fällen, vielleicht. Und in der Eisenbahn zum Beispiel, wenn er nach Fiume oder Triest fuhr, um auf irgendeinem Schiff anzuheuern, stellte er sich immer neben die Klosettür, stets bereit, hineinzuverschwinden.“

„Hineinzuverschwinden, wenn es dringend wurde, wie?“

„Nein, um hineinzuverschwinden, wenn der Schaffner kam. Wie auch immer. Ich wollte nur erzählen, wie der Bootsmann Jurissevich, der zuerst als einfacher Seemann und dann als Bootsmann für die Giadrossich arbeitete, und am Ende durch Sparsamkeit und durch den Handel mit allem möglichen vielleicht mehr als die Giadrossich besaß, als diese alles verloren hatten —, wie er also, noch als junger Mann, aber schon als Bootsmann, mit dem Zug von Fiume nach Triest fuhr, um sich einzuschiffen.“

„Ohne die Fahrt zu bezahlen?“

„Vielleicht, ich weiß es nicht. Jedenfalls, sobald er das Büro der Giadrossich in Triest betreten hatte, sagte Sior Antonio sogleich: ‚Gut, daß Sie hier sind, mein lieber Jurissevich, weil ich nämlich die *Laura* in Hamburg liegen habe und unser blöder Bootsmann Fatutta in Hamburg den Rotlauf bekommen hat. Also fahren Sie gleich nach Hamburg, als Ersatz für diesen blöden Fatutta. Mit dem Zug selbstverständlich. Die Gesellschaft wird Ihnen alles bezahlen, lieber Jurissevich, was man muß, das muß man, und Sie müssen übermorgen früh in Hamburg eintreffen. Koste es was es wolle, Hauptsache, man gibt nichts aus.‘ Und lachend gab er ihm das Geld für eine Fahrkarte Dritter Klasse. ‚Wie, Dritter Klasse?‘ fragte Jurissevich. ‚Freilich, Dritter Klasse‘, war die Antwort, ‚weil es keine Vierte gibt. Wollen Sie den Großartigen spielen und Erster Klasse nach Hamburg reisen wie der Admiral Tegetthoff?' — ,Nicht Erster Klasse, versteht sich, Sior Antonio, nicht Erster Klasse', sagte der Bootsmann Jurissevich, ,aber auch nicht Dritter Klasse, auf Holzbänken, bis Hamburg: ich werde, wenn ich ankomme, pardon, keinen Arsch mehr haben!' Und dies und jenes, sie begannen zu streiten, bis Sior Antonio sagte: ,Schon gut, gehen Sie zum Teufel! Da diese dringende Notlage besteht, fahren Sie Zweiter Klasse, aber es ist das erste und das letzte Mal, denn diese Großtuerei gefällt mir nicht.' Und fluchend legte er ein paar Gulden dazu."

„Viel mehr?"

„Oh Gott, viel mehr? Was waren für die Brüder Giadrossich ein paar Gulden mehr oder weniger, die Differenz zwischen der Zweiten und der Dritten Klasse? Nichts. Aber für den Bootsmann Jurissevich war es genug, ein schöner Gewinn. Er kaufte also am nächsten Tag früh am Morgen auf dem Bahnhof eine Karte für die Dritte Klasse."

„Ah, er fuhr nicht in der Zweiten?"

„Nein, Siora Nina, er fuhr eigentlich in der Ersten."

„Jessus Maria, Erster Klasse? Warum?"

„Warum, warum? Weil es in der Ersten bequemer war, mit Sitzbänken aus rotem Samt, Federung und mehr freiem Raum. Es fuhr auch niemand sonst Erster Klasse. Und unter Österreich geschah es selten, daß der Schaffner sogleich in die Erste Klasse kam, da in der Dritten und auch in der Zweiten Klasse so viele Leute fuhren. Erst in Villach, Siora Nina."

„Erst in Villach gab es so viele Leute?"

„Nein, erst in Villach kam der Schaffner in dieses Abteil der Ersten Klasse. ,Die Fahrkarte bitte, bitte die Fahrkarte . . .' und der Bootsmann Jurissevich zog brav die Fahrkarte aus der Tasche. Der Schaffner — in Uniform, mit der hohen, mit einem Adler verzierten Kappe und einem Zwicker auf der Nase — sah sogleich, daß sie gelb war . . .“

„Wieso gelb?“

„Gelb, Siore Nina, gelb war die Karte, die der Bootsmann Jurissevich aus der Hosentasche gezogen hatte. Und sogleich merkte dieser Schaffner, daß es eine Karte der Dritten Klasse war, denn unter Österreich waren die Karten der Dritten Klasse gelb, die der Zweiten blau und die der Ersten weiß, selbstverständlich. ‚Wie?‘ fragte der Schaffner, ‚mit einer Karte der Dritten Klasse sitzen Sie in der Ersten?‘ Daß er sofort verschwinden solle und Gott danken, wenn er ihm keine Geldstrafe aufbrumme, weil die Dritte Klasse zufällig leer ist, aber das sei das erste und das letzte Mal.“

„Ah, waren die Geldstrafen sehr hoch?“

„Hoch genug unter Österreich, weil Österreich ein ordentliches Land war, besonders, was die Klassen betraf. Und wehe dem, der zum Beispiel in einem Bahnhof das Klosett benutzte.“

„Wie? Durfte man die Bahnhofstoiletten nicht benutzen?“

„Aber nein, nicht die Bahnhofstoiletten — wo es doch zum Beispiel in Fiume heute noch sehr schöne, unter Österreich gebaute Klosette gibt. Würden sie, wie es sich gehört, gepflegt, dann wären sie sogar prächtig! Nein, Siora Nina, nach den Vorschriften der österreichischen Eisenbahnen war es verboten, das Klosett im Zug zu benutzen, wenn der Zug in einem Bahnhof hielt, weil es, Ihr werdet es verstehen, so häßlich ist, solches Zeug im Bahnhof auf den Gleisen zu sehen. So erinnere ich mich, daß der Kapitän Terdoslavich erzählte, wie er, als er mit dem Zug nach Hamburg fahren mußte, um irgendein

Schiff zu besteigen, in Wien, ausgerechnet in Wien, ein dringendes Bedürfnis verspürte und ging, wohin er gehen mußte."

„Nach Wien?"

„Aber wieso nach Wien, wenn er doch nach Hamburg fahren mußte? Er betrat das Klosett im Waggon, als der Zug gerade im Wiener Südbahnhof stand. Und als er herauskommt, geht da nicht der Bahnhofvorsteher, der Erste Vorstand des Südbahnhofs, auf dem Bahnsteig vorbei? Und da die Tür offensteht, sieht er den Kapitän Terdoslavich. ‚Was? Wie?' schreit er vom Bahnsteig aus. ‚Tut man das in einem Wiener Bahnhof? Noch dazu ein Kapitän zur See?' Und er solle auf der Stelle aussteigen. Als der Kapitän Terdoslavich ausgestiegen war, sagte der Bahnhofsvorsteher auf deutsch, daß dies eine große Schweinerei sei, nichts zu machen, er müsse Strafe zahlen! Gut, antwortete der arme Terdoslavich, der sehr gut deutsch sprach, während er sich noch die Hose zuknöpfte, gut, er werde die Strafe zahlen, wieviel denn? ‚Eh', sagte der Stationsvorsteher, bückte sich und schaute unter den Zug, ‚ich rechne in diesem Fall zwischen zehn und zwölf Kronen . . .'"

„War das viel?"

„Ich weiß nicht, wieviel das heute wäre. Nur, diese Geschichte hat der Kapitän Terdoslavich erzählt, der ein Mensch mit Humor war. Wie auch immer. Ich aber erzählte von dem Bootsmann Jurissevich, der in Villach, Koffer in der Hand, aus der Ersten Klasse aussteigen mußte, weil er nur eine Fahrkarte der Dritten Klasse hatte."

„Ja, mit einer Fahrkarte der Dritten Klasse mußte er eben in der Dritten Klasse fahren!"

„Er tat es trotzdem nicht. Er ging statt dessen, Siora Nina, in die Zweite Klasse, wo es auch Samtsitzplätze gab, aber sie waren schmäler und grün. Es war schon Abend. Jurissevich machte es sich bequem, lockerte die Schnürsenkel und schlief, bis der Schaffner ihn aufweckte."

„Mamma mia, derselbe wie zuvor?"

„Nein, Siora Nina, ein anderer, weil der Zug schon in Prag war: ‚Prag-Praha' stand auf deutsch und böhmisch in großen Buchstaben auf dem Bahnhof — sonst waren die österreichischen Bahnhöfe alle gleich. Und Ihr werdet es verstehen, auch dieser neue Schaffner merkte es sogleich, als der Bootsmann die Fahrkarte aus der Tasche zog, daß diese gelb war. Und sofort fragte er zornig, wie es denn möglich sei, daß er sich mit einer Fahrkarte der Dritten Klasse in der Zweiten aufhalte? Diesmal werde er ihm noch keine Geldstrafe aufbrummen, weil der Zug sehr voll sei, aber er müsse sofort in die Dritte Klasse gehen, ‚in die letzten Waggons, dort hinten'."

„Ah, so mußte er in die Dritte Klasse gehen!"

„Freilich, diesmal ja. Und in der Dritten Klasse waren viele Leute auf diesen Holzbänken, und es war ein so langer Weg von einem Waggon in den anderen. Endlich fand Jurissevich einen Platz, als der Zug schon weit drinnen in Deutschland war."

„In Deutschland, armer Mann!"

„Warum arm? Damals war Deutschland eines der besten Länder, nach Österreich, selbstverständlich. Und aus dem Fenster sah er diese riesigen Wälder, die Felder, saubere Dörfer und zuletzt die Nordsee. Gut, knapp vor dem Ende der Reise kommt der Schaffner. ‚Die Fahrkarte, meine Herrschaften.' Und da hier so viele Leute saßen, kam dieser Schaffner erst sehr spät zu dem Bootsmann Jurissevich. Kaum aber hatte er die gelbe Fahrkarte in der Hand, las er darauf die Worte: ‚Triest — Monfalcone'. ‚Wie', sagte er, ‚wie: Monfalcone? Wieso Monfalcone? Monfalcone ist doch, zum Kuckuck, noch in Österreich, bei Triest! Warum sind Sie nicht in Monfalcone ausgestiegen?' — ‚Ach', erwiderte der Bootsmann Jurissevich, ‚guter Mann, durch Monfalcone sind wir gestern früh durchgefahren, und was kann man denn um sechs Uhr früh schon tun in Monfalcone?'"

„Mamma mia! Und der Schaffner?"

„Der Schaffner, Siora Nina, der ja stand, mußte sich an die Lehne eines Sitzes anlehnen, denn der Zug fuhr gerade in den Bahnhof von Hamburg ein und blieb mit einem Ruck stehen. Der Bootsmann Jurissevich packte schnell seinen Koffer, sprang aus dem Zug, und weg war er mit dem Geld . . ."

„Aber sagt mir, Sior Bortolo, hatten denn die anderen Schaffner nicht bemerkt, daß die Fahrkarte nur bis Monfalcone galt?"

„Aber wo denkt Ihr hin, Siora Nina! Die anderen hatten die Karte nicht einmal angeschaut, sie hatten nur bemerkt, daß die Farbe falsch war. Darin bestand ja die Schlauheit des Bootsmannes Jurissevich. Und so war er auf und davon, in Hamburg, mit dem Geld, das ihm Sior Antonio für eine Reise Zweiter Klasse nach Hamburg gegeben hatte — er aber hatte statt dessen nur eine Karte Dritter Klasse nach Monfalcone gekauft."

„So hatte er fast alles Geld gespart!"

„Freilich: Sparen ist der erste Gewinn, sagte der Bootsmann Jurissevich immer. Er war noch jung und schon Bootsmann, und indem er Fahrkarten nicht bezahlte, sich durch den Zoll zu schwindeln versuchte und wenig oder nichts für das tägliche Leben ausgab, machte er langsam, aber schnell genug viel Geld. Bei seiner Hochzeit gab er Don Blas nur eine Kleinigkeit, so daß alle ihn kritisierten, aber bei der Taufe — er wurde Vater eines hübschen Jungen — machte er es genauso. Kurz und gut, Siora Nina, als dieser Sohn sieben, acht Jahre alt war, war er schon ein kleiner Herr mit einem eigenen Schiff."

„Der Sohn, ein kleiner Herr mit einem eigenen Schiff?"

„Aber nein, das Schiff gehörte ihm, dem Bootsmann Jurissevich, der ein kleiner Herr geworden war. So ein Herr, daß er sich, stellt Euch vor, eine Fahrkarte kaufte, wenn er mit dem Dampfer von Lussino nach Triest fuhr. Zweiter Klasse, aber mit Kabine!"

„Und zahlte er?"

„Ja, er zahlte. Eines Tages ging er an Bord der *Narenta*. Es war ein Luxusschnellschiff, nur für Passagiere, und nur Erster Klasse. So fuhr auch er knurrend Erster Klasse und zahlte. Was soll diese Großtuerei, ein Schiff ohne Zweite Klasse zu bauen, brummte er, während er mit einem großen Strohkoffer in der Hand die Laufplanke hinaufging. Es war einer jener großen Koffer aus geflochtenem Stroh, die man damals auf Reisen verwendete. Gut. Und auf Deck gab es gleich einen Anlaß, mit dem Bootsmann Maver, der ein Grobian war, zu streiten.

„Der Bootsmann Maver? Den habe ich nicht gekannt."

„Ganz egal, auch er kannte den Bootsmann Jurissevich nicht. Und kaum sah er ihn mit diesem großen Strohkoffer, fragte er ihn kurzangebunden, wohin er denn gehe mit dieser Riesenkiste? ‚Das ist keine Riesenkiste: das ist mein Koffer!' Und darauf erwiderte dieser Maver, daß dies für ihn kein Koffer sei, sondern Ladegut, und Ladegut gehöre auf Deck. ‚Sie dürfen es nicht in Ihre Kabine mitnehmen', sagte er, ‚Sie müssen es auf Deck lassen!' Jurissevich regte sich auf: ‚Was? Ich, der ich eine Fahrkarte Erster Klasse mit Kabine bezahlt habe, werde wie ein Sklave behandelt und darf meinen

Koffer nicht in meine Kabine Erster Klasse mitnehmen?' Darauf antwortete dieser Maver: ‚Gerade deshalb, weil dies eine Kabine Erster Klasse ist, dürfen Sie diese Riesenkiste nicht mit hineinnehmen. Sie muß an Deck bleiben!' — ‚Eine Riesenkiste sind Sie selber, wenn Sie glauben, daß ich meinen Koffer auf Deck lasse!' schrie Jurissevich. Und Maver: ‚Riesenkiste, Sie Esel, hat mich bisher noch niemand genannt! Und nie im Leben wird diese Riesenkiste in die Kabine kommen!'"

„Jessus! Sie stritten!"

„Und wie sie stritten. Sie waren beide wütend, und die Sache wurde ernst. ‚Geben Sie ihn mir!' — ‚Ich gebe ihn Ihnen nicht!' — ‚Geben Sie her!' — ‚Nein, ich gebe ihn nicht her!' Um es kurz zu machen: der Bootsmann Maver verlor die Nerven, er riß dem Bootsmann Jurissevich den Koffer aus der Hand und schleuderte ihn ins Meer. ‚Da ist er jetzt!' brüllte er, ganz rot im Gesicht, ‚da ist er, zum Teufel, so ist der Koffer weder in der Kabine noch auf Deck!' Jurissevich aber schrie plötzlich ganz verzweifelt: ‚Mein Sohn! Mein Sohn! Meinen Sohn haben Sie mir ins Meer geworfen! Ein Kind von acht Jahren, das in diesem Jahr gerade noch in den Strohkoffer hineinpaßte!' Er war gewöhnt, Siora Nina, seinen Sohn in dem Strohkoffer mitzunehmen, damit er keine Fahrkarte zahlen mußte. Jetzt, als er vielleicht mehr Geld hatte als Sior Antonio, pflegte auch der Bootsmann Jurissevich zu sagen: ‚Koste es was es wolle, Hauptsache, man gibt nichts aus.'"

CAZZA UND CAZZIUL

Eine Geschichte, die zeigt, wie Krieg und Frieden sich vor dem Hintergrund dreier dalmatinischer Inseln — von denen eine bekannt, die anderen beiden etwas abgelegen sind — verflechten oder aufeinanderfolgen; ein weiteres Zeugnis dafür, wie zweifelhaft Geschichtsschreibung sein kann.

„‚Wieso Brillen? Ich brauche keine Brille', sagte der Kapitän Bolmarcich immer, hatte aber die Tasche voll mit Brillen, für Kurzsichtige, Weitsichtige und Normalsichtige — ich weiß es aus eigener Erfahrung, da ich mich damals um seine Uniform kümmern mußte. Auf der Brücke aber, auf der Brücke und an Deck hat niemand den Kapitän Bolmarcich je mit Brille gesehen. Nur bei Tisch, wenn Fisch serviert wurde, brauchte er sie manchmal. Es gibt Fische, wie Seehecht und Seebarsch, deren kleine Gräten für Kurzsichtige gefährlich werden können. Auf der Brücke aber trug er niemals eine Brille. ‚Ich habe Augen', sagte er, wenn er das Schiff in den Hafen von Lussino steuerte oder in den von Sebenico, was schwierig ist, oder in den von Arbe, wo es ebenfalls nicht leicht ist zu manövrieren. Und an jenem Abend in Arbe, als ich spürte, wie schnell er hineinfuhr, und die schönen Glockentürme von Arbe auf mich zusausen sah, sagte ich zu dem Kadetten Giadrossich: ‚Diesmal, glaube ich, wird es einen Schaden geben mit diesem Schiff.'"

„Was für ein Schiff, Sior Bortolo, an welchem Abend?"

„An jenem Abend in Arbe. Es war die *Narenta.* Und

tatsächlich war es so, daß der Kapitän Bolmarcich an jenem Abend in Arbe mit zuviel Dampf in den Hafen fuhr. Zuviel Tempo hatte er, und als er am Ende doch beschloß zu schreien ›Stopp!!! Stopp, zurück!‹, krachte er gegen die Mole, und schon, selbstverständlich, war's passiert."

„Ah, hatte er nichts gesehen?"

„Wie kann man, Siora Nina, die Mole von Arbe übersehen? Zu schnell war er, er fuhr zu lustig hinein. Es entstand Schaden an der Mole. Und für die *Narenta* war es eine Schande, weil das vor allen Leuten passierte. Nicht nur der damalige Hafenkommandant, Kapitän Malabotich, hatte zugesehen, sondern auch die Matrosen, die die Taue auffingen, und die Bauern, die Körbe mit Weintrauben schleppten. Und gleich danach, Siora Nina, kam es an jenem Abend zu Streitereien, von denen ich nicht erzählen möchte. Und wißt Ihr, wer am Ende den kürzeren zog? Der arme Visco!"

„Einer von den Bauern, die mit den Weintraubenkörben auf der Mole waren?"

„Aber wieso denn! Visco war der Leuchtturmwärter des Leuchtturms von Arbe, und, stellt Euch vor, der Kapitän Bolmarcich behauptete, daß dieser Idiot von einem Visco, gerade in dem Augenblick, in dem er mit der *Narenta* am Leuchtturm vorbeifuhr, die Laterne anzündete, so daß ihn der Lichtstrahl blendete."

„Ja, der Lichtstrahl kann einen wirklich manchmal blenden!"

„Aber wieso der Lichtstrahl? In Wahrheit war es so, daß der Kapitän Bolmarcich — vielleicht, weil er zerstreut, aber eher, weil er kurzsichtig war und die Manie hatte, auf der Brücke nie seine Brille zu tragen —, mit zuviel Dampf in den Hafen einfuhr, wie ich sogleich bemerkt hatte. Ich habe es gesagt: in der Marineverwaltung kam es zu einem Streit zwischen dem nun verstorbenen Malabotich und, selbstverständlich, diesem Visco, der gleich herbeigerufen worden war. ‚Deshalb, weil ich das Leuchtfeuer angezündet habe? Gewiß habe ich es angezündet. Ich habe es an diesem Abend pünktlich um sechs Uhr angezündet, wie die Vorschrift für diesen Monat lautet.' — ‚Was heißt Abend? Es war noch Tag!' schrie der Kapitän Bolmarcich. ‚Sie haben mich mit dem Lichtstrahl geblendet, und jetzt müssen Sie, mein Bester, für die *Narenta* und für die Mole zahlen, die beide beschädigt sind. Es ist kein großer Schaden, aber ein Schaden, wie der Kommandant Malabotich gesagt hat.' — ‚Ich, Schaden zahlen?' schrie Visco zurück und machte ein Zeichen, daß der andere verrückt sei. ‚Ich, Signor, habe es gesagt, kaum daß ich Ihr Schiff in den Hafen einlaufen sah, daß es diesmal einen Schaden geben wird mit diesem Schiff. Sakra! Bei dem Tempo, das Sie draufhatten!' —, Ich, und Tempo? Sie haben es gesehen? Sie sind ein Idiot und auch ein Lügner! Sie haben nichts gesehen, sonst hätten Sie mir nicht den Lichtstrahl in die Augen blitzen lassen, Sie Esel!' Und nun begannen böse Worte zu fallen: ‚Sie haben mich nicht gesehen, Sie haben mich geblendet, wie ein Blitz!' — ‚Aber ja, bei Ihnen blitzt es, und ich habe sehr gut gesehen, was für ein Tempo Sie hatten . . .'"

„Hatte er also gesehen oder nicht?"

„Freilich, Siora Nina. Er hatte ihn gesehen, denn ich habe es ja auch gesehen, daß das Schiff bei diesem Tempo Schaden anrichten würde. Außerdem, Siora Nina, war Visco einer, der alles sah. Er saß den ganzen Tag in seinem Leuchtturm, mit einem Feldstecher in der Hand. Wenn er Rauch über dem Meer erblickte, schaute er sogleich durch das Fernrohr, um zu erkennen, was es war. Ah, das ist die *Narenta,* ah, das ist die *Liburnia,* die nach Lussingrande fährt, und so fort und so weiter, kurz: alle vorbeifahrenden Schiffe beobachtete er durch seinen Feldstecher. Er schaute alles an und sah alles. Man sagte auch, daß Visco, wenn die *Narenta,* ein Passagierschiff, im Hafen lag, von der Höhe des Leuchtturms herunter mit dem Feldstecher durch die Bullaugen in die Kabinen spähte. Er kiebitzte. Deshalb nannte man ihn in Arbe Kiebitz."

„Ah, hieß er Kiebitz?"

„Aber wo denn. Fast niemand kannte seinen Familiennamen, und alle nannten ihn einfach Visco. Man nannte ihn auch Kiebitz, weil er mit dem schönen Fernrohr der Kriegsmarine, ein großes Fernrohr, das ich weiß nicht um wieviel vergrößerte, von der Höhe des Leuchtturms auch durch die offenen Fenster der Häuser spähte und kiebitzte. Ihr wißt ja, zu Hause ziehen sich die Frauen manchmal aus . . ."

„Ah, er schaute zu! Wie garstig!"

„Wieso garstig? Wenn eine garstig war, schaute er nicht hin. Aber im Haus des Postmeisters zum Beispiel, eines gewissen Pende, das direkt vor dem Leuchtturm stand, gab es zwei sehr schöne Töchter, hochgewachsen und mit einer entsprechenden Oberweite. Wanda und Jolanda, die in Arbe ‚Telegraph' und ‚Telefon' genannte wurden . . ."

„Ach, und er kiebitzte?"

„Gewiß. Und gewiß ist auch, daß man, wie Barba Nane immer sagte, mit den Kommandanten nicht streiten soll, auch wenn man im Recht ist. Diese Geschichte mit der beschädigten Mole von Arbe endete so, daß die Versicherung alles zahlte, aber wegen der bösen Worte, die Visco gesagt hatte, beschwerte sich Bolmarcich in Pola, und Visco wurde nach Cazziul versetzt."

„Nach Cazziul?"

„Er wurde, Siora Nina, aus Arbe abberufen und nach Cazziul versetzt. Ich weiß nicht, ob es Euch bekannt ist, aber Cazziul liegt dort, wo sich die Füchse gute Nacht sagen. Außerdem ist es ein kleiner Ort. Schon Cazza ist klein, stellt Euch erst Cazziul vor!"

„Bitte, Sior Bortolo, wie war das — Cazza, Cazziul?"

„Cazza ist das eine, Cazziul das andere. Weit unten, im entlegensten Zipfel von Dalmatien, liegt zunächst Lagosta mit all seinen Lagostanern, und dann, noch weiter unten und außen, liegen Cazza und Cazziul, zwei Inseln."

„Ach ja, ich erinnere mich jetzt, die Frau des armen Bootsmanns Scalamera war aus Cazza . . ."

„Und der arme Visco wurde nach Cazziul geschickt, als Leuchtturmwärter, stellt Euch vor, nachdem er in Arbe, einem sehr schönen Ort, Leuchtturmwärter gewesen war!"

„Ist Arbe schöner als Cazziul?"

„Aber denkt doch, Siora Nina! Kein Vergleich! Arbe ist Arbe, und Cazziul war ein Kaff. Ein schönes vielleicht, aber ein Kaff. Und es gab dort keinen Leuchtturm mehr, da man in Cazza einen Leuchtturm gebaut hatte, und in Cazziul gab es nur noch ein Leuchtfeuer. Das war die Strafe für den armen Visco, der nichts Böses getan hatte . . ."

„Ja, aber er hat gekiebitzt . . ."

„Was hat das damit zu tun? Das Kiebitzen war eine Sache des Charakters. Visco war von seinem Charakter her eben ein sehr neugieriger Mensch. Er beobachtete nicht nur alles und alle durch sein Fernrohr; wenn er zum Beispiel in die Marineverwaltung kam und zufällig auch nur einen einzigen Augenblick allein im Büro war, schnüffelte er in den Papieren, in den Schubladen und sogar in den Schränken, und wenn irgendwo eine Tür offenstand, schaute er hinein. Er kiebitzte. Ich habe es ja gesagt: in Arbe wurde er Kiebitz genannt. Das war vor, ziemlich lange vor dem Ersten Weltkrieg. Und der Hafenkommandant von Cazziul, wohin Visco gehen mußte, war — reiner Zufall — ein gewisser Dundora aus Neresine, der eine Zeitlang in der Marineverwaltung von Arbe gearbeitet hatte und alle diese Geschichten über Visco kannte, daß er immer kiebitzte und in Arbe Kiebitz genannt wurde. Als Visco nun deprimiert mit dem Dampfer von Lagosta in Cazziul ankam, staunte der Kommandant Dundora nicht wenig."

„Staunte er, weil Visco deprimiert war?"

„Nein, weil man ihn nach Cazziul geschickt hatte. ‚Man hätte Sie wenigstens nach Cazza schicken können, wo es einen neuen Leuchtturm gibt, mein lieber Visco, während wir hier in Cazziul bloß ein einfaches Leuchtfeuer haben, und es wird wenig zum Kiebitzen geben. Ich erinnere mich nämlich, Visco, daß Sie in Arbe Kiebitz genannt wurden', sagte er lächelnd. Visco aber, niedergedrückt, erzählte ihm die ganze Geschichte mit der beschädigten Mole von Arbe. ‚Jetzt bin ich hier, Kommandant Dundora, weil ich den kürzeren gezogen habe.'"

„Ah, hat er alles erzählt?"

„Freilich. Und Dundora, der ein guter, bei allen beliebter Mensch war, antwortete: ‚Was wollen Sie, Visco? So ist das Leben, wer Macht hat, befiehlt und wer gehorchen muß, gehorcht, und leider, leider, hier ist es nicht wie in Arbe, wo ich für Kommandant Malabotich gearbeitet habe. Hier gibt es nur einen Lotsen, einen gewissen Jugowaz, der mir hilft und das Lager verwaltet und der sich bis gestern auch um das Leuchtfeuer gekümmert hat, aber jetzt sind Sie da, der Sie Erfahrung haben, und sie werden das nun übernehmen. Und hier in der Marineverwaltung gibt es auch ein Zimmer, wo Sie, der Sie ja allein sind, schlafen können. Ich brauche Ihnen wohl nicht zu sagen', fuhr er lachend fort, ,daß Sie, wenn ich abends nach Hause gehe, nicht in meinem Schreibtisch kiebitzen, mein lieber Visco?!'"

„Ah, ein guter Mensch war dieser Dundora?"

„Freilich, er war einer, der sich nicht zuviel einmischte. Und so hatte Visco in Cazziul Glück im Unglück. Seine einzige Arbeit bestand im Anzünden des Leuchtfeuers am Abend und des Auslöschens am Morgen, wenn es Tag wurde, und einmal in der Woche mußte er in Dundoras Büro kommen, um die Bestätigung für die Übergabe des Petroleums zu holen."

„Ah, hatte er eine Petroleumlampe in seinem Zimmer?"

„Freilich, er und alle anderen in Cazziul hatten eine Petroleumlampe. Wie hätte es in Cazziul vor dem Ersten Weltkrieg elektrisches Licht geben können, wenn man dort, wie ich annehme, bis jetzt keines hat? Nein, er ging einmal in der Woche in Dundoras Büro, um den Übergabeschein für das Petroleum zu holen, das er für das Leuchtfeuer brauchte. Selbstverständlich wurde auch das Leuchtfeuer mit Petroleum betrieben, wie die Lampen. Und dabei spielte sich jedesmal das gleiche Theater ab: mit der ihm eigenen Langsamkeit zog Dundora aus der Schreibtischlade ein schönes Papier mit dem doppelköpfigen Adler darauf, über dem auf italienisch, deutsch und kroatisch die Worte standen: ,Kaiserliche und Königliche Marineverwaltung der Insel Cazziul', und darunter: ,Mit obigem Schreiben wird die Übergabe verfügt von . . .', und dann folgten zwei Zeilen mit Punkten."

„Wie, zwei Zeilen mit Punkten?"

„Es waren zwei Zeilen mit Punkten, wie sie in amtlichen Papieren üblich sind. In ihnen wird der zu übergebende Gegenstand beschrieben ,Die Übergabe von . . .

an . . .', und noch eine Zeile Punkte, wo der Übernehmende eingetragen wurde. Und am Schluß: ‚Der Kommandant der Marineverwaltung', Unterschrift."

„Unterschrift von wem?"

„Von Dundora, dem Kommandanten Dundora. Aber jedesmal, wie gesagt, führte er mit diesem Übergabepapier eine Theaterszene auf. ‚So', sagte er, das Papier vor sich, ‚so, mein lieber Visco, wir haben hier die Kaiserliche und Königliche Marineverwaltung der Insel Cazziul, die durch obiges Schreiben die Übergabe verfügt von . . . Was brauchen Sie, Visco? Einen Kanister Petroleum, glaube ich.' Und er schrieb: ‚Von einem Kanister Petroleum à fünfundzwanzig Liter an . . . An wen, an Sie? An Visco Cuculich' — denn Visco hieß eigentlich Cuculich, ‚an Visco Cuculich vulgo Kiebitz', sagte er lachend, ‚weil ich selbst gesehen habe, daß Sie jeden Morgen an der Riva durch die Fenster der Häuser kiebitzen und auch in den Dampfer hineingespäht haben, als er an der Mole lag. Und weil Sie auch hier in meinem Büro, wie ich annehme, auf dem Schreibtisch, in den Schubladen und in den Schränken kiebitzen, wenn ich nach Hause gehe.' — ‚Ich kiebitze nicht', sagte Visco. — ‚Im Gegenteil, ich weiß, daß Sie kiebitzen, weil Sie ein Kiebitz sind. Und so steht auch hier geschrieben: Ein Kanister mit fünfundzwanzig Litern Petroleum an Visco Cuculich, vulgo Kiebitz.' Geschrieben sah das so aus: ‚An Visco Cuculich v. Kiebitz'. Schließlich unterzeichnete er mit ‚Der Kommandant der Marineverwaltung, Antonio Dundora'. Und danach reichte er ihm lachend dieses Papier, damit er sich von dem Lotsen Jugovaz aus dem Lager im Hinterzimmer einen Kanister Petroleum geben lasse."

„Und jedesmal dieses Theater?"

„Freilich, Siora Nina. So vertrieb sich der Kapitän

Dundora auch ein bißchen die Zeit, da er in der Marineverwaltung von Cazziul sehr wenig zu tun hatte. Und Visco, stellt Euch vor, noch weniger. So wenig, daß er, um sich die Zeit bis zum Gabelfrühstück zu verkürzen, auf die Mole ging, wo er die Taue auffing, wenn der Dampfer aus Lagosta kam. Eines Tages hatte Visco nämlich bei der Ankunft des Dampfers von Lagosta einen Schiffsjungen erblickt, der ‚Butaitemu zima' schrie, was auf kroatisch bedeutet, daß er das Tau hinunterwerfen werde. Dieser Matrose warf also das Tau, und Visco packte es und schlang es sauber um den Pflock. Dann nützte er die Gelegenheit, um mit dem Kroaten zu plaudern, damit er so vielleicht die Möglichkeit erhielt, an Bord zu kommen und zu kiebitzen.

So hat es begonnen, und so ging es weiter, so sind die Jahre verflossen, Siora Nina: das Leuchtfeuer anzünden und löschen, das Übergabepapier für das Petroleum holen und die Taue des Dampfers von Lagosta auffangen, wenn dieser nach Cazziul kam — selbstverständlich, nachdem er erst in Cazza angelegt hatte."

„Ist Cazza groß, Sior Bortolo?"

„Oh Gott, größer als Cazziul, gewiß, aber auch ein Kaff, wie ich gesagt habe, am äußersten Ende von Dalmatien und draußen im Meer. Übrigens, als der Krieg ausbrach, der Erste Weltkrieg, wurde auch mit Italien Krieg geführt, und Österreich beschloß, auch nach Cazza ein paar Marineinfanteristen zu schicken. Möge Gott verhüten, daß sich die Italiener etwa einbildeten, sie könnten auch dort landen oder etwas anderes unternehmen!"

„Mamma mia, der Krieg ist ausgebrochen, und die Italiener sind in Cazziul gelandet!"

„Aber nein, Siora Nina. Dundora sagte es immer wieder zu dem Lotsen Jugovaz und zu Visco: ‚Aber nein, hier wird nichts geschehen, was für ein Interesse können die Italiener schon haben, hier zu landen? Eher sind sie an Trento, an Triest, an Zara oder Sebenico, vielleicht an Spalato interessiert, aber nicht an Cazziul!‘ Später — im Jahr achtzehn —, als er sah, daß immer mehr Soldaten nach Cazza kamen und draußen auf dem Meer, wie Visco ihm erzählte, italienische Kriegsschiffe auftauchten, die er mit seinem Fernrohr gesehen hatte, entschloß sich Dundora, seine Frau und seine beiden Kinder nach Fiume zu seiner Schwester zu schicken. ‚Gott bewahre uns vor einem Unglück in der Nacht‘, sagte er und wies auf das Meer."

„Ah, hatte er eine Schwester in Fiume?"

„Freilich, wenn er seine Frau und seine Kinder dorthin schickte! Und er war klug. In welchem Monat fuhr Dundoras Frau mit den Kindern weg? August, erzählte mir Visco später. Und schon kurze Zeit danach, im Oktober — ein scheußlicher Oktober, wechselhaftes Wetter, Regen und Nebel — ist Österreich zusammengebrochen."

„Ah, war es nebelig?"

„Wie nie zuvor, Siora Nina. Aus der Zeitung, die von Spalato mit dem Dampfer zu uns gebracht wurde, erfuhren wir, daß Österreich nicht mehr existierte. Jugovaz erzählte, daß die Soldaten ihre Gewehre wegwarfen und versuchten, auf ein Schiff zu kommen, um nach Hause zurückzukehren, und daß man in Cazza schon die kroatische Fahne gehißt habe. Als dann in der Marineverwaltung von Cazziul die telegraphische Meldung einlangte, daß keine Telegramme mehr gesandt werden würden, traf Dundora seine Entscheidung. ‚Österreich ist zusammengebrochen, und jedermann muß seine Entscheidungen treffen. Ich fahre nach Fiume, wo meine Frau und meine Kinder sind. Hier, Visco‘, sagte er und gab ihm den Schlüssel zur Marineverwaltung, ‚jetzt ist alles in Ihrer Hand, ich empfehle mich.' Und am selben Abend bestieg er den Dampfer, den letzten Dampfer, zusammen mit Jugovaz, der ein Anhänger der kroatischen Partei war und nichts sehnlicher wünschte, als nach Cazza zurückzukehren."

„Der letzte Dampfer!"

„Es gab immer einen letzten Dampfer, Siora Nina, bevor der nächste kam. Und Visco blieb allein auf der Mole — alle Leute hatten sich in ihre Häuser eingeschlossen, auch deshalb, weil es regnete —, und dann zündete er wie immer das Leuchtfeuer an — Gott möge ein Unglück in der Nacht verhüten! — und kehrte in die Marineverwaltung zurück. ‚Sieh da', sagte er , ‚nicht einmal die Fahne haben sie eingeholt, bevor sie weggefahren sind!'"

„Ach, mußte er sie selbst einholen?"

„Wieso er! Er war dafür nicht zuständig. Er sagte nur ‚Sieh da!', kochte eine Eierspeise und ging in sein Zimmer schlafen."

„Ah, kochte er selbst!"

„Freilich, er war ja allein geblieben. Und am nächsten Morgen, da er nun doch allein war in der Marineverwaltung, wißt ihr, was er tat!"

„Kochte er Kaffee?"

„Keinen Kaffee! Er ging ins Büro, um zu kiebitzen, in den Schubladen herumzuschnüffeln und die Schränke zu öffnen. Und was fand er in einem Schrank, der früher niemals aufgesperrt worden war? Im oberen Fach ein Fernrohr, einen Revolver und einen Zweispitz, und im unteren ein Paar blank geputzte Stiefel, und an einem Haken eine Galauniform der Marine, die Dundora — mit dem Zweispitz, selbstverständlich — nur an Kaisers Geburtstag getragen hatte."

„Eine Galauniform?"

„Ja, Siora Nina, und fast neu. Es war eine Galauniform der Marine, mit Epauletten, goldenen Schnüren, doppelter Knopfreihe und goldenen Streifen an den Hosenbeinen. Sehr schön, und dazu der Zweispitz, wie ihn auch Admiral Horthy zu tragen pflegte. So schön erschien Visco diese Uniform, daß er, der noch in langer Unterhose und Strümpfen dastand, da er kaum erst aus dem Bett war, sie probeweise anzog. Sie war ihm ein wenig zu weit, aber sie war prächtig! Dann zog er die Stiefel an und setzte den Zweispitz auf: alles in bester Ordnung! Und gerade, als er in sein Zimmer gehen wollte, um sich im Spiegel zu betrachten, hörte er die Sirene eines Dampfers . . ."

„Ah, war der Dampfer zurückgekommen?"

„Das glaubte auch er, da die Sirenen noch zweimal heulten, und er lief sogleich, wie er es bei der Ankunft des Dampfers gewohnt war, über die Piazzetta zur Mole, um das Tau aufzufangen. Gut, Siora Nina, und wißt Ihr, was er sah? Schon am Ufer vertäut und im Begriff, den Laufsteg hinunterzulassen, lag da nicht ein italienisches Kriegsschiff, mit italienischer Flagge!"

„Mamma mia! Die Italiener!"

„Ja, die Italiener: ein italienisches Torpedoboot mit zwanzig Mann an Bord, die am Deck hin und herliefen und auf italienisch schrien, und mit einem Offizier der italienischen Marine — mit flacher Kappe, Kinnriemen und weißen Leinengamaschen über den Stiefeln, der, als er den Visco vor sich sah, die Hand an den Schirm der Mütze hob und salutierte."

„Wer war das?"

„Aber dieser Offizier der italienischen Kriegsmarine, der den Visco in Dundoras Galauniform mit dem Zweispitz sah. Und was hätte Visco sonst tun können als den Salut zu erwidern?"

„Und was sagte er zu ihm?"

„Was hätte er sagen sollen? Er grüßte, indem er zwei Finger an den Admiralshut legte. Und dann, stellt Euch vor, Siora Nina, bezog dieser Offizier der italienischen Kriegsmarine in der Mitte der Mole Stellung, schlug die Hacken zusammen und sagte, immer noch salutierend: ‚Im Namen Seiner Majestät des Königs von Italien nehme ich die Insel Cazziul in Besitz!' — ‚Schauen Sie', sagte da Visco zu ihm und zeigte hinaus aufs Meer, ‚schauen Sie, Cazza ist dort, und diese Insel ist Cazziul!'"

„Jessus, und der Offizier?"

„Nichts. Er schlug wieder die Hacken zusammen, salutierte und rief: ‚Im Namen Seiner Majestät, des Königs von Italien nehme ich die Insel Cazziul in Besitz!' Dann sagte er zu Visco: ‚Commandante, gehen Sie voran.' Und hinter Visco einherschreitend überquerte er die Piazzetta und befahl zwei italienischen Matrosen, sogleich auf das Dach der Marineverwaltung zu steigen und die österreichische Fahne einzuziehen."

„Mamma mia! Haben sie die österreichische Fahne eingezogen?"

„Freilich: dieselbe, die Dundora am Tag zuvor zurückgelassen hatte. Mit der Hilfe eines seiner Matrosen, der ihm die Fahne reichte, faltete sie dieser Offizier und klemmte sie sich unter den Arm. Dann, im Büro der Marineverwaltung, sagte er zu Visco, vor dem Schreibtisch Dundoras stehend: ‚Commandante, schreiten wir zur Übergabe!'"

„Was für eine Übergabe?"

„Genau das fragte auch Visco: ‚Was für eine Übergabe?' — ‚Die Übergabe der Insel Cazza oder Cazziul.' Und er deutete ihm, sich an den Schreibtisch zu setzen.

Was hätte er sonst tun können? Visco sagte, es sei gut, und wenn er es wirklich wolle, schreite er eben zur Übergabe, und: ‚Wir werden wie immer vorgehen.' Und aus einer der Schreibtischladen zog er eines jener schönen Papiere mit dem doppelköpfigen Adler, auf dem in italienischer, deutscher und kroatischer Sprache geschrieben stand: ‚Kaiserliche und königliche Marineverwaltung der Insel Cazziul — Mit obigem Schreiben wird die Übergabe verfügt . . .' Und in Schönschrift setzte er ein: ‚. . . der Insel Cazziul . . . an . . .' — ‚Wem geben wir sie denn?' fragte er, ‚Ihnen oder dem König von Italien?' — ‚Seiner Majestät dem König von Italien', sagte der Offizier. Und so schrieb Visco in Schönschrift: ‚. . . an: Seine Majestät den König von Italien', und dort, wo ‚Der Kommandant der Marineverwaltung' stand, unterzeichnete er nur: ‚Visco Cuculich v. Kiebitz', wie es Dundora immer getan hatte."

„Er unterzeichnete an Dundoras Stelle?"

„Freilich, Siora Nina, was sonst hätte er tun sollen unter diesen Umständen? Er unterzeichnete, drückte den Stempel darauf und übergab das Papier dem Italiener; und beinahe hätte er ihn nach hinten ins Lager geschickt, als ihm einfiel, daß Jugovaz ja fort war. Ob Ihr es glaubt oder nicht, Siora Nina, dieser Offizier der italienischen Kriegsmarine schaute das Papier an wie das Allerheiligste, faltete es und steckte es ehrfürchtig in seine Brusttasche; dann nahm er die Kappe ab — da auch Visco den Hut abgenommen hatte — und drückte ihm die Hand. Hierauf sagte er zu Visco: ‚Es tut mir leid, Commandante, Ihre Bekanntschaft unter diesen für Sie so unangenehmen Umständen machen zu müssen, aber Ihr würdiges Verhalten weiß ich zu schätzen. Darum gestatte ich Ihnen, diese unselige Fahne zu behalten.' So ungefähr hat Visco mir diese Geschichte erzählt. Und

Visco, die österreichische Fahne unter dem Arm, verließ die Marineverwaltung und wußte nicht, wohin er jetzt gehen sollte: das ganze Gebäude, auch sein Zimmer, war voll mit italienischen Matrosen, die sich laut auf italienisch unterhielten, ein und ausgingen, und auch auf der Piazza herrschte ein unbeschreibliches Durcheinander. Visco schlief in jener Nacht auf einer Wiese, Siora Nina, in seiner Galauniform. Er legte sich unter einen Feigenbaum, und da es kalt und feucht war — es war schon November —, benützte er die österreichische Fahne als Decke. Es war eine schöne große Fahne."

„Unter einem Feigenbaum, armer Visco!"

„Armer Visco? Arme Welt, Siora Nina, weil nach dem Zusammenbruch Österreichs von dieser Geschichte nichts anderes übrigblieb als Klatsch und Geschwätz. Stellt Euch vor, Dundora sagte mir, daß dieser Offizier der italienischen Kriegsmarine allen Leuten im Hotel Bonavia in Fiume erzählte, er habe die Übergabe von Cazza mit Admiral Wisko Kukulich von Kiwitz persönlich ausgehandelt. Was wollt Ihr, Siora Nina? Wie soll ein Italiener auch wissen, was ein Kiebitz ist?"

EINE FLÜCHTIGE BEGEGNUNG

Eine Geschichte, die von großen und kleinen Herren handelt, und von großen und kleinen Damen im Licht und im Schatten einer großen und zugleich kleinen Welt.

„‚Das Glück geht und geht und bleibt dann stehen', pflegte Barba Nane immer zu sagen, und das große Glück kam in jenem Sommer zu der kleinen Santina, als man in Lussingrande in der Villa auf Zita wartete, die in Erwartung war."

„Wo, in der Villa?"

„Nein, in Lussingrande, in der Villa Rovenska, wo der Erzherzog Karl Stephan wohnte, wartete man, daß Zita, die gerade Otto erwartete, mit der Jacht aus Triest, genauer: aus Miramar käme. Und mit ihr Karl, selbstverständlich, der arme Kaiser Karl, allerdings war er da noch nicht Kaiser, er war der Mann der Zita; und damals, im Jahr zwölf, hätte er auch nie erwartet, so früh Kaiser zu werden, man hatte ja Franz Ferdinand noch nicht umgebracht. Und das war — so spielt das Leben manchmal — das Glück der kleinen Santina."

„Daß man ihn noch nicht umgebracht hatte?"

„Aber was hat das damit zu tun? Oder vielleicht doch, ich weiß es nicht. Die arme Santina jedenfalls hatte ihren als Sonderling bekannten Vater verloren und auch ihre Mutter, die arme, die viele Jahre in fremden Häusern nähen mußte, um ihr Kind aufziehen zu können, war schon tot, und so wurde die kleine Santina als Waise in das Kloster der Nonnen aufgenommen. Sie hatte goldene Hände beim Nähen und Stricken, wie ihre Mutter. Das Glück kam also in jenem Sommer zu ihr, als man in der Villa auf Karl und Zita wartete. Man war in Verlegenheit, weil es nicht genug Personal gab. Das war verständlich: wegen der zu erwartenden Gäste und des erwarteten Kindes brauchte man mehr Frauen zur Bedienung und, so dachte man, an wen könnte man sich in so einem Fall besser wenden als an die Nonnen?"

„Haben sie die Nonnen in die Villa kommen lassen?"

„Wo denkt Ihr hin, Siora Nina, wie hätten die Nonnen das Kloster, ihre Klausur verlassen können? Nein. Die Frau des Erzherzogs Karl ging ins Kloster zu den Nonnen und fragte Mutter Concetta, ob jemand in die Villa kommen könnte: ein braves Mädchen mit gutem Herzen, aus diesem und jenem Grund, man hätte Schwierigkeiten, da Karl und Zita ankommen sollten. Ob sie, also die Nonnen, ein braves Mädchen mit gutem Herzen kannten, das bis zum Marienfesttag im September in die Villa kommen könnte. Ja, sagte Mutter Concetta, da wäre die kleine Santina, die seit dem Tod ihrer Mutter als Waisenkind im Kloster lebe, und auch die Mutter sei manchmal als Näherin in der Villa gewesen.

Das Glück der kleinen Santina war, daß sie sogleich in die Villa ging. Karl und Zita kamen acht Tage später an. Und als Santina gerade Zitas Zimmer aufräumte — Zita blieb am Morgen lange im Bett, weil sie schwanger war —, fragte die hohe Frau dieses schöne, anmutige Mädchen über das und jenes aus, selbstverständlich auf italienisch, weil Zita auch Italienerin war."

„Keine Österreicherin?"

„Österreicher waren wir alle, Siora Nina, aber Zita war eine gebürtige Italienerin vor ihrer Ehe. Und so befragte Zita das Mädchen über dieses und jenes, und wie es so gehe in Lussino. Und die kleine Santina sagte, daß sie sehr wenig wisse, da sie bei den Nonnen lebe. ‚Und wie sind die Nonnen?' — ‚Sie sind gut, die Nonnen, und bei ihnen lernt man nähen und stricken und auch stikken.' So plauderten sie dieses und jenes, und so kam es, daß die kleine Santina meist in Zitas Zimmer weilte; sie saß neben ihrem Bett und strickte Socken für diesen Otto, der bald geboren werden sollte, und sie stickte Kragen, anstatt mit den anderen in der Küche zu arbeiten."

„Es ist schön, so zu warten! Eine schöne Zeit."

„Freilich, denn später werden die Kinder groß und schlimm. Aber wie auch immer. Das Glück war zu der kleinen Santina gekommen, denn als Zita, deren Schwangerschaft jetzt ziemlich weit fortgeschritten war, und Karl nach Wien zurückfuhren, wollte sie die kleine Santina um jeden Preis mitnehmen. Klein? Man nannte sie immer die ‚kleine' Santina, aber sie war schon ein großes Mädchen, schön gewachsen, mit üppigem Haar und blauen Augen, wie ihr Vater, der ein gutaussehender Mann gewesen war. Es wäre wirklich schade gewesen, wenn sie eine Nonne geworden wäre!"

„Mehr als eine von diesen Waisen, die von den Nonnen erzogen werden, wird selbst Nonne . . ."

„Das stimmt. Manchmal ist das Klosterleben sehr verlockend. Aber ganz egal. Zita wußte, was sie wollte, und jetzt wollte sie die kleine Santina mitnehmen — nicht direkt nach Wien, aber in die Nähe von Wien, wo sie und Karl ein wunderschönes Landhaus besaßen."

„Ah, sie ging fort in ihr Haus, als Dienstmädchen?"

„Dienstmädchen? Was bedeutet Dienst? Damals dienten wir alle, auch wir in der österreichischen Marine. Santina sollte Hausarbeiten verrichten wie die anderen, aber Zita wollte, daß sie, schön, anmutig und wohlgebaut wie sie war, nach Ottos Geburt den Kinderwagen schob, oder sie nahm sie mit ins nächste Dorf, wo sie Spitzen, Leinen oder Zwirn kaufte. Und im Sommer nahm sie die Santina auch nach Triest und Miramar mit . . ."

„Auf dem Dampfer?"

„Wieso auf dem Dampfer? Wie soll man von Wien nach Miramar mit dem Dampfer fahren? Mit der Eisenbahn. Das Schloß Miramar hatte für diejenigen, die darin wohnten, einen eigenen Bahnhof: klein, aber sehr schön war er, mit Warteraum und allem. Diesen Bahnhof hatte, stellt Euch vor, der arme Maximilian, der in Mexiko umgebracht wurde, gebaut. Auch deshalb wurde behauptet, daß auf Miramar ein Fluch lag."

„Wegen des Bahnhofs?"

„Aber nein! Deswegen, weil man den armen Maximilian in Mexiko umbrachte. Aber wie auch immer. Sie fühlte sich während des Sommers in Miramar sehr wohl. Auch weil die Mutter Karls immer dort wohnte und ihre Enkel vergötterte. Der Park war großartig für die Kinder, in wunderschöner Lage. Dem Karl gefiel es in Miramar, und auch der Zita. Und die kleine Santina hatte nicht allzuviel zu tun und schlief in einem reizenden kleinen Zimmer, das zwar unter dem Dach lag, von dessen Fenster aber man ganz Triest sehen konnte. Ihr wißt, damals hatte man Franz Ferdinand noch nicht umgebracht, aber Karl und Zita waren schon wichtig, wenn auch nicht die wichtigsten. Später, später geschah es."

„Was, was geschah?"

„Alles, Siora Nina. Man hat Franz Ferdinand umgebracht, der Krieg ist ausgebrochen, Franz Joseph starb, und Karl, der nach dem Tod Franz Ferdinands der Erbe des Doppeladlers geworden war, wurde Kaiser."

„Und haben sie die kleine Santina weggeschickt?"

„Warum hätten sie die kleine Santina wegschicken sollen? Was hatte sie mit all diesen Ereignissen zu tun? Sie nahmen sie nach Wien mit, selbstverständlich, da Karl jetzt Kaiser war. Und sie schrieb sehr brav der Mutter Concetta — sie schrieb oft an die Nonnen —, daß sie jetzt nicht mehr auf dem Land wohnen würden, wo es so schön war, sondern nach Wien übersiedeln, in ein großes Schloß, ein sehr schönes Schloß. Alle Mädchen hier sagten, daß es schön sei, nach Wien zu gehen, nur daß es sehr viel zu putzen gebe."

„Natürlich, bei diesen großen Zimmern! Auch in der Villa Prohaska, wo sehr viele große Zimmer waren, gab es viel zu putzen . . ."

„Aber wie könnt Ihr die Villa Prohaska mit der Hofburg, mit Schönbrunn vergleichen, die so groß waren, daß nicht einmal die kaiserliche Familie selbst wußte, wie viele Zimmer es gab! Und ein sehr schönes kleines Zimmer unter dem Dach, aber wirklich wunderschön, bekam auch die kleine Santina, wie sie den Nonnen schrieb, und sie konnte durch die Dachluke ganz Wien sehen. Trotz des Krieges und obgleich es auch dort nicht viel zu essen gab, war diese Zeit für sie die schönste, auch deshalb, weil Zita, die so viele Kinder hatte, immer schwanger war und Santina Socken für die Kinder strickte und Kragen stickte. Später geschah es . . ."

„Was ist später geschehen?"

„Der Zusammenbruch Österreichs. Die Soldaten warfen ihre Gewehre weg, die Italiener kamen, und die Kroaten hißten auf den Schiffen der Österreichischen Kriegsmarine die kroatische Flagge, in Wien brach die Revolution aus, und der Kaiser Karl wurde auf häßliche Weise fortgejagt."

„Damals war ich klein."

„Ganz egal, das alles ist trotzdem geschehen. Und

auch hier, Siora Nina, in Rovenska, wurden in der Villa des Erzherzogs Karl Stephan die Fensterscheiben eingeschlagen. Nicht von den Lussinern, sondern von Leuten von auswärts, glaube ich. Und die Kronen und Gulden waren nichts mehr wert, und vor allem diejenigen haben alles verloren, die ihr Geld in Kriegsanleihe investiert hatten."

„Wer denn hatte das getan?"

„Viele. Einer zum Beispiel, der allen erzählte, er hätte alles verloren, war Sangulin."

„Sangulin? Den habe ich nicht gekannt."

„Ihr konntet ihn nicht kennen. Er war aus Cherso und wohnte in Triest. Ich kannte ihn, ich bin mit ihm zur See gefahren. Als Österreich zusammenbrach, war er schon dreißig Jahre mit dem Lloyd gefahren als Proviantmeister, und als solcher hätte er die Möglichkeit gehabt, seine Schäfchen ins trockene zu bringen und in Pension zu gehen. Statt dessen hatte er alles, was er besaß, in Kriegsanleihen angelegt, und als Österreich zusammenbrach, verlor er alles. Das erzähle ich, um zu zeigen, wie die Leute damals um ihr Geld kamen, und daß Kronen und Gulden nichts mehr wert waren, da in Wien Revolution war und der Kaiser Karl auf häßliche Weise fortgejagt wurde."

„Und auch die kleine Santina?"

„Wie sollte sich eine Revolution für die kleine Santina interessieren? Man hat den Karl, die Zita, Otto und die anderen Kinder weggeschickt, und sie nahmen die Santina mit!"

„Mit wohin?"

„Überall dorthin, wohin sie flüchteten, da niemand, nicht einmal die Ungarn, sie haben wollten, und später, am Schluß, dorthin, wo sie endgültig bleiben mußten: nach Madeira."

„Aber sagt mir, Sior Bortolo, wo liegt eigentlich dieses Madeira, von dem noch so viel gesprochen wird?“

„Freilich, man spricht noch davon, denn solange es Wein gibt, wird es ein Madeira geben. An Bord wurden für die Passagiere immer ‚Koteletts à la Madeira‘ gebraten. Madeira ist eine Insel, Siora Nina, die dort liegt, wo sich die Füchse gute Nacht sagen, hinter Gibraltar, fast in Afrika, aber sie gehört Portugal. Und dort mußte auf Befehl der Siegermächte Karl, mit Zita selbstverständlich und den Kindern und der kleinen Santina, wohnen . . .“

„Auf Befehl der Siegermächte?“

„Oh Gott, nicht die kleine Santina: die kleine Santina war mit Karl und Zita gegangen, weil man sie gebeten hatte. Sie hatten ja noch kleine Kinder, sie waren verwöhnt, und dann plötzlich dieses Unglück. Und es war ein Glück, daß die kleine Santina zugesagt hatte und mit ihnen gekommen war. Und sie, die immer noch den Nonnen schrieb, erzählte, daß Karl und Zita in eine Lage gerieten, die immer schlimmer wurde . . .“

„Waren sie krank?“

„Sie hatten die allerschlimmste Krankheit, Siora Nina, sie hatten nämlich kein Geld.“

„Wegen der Kriegsanleihe?“

„Nicht wegen der Kriegsanleihe. Wegen des Krieges, Siora Nina! Österreich hatte verloren, und Karl war nicht mehr Kaiser; man hatte ihm alles weggenommen, und er blieb auf der Insel, nur mit dem Geld, das er in der Tasche gehabt hatte. Kurz, sie waren, wie die kleine Santina schrieb, in einem finanziellen Engpaß. In einem Haus ohne, pardon, Klosett, mit dem restlichen bißchen Geld, zu dem nichts mehr hinzukam, konnten sie weder leben noch sterben, und sie waren gezwungen, beim

Einkaufen jeden Groschen umzudrehen. Der Ort aber war sehr schön."

„Aber habt Ihr nicht gesagt, daß Madeira dort liegt, wo sich die Füchse gut Nacht sagen?"

„Und trotzdem ist Madeira sehr schön. Es gibt viele Orte, die so entlegen und doch sehr schön sind. Es war ein bekannter Ort, wegen seiner Hotels und Bäder. ‚Eine Nacht mit dir in Madeira', sang man damals, wie ich mich erinnere . . ."

„Wer sang, Karl und Zita?"

„Aber wo. Karl und Zita, die armen, hatten keine Lust zu singen, sie hatten nicht einmal Geld genug, um in einem Hotel zu wohnen. Man sang, weil Madeira schön, sehr schön war; so schön, daß die Österreich-Amerika-Linie — die jetzt selbstverständlich nicht mehr diesen Namen trug — gleich nach Kriegsende Kreuzfahrten nach Madeira organisierte; mit der *Martha Washington,* ihrem schönsten Schiff. Luxuskreuzfahrten waren das, für diejenigen, die durch den Krieg Geld gemacht hatten. Und denkt doch, was für ein Zufall, auf diesem Schiff fuhr auch Sangulin."

„Sangulin? Hattet Ihr nicht gesagt, daß Sangulin alles verloren hatte?"

„Freilich. Wenn er nicht alles wegen der Kriegsanleihe verloren hätte, hätte er wie ein kleiner Herr leben können. ‚Wie ein kleiner Herr', pflegte er zu sagen, ‚könnte ich mit meiner Pension und dem Ertrag aus meiner Kriegsanleihe leben, und statt dessen, verfluchter Krieg, bin ich, ein alter Mann schon, gezwungen, weiter als Proviantmeister zu arbeiten!' Und er schiffte sich mit all diesen Dalmatinern, Piranern und vor allem Triestinern ein, die mit der *Martha Washington* reisten; nach dreißig Jahren beim Lloyd war er jetzt selbstverständlich Erster Proviantmeister."

„Und ist er nach Madeira gefahren?"

„Freilich. Und dabei jammerte er immer, daß es ihm zuwider sei, weiter auf dem Schiff arbeiten zu müssen. Ein Grund dafür war auch, daß die anderen Angestellten, Stewards und Zahlmeister, vielleicht aus Neid, behaupteten, daß Sangulin schwachsinnig sei, er erinnere sich nicht mehr, wohin er etwas getan habe, und daß es eine Strafe Gottes sei, wenn man ihn nach etwas fragen müsse."

„Und war er schwachsinnig?"

„Nicht eigentlich schwachsinnig, hatte mir der Bootsmann Fonda erzählt, aber verwirrt und mürrisch. Ganz egal, Bordklatsch. Er jammerte, daß er, ein alter Mann, arbeiten mußte, aber er war gar nicht so alt, und der Bootsmann Fonda hatte im Grunde recht: Sangulin brummte, weil er mürrisch war, aber insgeheim war er froh, noch auf See sein zu können, absoluter Herr über die Kombüse zu sein und schöne Orte zu sehen: Madeira war ja wirklich prächtig."

„Wie Abbazia?"

„Prächtiger, viel prächtiger. Abbazia liegt eigentlich immer im Schatten. Madeira dagegen — was für eine Lage! Ich habe schon von dem Haus des armen Karl erzählt, ohne Klosett, aber was für eine Lage! Karl konnte von seinem Haus aus alles sehen: die Stadt, die Leute, die am Meer entlangspazierten, die Molen, die Schiffe, die einfuhren. Und manchmal ging er am Morgen mit Zita, die wieder schwanger war, mit Otto, den anderen Kindern und der kleinen Santina, die den Kinderwagen des kleinsten Kindes schob, am Ufer spazieren, um frische Luft zu schnappen. Santina und die Kinder gingen dann in einen kleinen Park in der Nähe, und Karl, die Hände hinter dem Rücken, wanderte allein, in Gedanken versunken wegen seiner vielen Sorgen, bis zum Ende der Mole und sah den alten Männern zu, die, auf den Pflöcken sitzend, angelten; oder er beobachtete die ankommenden Schiffe. Ihr werdet verstehen, was er empfand, als er eines Tages die Aufschrift ‚Trieste' sah."

„Wo hat er die gesehen?"

„Am Heck eines Dampfers, Siora Nina: *Martha Washington, Trieste.* Und darüber eine italienische Fahne. Das tat ihm weh im Herzen! Und als er hinaufschaute zu den Aufbauten des Schiffs, das kurz nach dem Krieg frisch gestrichen worden war, sah er da nicht auf dem Laufsteg Sangulin, der sich mit einer Hand am Geländer festhielt, während er hinunterstieg, um zum Einkaufen an Land zu gehen?"

„Was kaufte man denn in Madeira?"

„Wozu interessiert Euch das? Sangulin also kam an Land, und sie trafen einander auf der Mole. Und als Sangulin auf ihn zutrat, fragte Karl ihn in unserem Dialekt — er sprach ihn sehr gut, da er so oft in Lussino, Triest und Miramar gewesen war —, ob er aus Triest komme? ‚Ja, Signor', antwortete Sangulin, ‚wir kommen aus Triest', und dabei hob er zwei Finger zum Gruß an den Mützenschirm. Denn, wißt Ihr, Karl sah auch in Zivil so aus, daß man gleich den Herrn in ihm erkannte."

„Aber habt Ihr nicht gesagt, daß er in finanziellen Schwierigkeiten war?"

„Und was bedeutet das? Ein Herr blieb ein Herr, auch wenn er kein Geld hat. ‚Ja, Signor, wir kommen aus Triest', erwiderte Sangulin! ‚Und wie ist es jetzt in Triest?' fragte Karl. — ‚Gut für den Zufriedenen und schlecht für den Unzufriedenen, aber eigentlich herrscht jeden Tag ein Durcheinander, es ist das reinste Bordell. Ich zum Beispiel, schon ein alter Mann, wie Sie sehen, muß weiterhin arbeiten. Und warum, lieber Signor?

Weil ich wegen der Kriegsanleihe alles verloren habe.' — ,Ich auch', sagte Karl. ,Ich habe wegen des Krieges alles verloren.' — ,Aber nie so viel wie ich', erwiderte darauf Sangulin, ,ich sehe, daß Sie immerhin auf Madeira herumspazieren.' — ,Nein', antwortete Karl, ,ich spaziere nicht herum.' Und was tue er denn sonst, worauf warte er? Karl schaute den Sangulin einen Augenblick lang an und sagte dann: ,Ich warte auf meine Frau, und meine Frau wartet auf die Kinder, und, sehen Sie, dort in dem Park schnappen sie frische Luft.' Dann sagte er, ja, daß es auch hier schön für die Kinder sei, aber nirgends sei es so schön wie in Triest am Meer, in Barcola, und vor allem im Park von Miramar. ,Stammen Sie aus Triest?' fragte Sangulin. ,Nein, das nicht, aber ich bin oft in Triest gewesen und ich denke gern an Miramar.' Und Sangulin erwiderte darauf, daß Miramar schön sei, auch wenn es heiße, daß es Unglück bringe. ,Bringt Miramar denn Unglück?' fragte Karl erstaunt. ,Das hat man mir nie erzählt.' — ,Man sagt es nur, Signor, aber bei schönem Wetter gehen alle dorthin mit den Kindern. Miramar wird jetzt Miramare genannt.' Und er zieht eine Ansichtskarte aus der Tasche mit der Aufschrift ,Triest — Schloß von Miramare'. ,Mein Patenkind hat mir diese Karte geschickt', fuhr er fort. ,Schauen Sie!' Und er zeigte ihm die Karte."

„Sollte Karl die Karte lesen?"

„Aber nein, nicht lesen. Er sollte sehen, daß da nun ,Schloß von Miramare' geschrieben stand und nicht ,Miramar', wie es früher hieß. Und Karl nahm diese Karte in die Hand und schaute sie an und konnte nicht genug davon bekommen. So wartete Sangulin ein wenig, und dann sagte er: ,Wollen Sie die Karte behalten, Signor?' — ,Danke, vielen Dank', erwiderte Karl lächelnd, aber mit nassen Augen. Er steckte die Karte in seine Brieftasche, und dann zog er eine funkelnde Silbermünze aus der Westentasche und sagte: ‚Ich möchte Sie nicht beleidigen, aber ich bitte Sie, nehmen Sie das und behalten Sie es als Erinnerung.' Dann drückte er Sangulin die Hand: ‚Auf Wiedersehen, vielleicht', und ging weiter, die Hände auf dem Rücken, bis zum Ende der Mole."

„Und Sangulin?"

„Und Sangulin blieb stehen, mit dieser Silbermünze in der Hand, während Zita, ihre Kinder und die kleine Santina, die den Kinderwagen schob, auf ihn zukamen. Er schaute die Münze an: auf der einen Seite war der Kopf Kaiser Karls abgebildet, mit den Worten ‚Carolus Primus Imperator Austriae', und auf der anderen Seite stand: ‚10 Kronen'. Und als die kleine Santina mit dem Kinderwagen vorbeikam, sagte er: ‚Schauen Sie sich das an! An Bord nennt man mich einen Schwachsinnigen, aber Ihr Herr hat mir zehn Kronen geschenkt! Er weiß nicht einmal, daß Österreich zusammengebrochen ist!' Ein guter Mensch war er, der Proviantmeister Sangulin, aber ein mürrischer Kerl."

A.E.I.O.U.

Hier wird die esoterische Bedeutung dieser fünf Buchstaben erläutert und mit der kabbalistischen Bedeutung der hundert und aberhundert Inseln Dalmatiens, des azurblauen Labyrinths, und letzten Landungsplatzes unserer handelnden Personen verbunden, die sich hiermit alle — alte und junge — vom geneigten Leser dankbar verabschieden.

„Was gibt es schöneres als Dalmatien, Siora Nina? Dalmatien war, und ist heute noch, wie ich meine, das schönste Küstenland der Welt. ‚Dalmatien ist die beste Küste der Menschheit', pflegte der Kapitän Bolmarcich immer an Bord, im Salon der Ersten Klasse, zu den Passagieren zu sagen, ‚Dalmatien, meine Herrschaften, ist die beste Küste der Menschheit. Ich sage das wieder und immer wieder — nicht, weil ich Dalmatiner bin, sondern weil es die reine Wahrheit ist. Als Kapitän zur See habe ich die ganze Welt bereist, auch Kalifornien mitsamt San Diego, worüber so viel geredet wird — Orte, die sich im Vergleich zu Dalmatien verstecken können! Da ließe sich höchstens noch über die Philippinen reden, über die Gegend um Manila. Aber erstens ist diese Küste zu weit entfernt, und zweitens wird sie von wilden, grausamen Volksstämmen bewohnt . . .'"

„Gibt es in Dalmatien wilde und grausame Volksstämme?"

„Aber wo denn, Siora Nina, in Dalmatien leben die nettesten Leute der Welt! Er meinte, daß Dalmatien die schönste, beste Küste sei, die man sich vorstellen kann, und daß höchstens die Küste der Philippinen bei Manila daran herankäme, daß dort aber eine Teufelsgegend sei und man dort manchmal Menschenfresser antrifft."

„Auch heute noch?"

„Wer weiß, was es dort heute noch alles gibt. Ich habe lange keine Gelegenheit gehabt, nach Manila zu fahren. Aber ich wollte ja nur sagen: wo auf der Welt findet man ein zweites Dalmatien? Auch wenn Ihr wißt, wie Dalmatien in Veglia, Cherso und Arbe ist, so wißt Ihr noch lange nicht, wie es in Curzola, an den Bocche di Cattaro und in Budua aussieht, weil Dalmatien eine ganze Welt für sich ist."

„Ach, Dalmatien ist groß. Da gibt es auch noch Selve, woher meine arme Großmutter stammte, Ulbo und Pago — was für ein herrlicher Käse kommt doch aus Pago! — und Scarda und Melada . . ."

„. . . und Meleda und Brazza und Lissa und Lesina . . . Siora Nina, wenn wir jede Insel aufzählen, sitzen wir morgen früh noch da. ‚Wissen Sie, wie viele Inseln es in Dalmatien gibt?' pflegte der Kapitän Bolmarcich, ich erinnere mich noch genau, die Passagiere der Ersten Klasse bei Tisch zu fragen. ‚Nennen Sie mir eine Zahl, meine Herrschaften!' Und diese Herrschaften, von denen manche die Reise zum erstenmal machten, versuchten es: vierzig, fünfzig . . . Und wißt Ihr, was der Kapitän Bolmarcich dann tat? Er setzte sich auf seinen Stuhl, zündete sich eine Zigarre an und winkte bei all den Vorschlägen mit dem Finger ab. So rauchte er und wartete, bis einer ‚siebzig' sagte. Und wenn einer ‚siebzig' gesagt hatte, zeigte er mit dem Finger auf ihn und brüllte so laut, daß alle erschraken: ‚Achthundertsiebzig, meine Herrschaften, achthundertsiebzig große und kleine Inseln, die Klippen und Felsen nicht mitgezählt!'"

„Ah, er zählte die Felsen also nicht?"

„Wie könnte man die Felsen und Klippen Dalmatiens zählen, Siora Nina, da es doch schon achthundert Inseln gibt, vielleicht sogar mehr! Ich glaube nicht, daß sie irgend jemand alle gezählt haben kann. Die Wahrheit nämlich ist, daß Dalmatien sehr kompliziert ist. Auch diejenigen, die seit vielen Jahren in seinen Gewässern kreuzen, verlieren sich, wenn sie einen kürzeren, schnelleren Weg irgendwohin finden wollen und deswegen den Canal della Morlacca, den Canal di Zara oder den Canal di Mezzo verlassen."

„Mamma mia, verlieren sie da auch die Schiffe?"

„Nein, nicht die Schiffe. Aber den Überblick verlieren sie, die Einsicht, woher sie kommen, wohin sie fahren und wo sie eigentlich sind. Ich habe es schon gesagt, Dalmatien ist kompliziert, verwirrend, mit seinen vielen Inseln und Wasserstraßen. Manchmal sieht man aus der Nähe nicht, was man aus der Ferne erblickt hat. Nehmen wir zum Beispiel Isto: wenn man von San Piero ai Nembi kommt, sieht man sogleich Isto mit seiner Kirche auf dem Berg, und man sieht es auch, wenn man von der anderen Seite kommt — selbstverständlich von der anderen Seite! Wenn man aber in der Nähe dieser Insel ist, sieht man weder die Kirche noch den Berg noch Isto, und wenn einer nicht sehr erfahren ist, verirrt er sich auf der Stelle."

„Vor Isto?"

„Vor Isto und vor vielen anderen Orten, Siora Nina. Dem Unerfahrenen erscheinen sie alle gleich, und er fährt im Kreis auf dem Meer herum wie ein blindes Huhn. Und daß er wie ein blindes Huhn herumgerudert ist, merkt er erst, wenn er wieder an seinen Ausgangspunkt zurückgekommen ist. Auf See ist es nicht wie an Land, wie in Triest zum Beispiel, wo es genügt, einen

Passanten zum Beispiel nach der Via Santi Martiri zu fragen. Denn erstens trifft man auf See nicht so schnell jemanden, und zweitens ist es auf See eine Schande, jemanden nach dem Weg zu fragen . . ."

„Ja, aber die Dalmatiner sind erfahren . . ."

„Nicht immer. Es gibt Dalmatiner aus Cherso, Lussino und Arbe, und Dalmatiner aus Ragusa, von den Bocche di Cattaro und aus Curzola. Stellt Euch vor, der Kapitän Coglievina aus Cherso, dessen Mutter aus Arbe stammte, ein Absolvent der Marineschule von Lussino, wurde kurz nach Kriegsausbruch — ich spreche selbstverständlich vom Ersten Weltkrieg — zum Hafenkommandanten von Slatina ernannt. Gut, also stellt Euch vor, er, der Kapitän Coglievina, geriet in Schwierigkeiten bei dem Versuch, nach Slatina zu gelangen."

„Hat er sich verirrt?"

„Wie hätte ein Absolvent der Marineschule von Lussino sich verirren können? In Schwierigkeiten ist er allerdings geraten. Einen Tag vor Antritt seiner Reise wurde ihm in Zara von der Marineverwaltung ein altes Lotsenboot zur Verfügung gestellt, ein kleiner Kahn, aschgrau gestrichen und mit einer großen schwarzen Nummer bemalt, da es ja Krieg war. Am nächsten Tag kam er in Zaravecchia an. Er rechnete damit, bereits am folgenden Tag in Slatina einzutreffen, wo er übrigens noch nie gewesen war."

„Aber wo liegt dieses Slatina, Sior Bortolo?"

„Es ist unwichtig, wo es liegt. Er, der Kapitän Coglievina, war jedenfalls noch nie vorher dort gewesen, und, um die ganze Wahrheit zu sagen, er hatte noch nicht einmal davon gehört. Als er es unter all den Inseln suchte, dachte er: ‚Es ist also wirklich Krieg! Gott weiß, in welches Kaff ich geschickt worden bin, vielleicht in ein noch schlimmeres als Ulbo.' So brummte er vor sich hin, während er sich bemühte, dieses Slatina zu finden. ‚Aber', sagte er dann, ‚Krieg ist Krieg, und besser als Hafenkommandant in einem Kaff, als auf See in Gefahr zu leben. Und dann, dieser Krieg wird nicht ewig dauern.'"

„Ach, war er nicht zufrieden?"

„Er war weder zufrieden noch unzufrieden. Es war schon fünf Uhr nachmittag, und der Kapitän Coglievina verstand einfach nicht, wieso er dieses Slatina noch nicht gefunden hatte, so schwierig war es. Kurz und gut: es war beinahe Nacht, als er in der Ferne ein Leuchtfeuer sah und einen Fischer in seinem Kahn, der gerade das Netz auswarf. Er rief ihn an und fragte, ob dieser Ort Slatina wäre. ‚Ja, Signor', erwiderte der Mann lachend, ‚wenn man den Namen nicht geändert hat, seit ich von dort weggefahren bin.' Stellt Euch vor, wie beschämend es für ihn, den Hafenkommandanten, gewesen sein muß, diese Frage zu stellen. Jedenfalls, so war es, Siora Nina, und der Kapitän Coglievina kam in der Dunkelheit, in der Nacht, nach Slatina."

„Ah, es ist sehr schlecht, wenn man bei Nacht, in der Dunkelheit, irgendwo ankommt . . ."

„Freilich. Und deshalb ließ der Kapitän Coglievina den Herrgott einen guten Mann sein, vertäute sein Schiffchen an der Mole und beschloß, an Bord zu schlafen. Da er müde war, erwachte er erst um neun, halb zehn Uhr morgens, als die Sonne schon hoch am Himmel stand. Die hübsche Piazzetta von Slatina, die direkt hinter der Mole lag, war voll von Menschen, die in die Domkirche strömten, denn zufällig war Sonntag. In ein Kaff, Siora Nina, hatte der Kapitän geglaubt, geschickt worden zu sein, und statt dessen: ein Dom mit Glokkenturm, die Glocken läuteten, und den Uhrturm zierte der geflügelte Löwe; das Rathaus war ganz aus weißem

Stein, und in den Stein eingemeißelt stand ‚Rathaus'; eine große Mole, Damm und Leuchtturm, und auf der anderen Seite des Hafens die Werft und das Nonnenkloster. Die Leute in ihren Sonntagskleidern grüßten einander und plauderten unter den Arkaden der Marineverwaltung, und über der Pergola flatterte eine Fahne. Erinnert Ihr Euch, Siora Nina, an Cherso, Lussingrande oder Arbe? Gut, vielleicht war Slatina kleiner, aber ungefähr so sah es dort aus; so daß der Kapitän Coglievina sehr erstaunt war, weil er, wie gesagt, glaubte, man habe ihn in ein Kaff geschickt."

„Ach, es ist schön am Sonntag in diesen Orten. Auch in Veglia . . ."

„Ja, Slatina hatte auch von Veglia etwas. So ging also der Kapitän Coglievina zur Marineverwaltung, und der Lotse, ein gewisser Malabotich, ließ ihn vorher in die Pergola kommen. Dort sah er, wie die Leute wieder aus der Domkirche strömten nach der Zehn-Uhr-Messe, und hörte, wie die Blaskapelle vor dem Rathaus — genauso wie in Veglia — den Radetzkymarsch anstimmte."

„Ah, war das noch unter Österreich?"

„Freilich — ich habe doch erzählt, daß der Krieg kaum ausgebrochen war, der Erste Weltkrieg selbstverständlich, und daß der Kapitän Coglievina als Hafenkommandant nach Slatina geschickt worden war. Und er fühlte sich sehr bald sehr wohl in Slatina. Es war der September 1914, und man sage was man will, der September ist der schönste Monat in Dalmatien. Das einzige, was an diesem Tag an den Krieg erinnerte, war das aschgrau gestrichene, mit einer großen schwarzen Nummer versehene Boot, mit dem Coglievina gekommen war."

„Was für eine Nummer?"

„Gleichgültig. Es war eine große schwarze Nummer, wie sie die Kriegsmarine in Kriegszeiten zu verwenden pflegte. Alles andere aber war wie im Paradies. Gute Menschen, wie alle Dalmatiner, guter Wein, selbstverständlich aus Dalmatien, dann gab es eine Schule mit einer sehr braven Lehrerin, einer gewissen Morato . . ."

„Aber verzeiht, Sior Bortolo, war die Lehrerin Morato nicht hier bei uns? Ich selbst hatte sie auch . . ."

„Ich auch. Aber was glaubt Ihr, daß es in Dalmatien nur eine Lehrerin Morato gibt? Oder nur einen Lotsen Malabotich? Auch in Slatina gab es einen Lotsen Malabotich, einen Bürgermeister Miagostovich, einen Doktor Colombis, einen Schneider Pende, einen Postmeister Nadalin, einen Don Blas, einen Leuchtturmwächter Visco, einen Barba Checo, der die Taue der Schiffe auffing und der, wie die Matrosen früher, einen Ohrring trug — er war noch mit einem Segelschiff um Kap Horn gefahren! —, und es gab einen Zollbeamten Rimbaldo. Weil, Siora Nina, die Welt zwar groß, aber zugleich auch klein ist, und weil Rimbaldo, Pende, die Lehrerin Morato, der Bürgermeister Miagostovich, Don Blas, der Leuchtturmwächter Visco, der Lotse Malabotich und Sior Nadalin vielleicht anders hießen, aber immer dieselben sind."

„Ah, ich verstehe . . ."

„Wie auch immer. Ich wollte sagen, daß sich Slatina durch nichts von den vielen anderen Orten unterschied, die wir beide kennen. Sind vielleicht die Weinstöcke, die Ölbäume und die Steinmauern um die Felder nicht überall die gleichen? Und in Slatina gab es Ölbäume — sehr viel Öl wurde da gepreßt —, und Weinstöcke — die Weinlese begann schon im September! —, und Mauern selbstverständlich, wegen der fetten Weiden —, und Fischerboote — wie viele Kisten Sardinen und Makrelen stapelten sich morgens am Kai! —, und jedes Haus hatte seinen Gemüsegarten, und einige Häuser an der Piazza, in der Calle Larga und in der Calle Streta, hatten hinten auch einen Blumengarten. Und unterhalb des Rathauses gab es ein Lokal, in dem sich die bedeutenderen Persönlichkeiten des Ortes trafen. Nicht weit davon aber war die Osteria eines gewissen Tonissa, wo sich dagegen die Männer trafen, die abends, wenn es dunkel wurde, zu singen pflegten; der Kapitän Coglievina in der Marineverwaltung, der hörte es . . . Dann, einmal in der Woche, am Abend, kam der Dampfer in voller Beleuchtung, und die Kinder liefen ihm entgegen auf der Mole, wenn die Sirene noch hinter der Landzunge heulte. Und Barba Checo fing das Tau auf, das Leuchtfeuer begann zu blitzen, und die Leute spazierten nach dem Abendessen gemächlich über die Mole."

„Ah, es kam auch ein Dampfer?"

„Freilich, einmal in der Woche, wie es damals auf allen kleinen Inseln üblich war. Aber jetzt, im Krieg, kamen manchmal auch Versorgungsschiffe der Marine, die nicht an der Mole festmachten, sondern direkt bis Vallelonga fuhren, um ihre Ladung hinter der Punta, der Landzunge mit dem Leuchtturm, zu löschen. Dort hatte die Kriegsmarine einen riesigen Speicher für alles gebaut, was sie später vielleicht einmal brauchen würde."

„Ah, Torpedos, Kanonen, wie?"

„Ach, was, Kanonen! Die einzige Kanone in Slatina war eine alte venezianische Kanone, die mittags abgefeuert wurde und sämtliche Hühner aufscheuchte. Nein, Siora Nina, in diesem Speicher — denn Slatina galt als sicher, wohl auch, weil es so schwierig war, es zu finden — war der gesamte Nachschub für die Schiffe der Österreichischen Kriegsmarine gelagert: Mehl, Kaffee, Salz, Tabak und Zigaretten, getrocknete Bohnen und Linsen, Reis, Petroleum in Kanistern, Decken und Uniformen, alles Sachen, Siora Nina, die der Österreichischen

Kriegsmarine in Dalmatien von Nutzen sein konnten, wenn sie eines Tages Pola hätte verlassen müssen."

„Ja, verließ sie denn Pola nicht?"

„Nein, weil Italien damals noch nicht in den Krieg eingetreten war. Aber auch später, als es eintrat, verließ die Österreichische Kriegsmarine Pola nicht. Es wurde dann aber ein Telegraph für das Militär installiert, mit einem Unterwasserkabel, und der Postmeister Sior Nadalin wurde ausgeschickt, den Umgang mit diesem für ihn neuen Apparat zu lernen. Es kam auch ein Panzerschiff, das knapp außerhalb des Hafens, bei der Einfahrt, einen Minenteppich legte und so die armen Fischer zwang, auf der anderen Seite, vor Porto Chiave, zu fischen."

„Dort gab es keine Minen?"

„Natürlich nicht. Aber damals begann man auch in Slatina zu begreifen, daß Krieg war. Ganz zu schweigen davon, daß dem Kapitän Coglievina bald darauf mit dem Dampfer die Rolle geschickt wurde."

„Eine Rolle mit dem Dampfer? Was für eine Rolle?"

„Eine Rolle Plakate, Siora Nina. In Pola gedruckte Plakate, auf denen zu lesen war, daß alle zwischen 1890 und 1896 geborene Personen männlichen Geschlechts — sie waren damals, stellt Euch vor, noch jung! — sich zum Dienst mit der Waffe zu stellen hätten. In der Kriegsmarine natürlich, der k.u.k. Kriegsmarine. ‚Was wollen Sie, wer kann, befiehlt, und wer muß, gehorcht', sagte der Kapitän Coglievina, und diese Jungen sind alle zusammen weggefahren, singend und mit den Taschentüchern winkend, und die Mole war schwarz von Menschen. Sie freuten sich, die armen, daß sie alle zusammen waren; aber wenig später hat man nichts mehr von ihnen gehört. Eine Mine, so glaubte man, oder ein Torpedo von einem der italienischen Torpedoboote, auf denen damals d'Annunzio in der Gegend herumfuhr. Das war gleich, nachdem der Krieg mit Italien begonnen hatte, und man wußte nun auch, daß dieser Krieg lange dauern würde. Denn, Siora Nina, lang war er, der Erste Weltkrieg."

„Ah, auch der Zweite . . ."

„Der Dritte dagegen wird wie ein Blitz sein. Wie auch immer! Ich wollte erzählen, daß die Jahre vergingen, und es immer mehr Minen und Torpedoboote gab, und daß das Dampfschiff nicht mehr nach Slatina kam. Und natürlich kamen auch keine Zeitungen mehr, so daß man in Slatina nicht das geringste mehr erfuhr über irgend etwas. So kam also dem Kapitän Coglievina, der, wie erzählt wird, sonst durch nichts zu erschüttern war, nach einer gewissen Zeit der Gedanke, daß da etwas geschehen sein mußte. Besonders, als der Offizier der Marineinfanterie, der für den Speicher von Vallelonga verantwortlich war, sich eines schönen Morgens — schön nur dem Wort nach, denn es regnete und der Scirocco blies — in der Marineverwaltung einfand und berichtete, er habe ein Telegramm erhalten, wonach er mit seinem Schiff und allen seinen Soldaten wegfahren solle. Nur die Soldaten aus Slatina selbst solle er als Wachtposten für den Speicher zurücklassen. ‚Und hier', sagte er, ‚ist der Schlüssel zum Speicher der Österreichischen Marine.' Man möge sehr aufpassen, um nicht auf die Minen außerhalb des Hafens aufzulaufen. ‚Sie, Kapitän Coglievina, wissen jedenfalls, wo diese Minen liegen, denn hier an der Wand hängt ja die Seekarte mit den entsprechenden Eintragungen. Wenn sich etwas Interessantes ereignet, wird es telegraphisch durchgegeben — der Postmeister Sior Nadalin kennt sich ja nun aus mit dem Gerät.'"

„Ah, dieser Sior Nadalin kannte sich schon aus?"

„Freilich, es war doch schon so viele Jahre her, daß er es in Vallelonga gelernt hatte. ‚Auf diese Weise', sagte der Sior Nadalin, als er von Vallelonga in das Postamt zurückkehrte, ‚werde ich, wenn eines Tages auch hier, im Postamt von Slatina, ein Telegraph installiert wird, bereits Erfahrung haben.‘ Aber es half nichts, Erfahrung zu haben, Siora Nina, weil der Telegraph nur noch selten tickte, nachdem die Soldaten abgefahren waren. Um sechs Uhr früh wurde aus Pola bloß gemeldet, daß der Sonnenaufgang um halb acht sei — es war November — und der Sonnenuntergang um halb fünf Uhr nachmittag. ‚Das‘, so sagte der Kapitän Coglievina zum Bürgermeister Miagostovich, ‚können wir selbst auch sehen, weil wir sowohl die Sonne als auch unsere Turmuhr haben.‘ Ferner wurden aus Pola die Mondphasen durchgegeben und der Wechsel der Gezeiten — was auch nicht nötig war, da alle sie auf den Klippen und von der Mole aus beobachten konnten —, und die Heiligen des Tages. ‚Warum‘, fragte Don Blas immer, ‚teilen sie mir die telegraphisch mit, wenn ich sie doch alle im Pfarrhaus aufgezeichnet habe!‘ Das geschah also um sechs Uhr früh, und um sechs Uhr abends trafen, wie Sior Nadalin erzählte, ‚Dienstmitteilungen N.N.‘ ein.“

„N.N.? Wie ein uneheliches Kind?“

„Wieso uneheliches Kind? ‚Dienstmitteilungen N.N.‘ bedeutete, daß es nichts Neues gab. Bis eines Abends nicht einmal mehr N.N. gemeldet wurde. Und Sior Nadalin sagte: ‚Besser so — da muß ich wegen eines N.N. nicht mehr bis Vallelonga rennen, wegen nichts und wieder nichts!‘ Inzwischen aber vergingen die Monate, und es kam der Moment, da der Kapitän Coglievina selbst nach Vallelonga gehen mußte, und mit ihm gingen der Bürgermeister Miagostovich, der Finanzbeamte Rimbaldo und Sior Ucropina vom Lebensmittelladen.“

„Sie gingen alle, um zu telegraphieren?“

„Was für eine Frage, Siora Nina! Wer dachte jetzt ans Telegraphieren? Sie gingen, um ein paar Säcke weißes Mehl und Maismehl und Kaffee, Zigaretten und Petroleum für die Lampen zu holen. Im Lebensmittelgeschäft des Sior Ucropina begann es nämlich an diesen Waren zu mangeln. Oh Gott, Öl hatten sie, auch Wein, vielleicht zuviel sogar, es gab auch genug Schafmilch und Lammfleisch und Fisch, selbstverständlich, da die Fischer außerhalb von Porto Chiave, wo keine Minen waren, fischten. Es hieß sogar, daß dort mehr Fische gefangen wurden als auf der anderen Seite der Insel. Aber, was wollt Ihr, Siora Nina, wenn das Brot fehlt, fehlt alles!"

„Ach, hatten sie kein Brot? Und warum?"

„Weil das Brot aus Mehl gemacht wird, Siora Nina! Und in Slatina gab es kein Weizenmehl, weil sich der Boden auf den Inseln Dalmatiens nicht für den Weizenanbau eignet. Man mußte Gott danken, daß es im Speicher der Österreichischen Kriegsmarine genug Weizen für ein ganzes Leben und für ganz Slatina gab. Und dann waren da auch, sozusagen, Kleinigkeiten . . ."

„Was für Kleinigkeiten?"

„Ich wollte sagen, daß es auch an den Sachen mangelte, die an sich zwar unbedeutend, aber nützlich sind. Zum Beispiel klagte die Lehrerin Morato, daß sie keine Bleistifte für die ersten Klassen und keine Tinte für die älteren Schüler hatte. Und Don Blas sagte, daß er keine Kerzen mehr habe, nur noch Stümpfe, und bald auch ohne Streichhölzer dastehen werde. Wie ich schon erzählte habe, gingen also der Kapitän Coglievina, der Bürgermeister Miagostovich, der Finanzbeamte Rimbaldo und Sior Ucropina vom Lebensmittelladen in diesen Speicher der Österreichischen Kriegsmarine in Vallelonga, um die dringendsten Bedürfnisse stillen zu können.

‚Nichts Schlechtes tun und keine Angst haben', sagte der Kapitän Coglievina, als er, da er den Schlüssel hatte, das Tor des Speichers aufsperrte. ‚Dazu kommt', erklärte der Bürgermeister Miagostovich den Anwesenden, ‚daß es sich um einen reinen Notstand handelt.' — ‚Freilich', stimmte der Kapitän zu, ‚wer kann, befiehlt, und wer muß, gehorcht, und wir gehorchen dem Notstand. Jedenfalls, hier sind der Finanzbeamte Rimbaldo und Sior Ucropina, die eine Empfangsbestätigung ausstellen werden, damit alles in vollkommener Ordnung abläuft!'"

„Eine Empfangsbestätigung? Sior Ucropina sollte eine Empfangsbestätigung ausstellen?"

„Freilich. Was glaubt Ihr denn, Siora Nina? Unter Österreich mußte alles seine Ordnung haben. Nun, würdet Ihr es glauben? Kaum hatten sie die Tür des Speichers geöffnet, da sahen sie, daß es alles gab, alles, in bester Ordnung aufgestapelt. Nicht nur Mehlsäcke, Petroleumkanister, Zigaretten und Streichhölzer, soviel man nur wollte, sondern auch Uniformen, Unterhemden, Decken und Schuhe. Und Linsen und Reis und sogar Semmelbrösel. Und all das Zeug für die Büros der Kriegsmarine, Packen und Pakete voll mit Feldpostkarten und Mappen voll mit Hunderten und Aberhunderten Briefmarken. Und Medikamente, Mullbinden, Pflaster, und Flaschen mit Rhizinusöl. Es gab hier einfach alles. Auch das war ein Beweis, daß Österreich nicht zusammenbrach, weil es an etwas mangelte, sondern weil es verraten worden war."

„Ach, war Österreich zusammengebrochen?"

„Freilich, Siora Nina, war Österreich zusammengebrochen, da doch in Slatina keine Telegramme mehr eintrafen! Schon seit einem Jahr nicht mehr. Nur sie, die Leute in Slatina, wußten nichts davon. Sie konnten es nicht wissen, weil eben keine Telegramme mehr kamen und kein Dampfer. Es war schon wieder November, mit Regen und Scirocco, als Don Blas am Allerheiligentag nach den Gebeten für den Kaiser von der Kanzel verkündete: ‚Hier muß uns ein Heiliger helfen!' Und der Kapitän Coglievina dachte: ‚Damit ein Heiliger hilft, muß man sich selbst helfen. Gut, wer kann, befiehlt, und wer muß, gehorcht, aber wer befiehlt hier jetzt, wenn nicht ich selber, der Hafenkommandant? Nichts Schlechtes tun und keine Angst haben, gut und schön, aber ich habe jetzt Angst, daß wir, wenn ich nichts tue und wir weiter so dahinleben, ohne etwas Genaueres zu wissen . . .'"

„Weiterleben, wie?"

„So, einfach so, ohne Genaueres zu wissen, Siora Nina. Und der Kapitän Coglievina machte sich noch mehr Sorgen, als auch der Bürgermeister Miagostovich sagte, daß er in einem Monat, gerade vor Weihnachten, Schwierigkeiten haben werde, den Laufboten der Gemeinde, den Schreiber und die Lehrerin Morato zu bezahlen, weil die Mittel des Rathauses fast erschöpft seien, so lange schon sei der Dampfer nicht mehr gekommen. Und auch der Kapitän selbst war in Schwierigkeiten. In einem Monat würde er keinen Gulden, keine Krone mehr haben, so sagte er, um den armen Finanzbeamten Rimbaldo und den Lotsen Malabotich zu bezahlen, geschweige denn die Bewacher des Speichers, die auch ihre Bedürfnisse hätten."

„Ja, wenn's kein Geld gibt, gibt's Probleme."

„Auch wenn es welches gibt, Siora Nina. Aber egal. Man mußte jetzt einfach Genaueres herausfinden, und an einem schönen sonnigen Morgen — Ihr wißt, wie schön die Novembermorgen in Dalmatien sind, wenn die Sonne scheint — machte der Kapitän Coglievina sein altes aschgraues Lotsenschiff mit der schwarzen Nummer flott, nahm die Seekarte von der Wand in seinem Büro, holte ein Dutzend Kanister Dieselöl und dazu Lebensmittel für zwei Tage und Ölzeug für den Fall, daß es regnete. Dann übergab er dem Bürgermeister Miagostovich den Schlüssel des Speichers von Vallelonga für alle Fälle, und erklärte, daß er nicht ohne Grund, sondern wegen dieser ganzen leidigen Situation beschlossen habe, irgendwohin zu fahren und nachzuschauen, was los sei. Er ließ den Motor an, hißte die österreichische Flagge, löste die Taue und fuhr sehr langsam, die Seekarte stets vor Augen, um nicht auf eine Mine aufzulaufen, zwischen den Felseninseln, Landzungen und Klippen durch in dieselbe Richtung, aus der er fünf Jahre zuvor gekommen war, nämlich auf den Canal della Morlacca zu."

„Ah, weil man ihm dort etwas sagen würde?"

„Wer hätte ihm dort etwas sagen können im Canal della Morlacca, die Grotten vielleicht? Er fuhr dorthin, weil er wußte, wie er von dort weiterfahren konnte. Besser wäre es, überlegte er, zunächst keinen größeren Ort anzusteuern: sollten die Neuigkeiten schlecht sein, könnte es gefährlich werden; er würde lieber direkt Kurs auf Cherso nehmen, wo er, der ja aus Cherso stammte und wo lauter gute Menschen wohnten, erfahren könnte, was los war, wenn etwas los war, ohne daß ihm etwas zustieß."

„Ah, waren alle seine Verwandten aus Cherso?"

„Er hatte keine nahen Verwandten mehr in Cherso. Da er schon ziemlich alt war, hatte er keine Eltern mehr, und, als einziges Kind, hatte er auch keine Geschwister. Nur einen Cousin ersten Grades hatte er noch in Arbe, Tonin Bellemo, und eine Cousine zweiten Grades in Cherso, Siora Iginia Politeo, die alle Signorina nannten, weil sie unverheiratet war. In Cherso erzählte man sich, daß der Kapitän Coglievina, der immer noch sehr gut aussah, und diese Iginia, die noch Fräulein und sehr reich war, denn die Politeos besaßen ein großes Vermögen, ausgezeichnet zusammengepaßt hätten. Das war vor dem Krieg gewesen. Aber vor dem Krieg mußte sie, Iginia, immer ihre Mutter pflegen, die, schon als junge Frau verwitwet, jetzt sehr alt war — eine dieser Alten, die nie sterben können! —, und er, Coglievina, wurde ja gleich nach Kriegsausbruch nach Slatina geschickt, und so wurde nichts daraus."

„Also keine Hochzeit?"

„Aber nein, sie hatten nicht einmal daran gedacht. Nur die Leute hatten geredet, und es stimmte ja auch: sie hätten wunderbar zusammengepaßt. Wie auch immer. Kurz, als der Kapitän Coglievina am Abend in Cherso an Land ging — es war ein regnerischer Abend, kein Mensch auf der Straße —, stellte er überrascht fest, daß der Briefkasten neben der Tür des Postamtes nicht gelb, sondern rot war. Dann ging er direkt zum Haus seiner Cousine Iginia auf der Piazza und wunderte sich, weil auf der Piazza, obwohl es schon dunkel war, kein Gendarm auf und ab marschierte, wie es sonst, auch bei Regen, immer üblich gewesen war. Die Politeos, Siora Nina, hatten in Cherso ein sehr schönes Haus, dessen Fenster sich auf die Piazza öffneten, das aber eigentlich an der Uferpromenade lag, kaum zwei Schritte vom Fontego entfernt. Das Straßentor war immer offen, und oben, im ersten Stock, gab es eine prächtige Terrasse mit einer Pergola, von wo aus man aufs Meer sah, bis San Nicolò."

„Ja, sie sind schön, diese Häuser mit Aussicht . . ."

„Tatsächlich hat die Cousine Iginia den Kapitän Coglievina sogleich von der Terrasse aus gesehen. Sie war gerade aus der Kirche, von der Vesper, zurückgekommen, zusammen mit der alten Cate, die soeben das Haustor aufsperrte. Genauer: zunächst war sie unsicher, ob er es wäre, als er aber durch das Straßentor trat und die Treppe hinauflief und rief: ‚Iginia! Iginia!‘, da erkannte sie ihn auf der Stelle. ‚Gott, wie viele Jahre, liebe Iginia‘, sagte er, während er die Mütze abnahm und auf die Steinmauer der Terrasse legte, ‚wie viele Jahre! Aber sage mir, Iginia, alles erscheint mir so merkwürdig hier. Was ist geschehen?‘ — ‚Eh, mein lieber Tonin‘, antwortete sie, denn Tonin hieß der Kapitän Coglievina mit Vornamen, ‚eh, mein lieber Tonin, was geschehen ist? Meine Mutter ist gestorben! Schon vor einem Jahr — es war Oktober, am selben Tag, als Österreich zusammengebrochen ist!‘ Und so kam es, Siora Nina, daß der Kapitän Coglievina, noch in der Uniform der Österreichischen Kriegsmarine, auf der Terrasse seiner Cousine Politeo erfuhr, daß ein Jahr zuvor die Donaumonarchie zerbrochen war.“

„Mamma mia!“

„Mamma mia, ja. Das sagte auch der Kapitän Coglievina und setzte sich auf die Steinmauer, neben seine Mütze. ‚Mamma mia, Iginia, was für ein Unglück! Was für ein großes Unglück!‘ — ‚Eh, mein lieber Tonin, Gott hat es so gewollt, aber es war schon lange so, daß sie mehr im Jenseits war als im Diesseits.‘ — ‚Ich aber, ich hätte nie geglaubt, daß es so weit kommen würde. So wie sie war, mit all ihren Schwächen, schien es, daß sie für die Ewigkeit bestimmt wäre . . .‘ — ‚Mir schien es auch so, Tonin, aber dann, mit einemmal, ist es passiert.‘ Kurz, Siora Nina, wenn es nicht zum Weinen gewesen wäre — Siora Iginia trug ja tiefe Trauer, und der Kapitän Coglievina saß zusammengekrümmt in seiner österreichischen Uniform auf der Steinmauer —, wäre es zum Lachen gewesen. Weil die beiden, eine gute Viertelstunde lang, zuerst auf der Terrasse und dann im Haus, ihr Gespräch fortsetzten: sie über ihre Mutter, er über die österreichische Monarchie. Sie habe so gesund gewirkt, aber in Wahrheit ging es ihr schlecht, doch Gott habe es eben so gewollt. Jetzt aber sei sie dahin, unvorstellbar, sie, Iginia, hätte das niemals gedacht. ‚Aber sie ist es, und hier, mein lieber Tonin, bleibt uns nur eines — nämlich vernünftig zu sein.'"

„Vernünftig, weil ihre Mutter gestorben war?"

„Siora Iginia sprach über ihre Mutter, aber er, ich habe es ja gesagt, meinte Österreich. Während sie einander so mißverstanden, hängte die alte Cate die Mütze auf den Haken im Korridor und machte den Kapitän Coglievina darauf aufmerksam, daß er noch die Uniform der Österreichischen Kriegsmarine trug. ‚Aber, mein lieber Tonin, du bist verrückt', sagte erstaunt die Cousine Iginia und knöpfte ihm den Regenmantel auf, ‚du bist noch in österreichischer Uniform, ein Jahr nach dem Sturz Österreichs?' Und daraufhin erzählte er alles, daß sie dort unten nichts wüßten, und sie berichtete während des Abendessens alles, was hier oben geschehen war.

Daß die österreichischen Soldaten von einem Tag auf den anderen überall die Gewehre auf die Straße geworfen hätten, daß die Kriegsschiffe kroatische Fahnen hißten, daß der Admiral Horthy nach Ungarn geflüchtet war. Und dann waren auf einem italienischen Kriegsschiff mit großer weißer Nummer die Italiener hierhergekommen. ‚An jenem Abend, mein lieber Tonin, waren die Piazza, die Mole und die Uferpromenade voll mit Leuten, wie am Tag des heiligen Isidor, und in Triest gab es, wie man erzählte, noch einen großen Wirbel. Kurz, man sagte, daß wir jetzt befreite Länder seien, daß der Kaiser kein Kaiser mehr sei und man nicht einmal wisse, wo er sich aufhalte; daß die Finanzbeamten jetzt italienische Finanzer seien und es keine Gendarmen mehr gebe, daß sich D'Annunzio in Fiume aufhalte, daß, stell dir vor, auch Siora Chiole an der Spanischen Grippe gestorben ist, wie viele andere, und daß man jetzt jeden Augenblick am spanischen Fieber sterben könne. Und viele berichten, daß es immer mehr Streiks gebe, rote Fahnen und Verwirrung, und in den Geschäften nur mit Lire bezahlt werde, in der Kirche aber eine Menge Kronen in den Klingelbeutel des Mesners geworfen würden. ‚In Veglia, Arbe und Selve sollen die Italiener mit den Kroaten streiten; und hier beim Postamt, stell dir vor, ist der Briefkasten nicht mehr gelb, sondern rot.'"

„Ich erinnere mich — das erste, was geschah, als die Italiener kamen, war, daß sie die Briefkästen rot strichen!"

„Ach ja, und dem Kapitän Coglievina fiel da sofort ein, daß sein Boot, das er im Hafen vertäut hatte, noch mit der schwarzen Nummer der Österreichischen Marine bemalt war, und bei Licht hätte man ihn leicht erkennen können. ‚Gott sei Dank, meine Iginia', sagte er, ‚daß ich in der Dunkelheit wenigstens die Flagge eingeholt habe, mehr aus Gewohnheit als aus sonst einem Grund!'"

„Die österreichische Flagge?"

„Nein, die portugiesische! Freilich die österreichische, da er doch glaubte, noch unter Österreich zu sein. Der Kapitän Coglievina sagte sich aber, wie immer: ‚Nichts Schlechtes tun und keine Angst haben!' Und dann, wißt Ihr, was er tat? Er zog sich ruhig die Uniformjacke aus, und ließ sich von seiner Cousine — sie hatte goldene Hände beim Nähen — die goldenen Streifen, Litzen und sechszackigen Sterne, die er auf den Epauletten hatte, entfernen, die Knöpfe — selbstverständlich Knöpfe der Österreichischen Marine — austauschen, und von der Mütze den doppelköpfigen Adler mit der Krone abtrennen. Stellt Euch vor, mit welchem Herzweh! Und bevor er sie sich wieder auf den Kopf setzte und wegging in seinem Regenmantel, wickelte ihm die alte Cate die Knöpfe und alles übrige in ein Papier und steckte ihm das Päckchen in die Tasche. Er umarmte die Cousine und küßte sie — zum ersten und zum letzten Mal in seinem Leben — und sagte: ‚Danke, liebe Iginia, ich gehe einstweilen, und irgend etwas wird geschehen . . .‘

Es war tiefe Nacht, Siora Nina, die Turmuhr von Cherso schlug zwei Uhr, als der Kapitän in den Regen hinausging, zum Hafen gelangte, sein Boot bestieg und sogleich unter Deck im Laderaum den Farbeimer suchte."

„Um den Briefkasten wieder gelb zu streichen?"

„Was habt Ihr nur immer mit dem Briefkasten? Er suchte die aschgraue Farbe, um die schwarze Nummer der Österreichischen Kriegsmarine zu übermalen. Sonst hätten die zwei Carabinieri, die mit den Streifen an den Hosen, den langen Mänteln und den Carabinierikappen, die er aus der Ferne unter den Laternen der Mole hin und her schreiten gesehen hatte, sein Boot beim ersten Tageslicht gleich erkannt. Aber bevor es hell wurde, war er, Siora Nina, schon in Quarnero, da er beabsichtigte, nach Arbe zu fahren."

„Ah, nach Arbe, weil doch seine Mutter aus Arbe stammte."

„Freilich stammte sie aus Arbe, die Mutter des Kapitän Coglievina, aber sie lag schon lang auf dem Friedhof. Nein. Er hatte von seiner Cousine Iginia so viele Neuigkeiten und Wundergeschichten über dies und jenes gehört, daß er, um sich ein objektives Bild machen zu können, mit einem Mann sprechen wollte. ‚Und welcher Mann‘, hatte er im Hafen von Cherso überlegt, ‚welcher Mann eignet sich da besser als mein Cousin Bepin Bellemo? Wir sind Vettern ersten Grades und sind zusammen in die Schule gegangen, beim Lehrer Girardelli!' Er fuhr also durch den Canal di Ossero nach Arbe. Der Wind hatte sich gedreht, keine Wolke stand mehr am Himmel, und die Sonne schien warm und hell — Ihr wißt, wie warm und hell die Sonne in Dalmatien scheint, wenn sie scheint —, da bemerkte er, daß auf der Uferpromenade von Arbe ein Riesenwirbel herrschte."

„Ach, in Arbe ist immer so viel los auf der Promenade, weil so viele Fremde hinkommen, wenn das Wetter schön ist."

„Wieso Fremde? Diejenigen, die den Wirbel machten, waren alle aus Arbe. Da der Wind vom Land her blies, hatte der Kapitän Coglievina schon von ferne eine Art Litanei vernommen, so wie bei einer Prozession, wenn der Priester singt: ‚Regina sine labe originali concepta', und alle antworten: ‚Ora pro nobis!'"

„Ach, wie die Litanei der Muttergottes?"

„So ungefähr. Nur, als der Kapitän Coglievina an diesem Morgen langsam mit dem Boot in den Hafen von Arbe einfuhr — und Ihr wißt, wie langgestreckt der Hafen von Arbe ist —, sah er, daß sich in einer Ecke der Piazza die Leute von Arbe versammelt hatten, und in der anderen Ecke auch, aber das waren eher Leute vom Land, aus Loparo, Barbaro und ähnlichen Orten. Und wenn die einen ‚Viva il nostro Mare Italiano' riefen, hoch unser italienisches Meer, antworteten die anderen mit ‚Evviva!'. Wenn aber einer von ihnen rief: ‚Živelo naš Jugoslovensko more', hoch unser jugoslawisches Meer, schrien alle zusammen: ‚Živio!'"

„Ah, Kroaten?"

„Kroaten die einen, Italiener die anderen. Und in der Mitte standen die Carabinieri mit den Streifen an den Hosen, die hin und herliefen und die Leute zurückstießen, damit sie nicht auf einander losstürzten. Und wißt Ihr, wen der Kapitän Coglievina sogleich sah? Seinen Cousin Bepin Bellemo, der gerade ‚Evviva il nostro Mare Italiano‘ brüllte, Arm in Arm mit dem Lehrer Girardelli, der eine Fahne trug."

„Eine italienische?"

„Freilich, denn sie schrien ja ‚Evviva il nostro Mare Italiano!‘ Die kroatische Fahne dagegen hielt der alte Andre mit beiden Händen hoch über seinem Kopf, und dazu sang er sein ‚Živelo naš Jugoslovensko more‘. Stellt Euch den alten Andre vor, wie er neben einem gewissen Butoraz und anderen kroatischen Parteigängern und diesen armen Leuten aus Loparo, Barbaro und Drasizza stand! Daran aber vor allem erkannte der Kapitän Coglievina, daß nichts mehr war wie früher und nichts mehr so sein würde. Als nämlich der Kapitän Coglievina noch ein Junge gewesen war, pflegte der alte Andre den Bepin Bellemo in die Schule zu begleiten und wieder zurück nach Hause, denn der alte Andre war das Faktotum im Haus der Bellemo. Er kümmerte sich um die Felder und die Ölpresse, er strich das Boot, er entlohnte die Arbeiter und zeigte jeden Abend den Herren die Abrechnung, und diese ließen ihn jeden Abend in der Torhalle sitzen und boten ihm ein Glas Wein an, und er erzählte immer wieder, während er sich eine Zigarette drehte, von seinem Militärdienst in Venedig, als Venedig noch unter Österreich war."

„War denn Venedig einmal unter Österreich?"

„Alles war einmal unter Österreich, Siora Nina, auch Italien. Egal. Wie hätte in diesem Moment, in diesem Wirbel, der Kapitän Coglievina den Bepin Bellemo fragen können, was passiert war und was er tun sollte? Er hat, wie gesagt, gleich begriffen, daß nichts mehr war wie früher und nichts mehr so sein würde. Und er ging nicht an Land, sondern leerte einen neuen Kanister Dieselöl in den Tank und beschloß, einen größeren Ort anzulaufen, um mit eigenen Augen zu sehen, was wirklich geschehen war, bevor er nach Slatina zurückkehrte, um den armen Leuten auf der Insel all diese Neuigkeiten und unglaublichen Ereignisse zu berichten. Als er nicht mehr weit von Fiume war, aß er zunächst ein Gabelfrühstück und fuhr dann geradewegs in den Hafen."

„Aber hatte ihm nicht seine Cousine Iginia erzählt, daß D'Annunzio in Fiume war?"

„Ja, seine Cousine Iginia hatte viele Sachen erzählt. Kaum war er aber in Fiume an der Adamich-Mole vor Anker gegangen, wo alle möglichen Schiffe lagen, große und kleine, da sah er ihn selbst, als er auf der Piazza eine Rede hielt."

„Diesen Adamich?"

„Aber wo, der war doch schon vor Jahren gestorben, da doch die Mole seinen Namen trug! D'Annunzio selbst sah er, auf dem Elisabethplatz, der selbstverständlich nicht mehr Piazza Elisabetta hieß. Und um ihn herum war es schwarz von Menschen in allen nur erdenklichen Uniformen, und von Männern in Zivil mit ihren Kindern an der Hand, und auch Frauen waren da, die Blumen warfen. D'Annunzio trug, wie der Kapitän Coglievina sogleich bemerkte, einen Alpinihut, und er wunderte sich, denn er hatte ihn immer für einen Seemann gehalten, weil er sich doch mit seinen Torpedobooten auf dem Meer herumzutreiben pflegte. Und nach jedem seiner Sätze klatschten die Leute wie verrückt in die Hände und brüllten ‚Alala!', wie im alten Rom und später unter Mussolini. Und währenddessen ging D'Annunzio fort und grüßte die Leute mit erhobenem Arm und einem Klappmesser in der Hand, und alle rannten ihm nach und sangen: ‚Oh Fiume, du schönste und stärkste aller Städte! Laßt uns die Kanonen vor deinen Toren aufstellen . . .‘ Der Kapitän Coglievina aber ging über die Riva del Bonavia bis zu dem Palazzo, in dem früher der Admiral Horthy gewohnt hatte, und er wanderte durch die Gassen von Fiume und sah sich um.“

„Suchte er eine bestimmte Adresse?“

„Aber nein. Er ging herum, um zu schauen, was da in Fiume los war, was da anfing: die Stadtviertel waren voll von Soldaten, mit oder ohne Tornister, die Handgranaten an den Gürteln hängen hatten. Aus den Fenstern flatterten alle möglichen Fahnen — die von Fiume, die italienische, und die dalmatinische mit den drei Leoparden, und in den Pergolas waren Teppiche ausgelegt. Es schien, als könnte jeden Augenblick die Fronleichnamsprozession vorbeiziehen. Und an den Mauern waren Plakate mit dem Schriftzug ‚Gabriele D'Annunzio‘, und über den Tabakläden hingen jetzt Tafeln mit der Aufschrift ‚Regierung des Quarnero — Sali e Tabacchi‘. Alles war voll mit Fremden, die Ansichtskarten von Fiume kauften, um sie nach Hause zu schicken — mit den Briefmarken, auf denen D'Annunzio ohne Kopfbedekkung, mit seiner Vollglatze, abgebildet war.

‚Ja‘, sagte der Kapitän Coglievina zu sich, als er an dem Gerichtsgebäude vorbeiging, wo eine Reihe von Männern und Frauen wartete, die eigens nach Fiume gekommen waren, um sich scheiden zu lassen, ‚ja: hier ist nicht mehr Österreich, und auch nicht mehr Ungarn, zu dem Fiume ja eigentlich gehört hat, ja, es ist nicht einmal Kroatien, von dem jetzt so viel geredet wird. Und Italien ist es ja auch nicht‘, dachte er später, in einem Lokal, in dem er Bier bestellte, als er hörte, wie zwei Einheimische am Nebentisch berichteten, daß das Meer draußen vor Fiume von italienischen Kriegsschiffen wimmelte und daß alle Angst hätten, sie könnten plötzlich mit ihren Kanonen auf Fiume und D'Annunzio schießen."

„Ja, schossen denn die Italiener auf D'Annunzio?"

„Noch nicht. Später. Aber schon jetzt sah man, daß die Leute Angst hatten. D'Annunzio selbst erklärte jedoch auf der Piazza: ‚Darauf pfeif ich!', und dann las er Gedichte. Was wollt Ihr? So war das damals eben. An jenem Tag aber, Ihr werdet es verstehen, konnte der Kapitän Coglievina nur wenig Sinn in allem entdecken. So wenig, daß er, um sein Bier zu bezahlen, ein paar dieser Silbermünzen aus der Tasche kramte, die zehn Kronen wert waren, und eine Menge verschiedenster Geldscheine zurückbekam. Da war er sehr erstaunt. Und noch mehr wunderte er sich, als er durch ein Gäßchen im Braida-Viertel kam, wo es viele Lumpensammler gab. Da sah er nämlich einen Lagerschuppen, der voller Altpapier war, Bündel mit nagelneuen Tausend-, Hundert-, Fünfzig-, Zehn- und Einkronenscheinen, die als Altpapier verkauft wurden, nach Gewicht."

„Jessus! Sie verkauften Kronen als Altpapier?"

„Freilich, und nach Gewicht! Nagelneue Kronenscheine aus der Zeit, als Franz Joseph noch lebte, und die jetzt wertlos waren."

„Aber hattet Ihr nicht gesagt, daß der Kapitän Coglievina sein Bier mit zehn Kronen bezahlt hatte?"

„Mit zehn Kronen aus Silber, Siora Nina, die noch heute gültig sind. Und so ging der Kapitän Coglievina, sein verbliebenes Silbergeld zählend, zum Hafen zurück. Er ging bis ans Ende der Mole, wo er sein Boot verlassen hatte, setzte sich auf einen Pflock und zündete sich eine Zigarette an. ‚Ja', dachte er, während er rauchte, was er sehr selten tat, ‚hinter dem Schiff fährt der Kahn, wer kann, befiehlt, und wer muß, gehorcht — gut, aber jetzt befehlen alle und niemand gehorcht! Es stimmt zwar, was ich immer sage, daß man nämlich, wenn man nichts Schlechtes tut, nichts zu befürchten hat, und daß etwas geschehen wird; aber was wird jetzt geschehen, da nichts mehr ist, wie es früher war, und nie mehr so sein wird?'"

„Er war deprimiert, wie?"

„Deprimiert? Der Kapitän Coglievina war kein Mann, der so leicht den Mut verlor. Als er dort allein auf seinem Pflock saß, rauchte und auf das Meer schaute, überlegte er bloß. Aber ausgerechnet jetzt begann es zu nieseln, wie das im November oft vorkommt. Er stand auf, stieg in sein Boot und zog den Regenmantel an; und als er in den Taschen stöberte, ob er noch ein paar Silberkronen hätte, spürte er plötzlich das Päckchen in seiner Hand."

„Ein Päckchen Zigaretten?"

„Nein keine Zigaretten, da er doch eine Tabaksdose hatte und sich die Zigaretten selber drehte, wie alle Seeleute! Er fand das Päckchen mit den goldenen Knöpfen, Streifen, Litzen, den sechszackigen Sternen und dem doppelköpfigen Adler, die seine Cousine Iginia ihm in jener Nacht in Cherso von der Uniform und der Mütze getrennt hatte. ‚Ja', dachte er, ‚früher einmal wußte jeder, was er hatte und was ihm zustand, was man tun durfte und was nicht, und alles hatte seine Ordnung. Und was ist von alldem geblieben? Ein paar Silbermünzen und diese Knöpfe in meiner Tasche.' Und er wollte das Päckchen gerade ins Meer werfen, als er einen Dienstmann mit einem gelben Schubkarren und einer schwarzen Nummer auf der funkelnden Messingplakette erblickte — die Dienstmänner nämlich waren Dienstmänner geblieben und sahen genauso aus wie früher —, und sagte: ‚Sakra, nein!' Er schob das Päckchen wieder in die Tasche, warf die Zigarette weg und rief entschlossen den Dienstmann herbei."

„Auf das Boot, mit dem Schubkarren?"

„Nicht auf das Boot. Er wies ihn an, ihm in die Braida zu folgen, wo der Lagerschuppen mit dem Altpapier war. Und für ein paar Silbermünzen, die je zehn Kronen wert waren, kaufte er ein paar Säcke mit nagelneuen alten Kronenscheinen, lud sie auf den Karren und befahl dem Dienstmann, das alles auf sein Boot zu befördern. Dann ging er in einen Laden und kaufte Nadeln und schwarzen Zwirn. ‚Heftzwirn?' fragte die Verkäuferin. ‚Nein, nein', sagte er fast zornig, so daß sich die Verkäuferin wunderte, ‚starken, wasserfesten, haltbaren Zwirn!' Er bezahlte Nadeln und Zwirn, er bezahlte den Dienstmann und stieg in sein Boot, ließ den Motor an und fuhr aus dem Hafen von Fiume, mitten durch die italienischen Kriegsschiffe, die offenbar noch überlegten, ob sie auf D'Annunzio schießen sollten oder nicht."

„Ah, er hat Fiume im Zorn verlassen?"

„Nicht im Zorn, Siora Nina, sondern fest entschlossen. ‚Das, zum Kuckuck, darf nicht sein!' wiederholte er, ‚es darf nicht sein! Sei es, wie auch immer, aber für ein geborstenes Schiff braucht man mehr als eine Planke! Und wenn wir nicht selber sinken wollen, müssen wir etwas tun, etwas unternehmen. Die Alten sollen in Frieden sterben können, die Jungen in Frieden leben, und die Kinder . . . Gut, was die Kinder angeht, so werden wir darüber nachdenken, wenn sie groß sind.'

Kurz bevor er in Slatina ankam, nachdem er zwischen den Felseninseln, Landzungen und Klippen durchgefahren war, warf er an einer geschützten Stelle Anker. Und dort, Siora Nina, zog er Nadel und Zwirn hervor, fädelte den Zwirn in das Nadelöhr, und nähte mit großer Geduld die goldenen Knöpfe, die Streifen, die Litzen und sechszackigen Sterne wieder an seine Uniform und befestigte den doppelköpfigen Adler an der Kappe. Dann hißte er die österreichische Flagge und fuhr nach Slatina; das heißt, nicht direkt nach Slatina, sondern nach Vallelonga.

Dort zog er, ohne daß ihn jemand sah, mit einem Haken das Telegraphenkabel aus dem Wasser herauf, schnitt es mit seinem Klappmesser durch und ließ die beiden Enden wieder ins Meer fallen."

„Immer noch zornig, wie?"

„Nicht zornig, ich habe es doch gesagt, sondern fest entschlossen. Und entschlossen kehrte er wieder nach Slatina zurück, wo ihn alle, kaum daß er die Punta mit dem Leuchtturm umfahren hatte, auf der Mole entgegenliefen, um die Neuigkeiten zu hören. Und, über das ganze Gesicht lachend, sagte er, daß er später alles erzählen werde, daß es jetzt zehn Uhr sei und daß jeder Christ zu dieser Zeit Frühstückspause mache. Dann ging er in die Osteria des Tonissa, und dort, beim Gabelfrühstück, erzählte er alles."

„Mamma mia! Alles, was er erlebt hatte?"

„Nein, Siora Nina: alles, was diese armen Leute von Slatina, alte, junge, Frauen und Arbeiter, Don Blas und der Bürgermeister Miagostovich, die Lehrerin Morato und auch Barba Checo, also alle, hören wollten. Und zuerst sagte er: ‚Numero eins: Ich bin glücklich melden zu können, daß, Gott sei Dank, der Krieg aus ist.' Und, stellt Euch vor, niemand fragte, wer den Krieg gewonnen hatte, weil sich niemand vorstellen konnte, daß nicht Österreich gesiegt hatte! ‚A.E.I.O.U.', das war das erste, was die Lehrerin Morato in der Schule an die Tafel schrieb, um den Kindern das Lesen beizubringen, und es war auch das erste, was die Nonnen die Mädchen in die Leinenflecken sticken ließen: A.E.I.O.U. — ‚Austria erit in orbe ultima'. Das bedeutet, Österreich wird bis zuletzt auf der Welt sein. Deshalb, Ihr werdet es verstehen, konnten sich diese armen Leute, die alle dem Kapitän Coglievina lauschten, nicht vorstellen, daß Österreich jemals besiegt werden könnte, geschweige denn auf so häßliche Weise zugrunde gehen. Und so sagte er nur, daß der Krieg aus sei, und auch der Kaiser seine Uniform nicht mehr anziehe, im übrigen gehe es ihm gut, gesundheitlich. Wegen der Löhne brauche man sich nicht mehr zu sorgen, da es ihm in Fiume gelungen sei, alles zur vollsten Zufriedenheit und nach Gebühr zu regeln, bis zur letzten Krone, für jetzt und auch für später. Er erzählte auch, daß er in Cherso gewesen sei, aber daß er sich dort nur kurz aufgehalten habe, da die Mutter seiner Cousine Iginia gestorben sei, und auch Arbe habe er kurz besucht, weil sein Cousin Bepin einen Streit mit dem alten Andre habe. Etwas länger sei er in Fiume geblieben, weil es dort viele Feiern und Feste gegeben habe und er warten mußte, bis er das Geld bekam, die Kronenscheine, und, ach ja, in Fiume gebe es einen neuen Kommandanten, einen Hafenkommandanten, den er von früher her kannte. Einzige schlechte Nachricht: die Spanische Grippe ging um, die gefährlich sei, man könne auch daran sterben, denn in Cherso sei eine noch junge Frau daran gestorben, Siora Mima Chiole. Deshalb werde in nächster Zeit, vielleicht auch länger, kein Dampfer nach Slatina kommen. Und wenn der Dampfer nicht komme, habe es auch keinen Sinn, die Minen zu beseitigen: so könne niemand kommen und sie stören.

‚Alles in allem', sagte der Kapitän Coglievina, während er die Frühstückskrümel von seiner Uniform klopfte, ‚ist aber wohl die wichtigste Nachricht die, daß kein Krieg mehr ist und wir weiter in Frieden leben können, wie wir immer schon gelebt haben.'"

„Wie, ‚wie wir immer gelebt haben'?"

„Genau das fragten alle den Kapitän Coglievina, und

er antwortete: ‚Wie wir leben und immer gelebt haben. Nichts Schlechtes tun und keine Angst haben!‘ Und alle im Lokal bestellten Wein und Schinken und Weichkäse, und aßen und tranken bis zum späten Abend. Und am Ende zahlte der Kapitän Coglievina alles, mit hundert nagelneuen Kronenscheinen, und es herrschten Lachen und Zufriedenheit.“

„Ah, alle waren zufrieden?“

„Freilich, Siora Nina. Warum hätten sie an jenem Tag nicht zufrieden sein sollen? An jenem Tag, an den folgenden Tagen, und an allen anderen Tagen, die Gott machte. Denn, Siora Nina, was fehlte ihnen denn schon?“

„Ja, was fehlte ihnen?“

„Nichts fehlte ihnen, gar nichts. Sie hatten nämlich, wie ich schon gesagt habe, eine Domkirche mit Glokkenturm und eine Turmuhr, ein Rathaus ganz aus weißem Stein, eine Piazza und einen sehr großen Damm, einen Leuchtturm und ein Nonnenkloster. Ferner hatten sie Olivenöl und einen Wein, der noch besser war als der von Lissa, und sehr schmackhaftes Lammfleisch, weil die Weiden so fett waren. Außerdem hielten die Bauern auch Schweine, und alle Leute, auch die aus den Dörfern, hatten ein Haus mit Gemüsegarten, Hühnern und Truthähnen. Morgens, wenn die Fischer von ihrer Fahrt zurückkamen, gab es auf der Mole einen Haufen Kisten mit Sardinen, Makrelen, Weißfisch und auch Oraden. Und wenn sie einmal etwas nicht hatten, wie Weizenmehl, Petroleum für die Lampen, Bleistifte, Hefte, Kerzen für Don Blas, eine neue Uniform für den Lotsen Malabotich, oder andere Dinge, die sie vielleicht brauchten, dann ging der Kapitän Coglievina zusammen mit dem Bürgermeister Miagostovich, dem Finanzbeamten Rimbaldo und Sior Ucropina vom Lebensmittelladen einmal im Monat zum Speicher der Österreichischen Kriegsmarine in Vallelonga, wo es — ich habe es ja gesagt — alles gab."

„Gab es wirklich so viel?"

„Unermeßlich viel, Siora Nina, da der Speicher doch als Arsenal für die ganze Österreichische Kriegsmarine gebaut worden war. Ja, auch Zucker gab es, zahllose Säkke. So konnten zu Weihnachten alle Leute sämtliche Mehlspeisen, Pfannkuchen und Palatschinken backen, soviel sie wollten . . ."

„Aber, Sior Bortolo, bekamen sie den Zucker alle gratis?"

„Wie, gratis? Wie hätte ein Kapitän Coglievina auch nur daran denken können, die Sachen gratis zu verteilen oder ohne Bezahlung aus dem Speicher zu holen? Er richtete es so ein, daß von den vielen Bündeln nagelneuer Kronenscheine, die er aus Fiume mitgebracht hatte, alle ihren gerechten Anteil und Lohn bekamen, im Lebensmittelladen und auch überall sonst bezahlen konnten, all die Waren, die Sior Ucropina aus dem Speicher holte — selbstverständlich gegen Empfangsbestätigung.

So hatte jeder, was er brauchte, auch die Wachtposten in Vallelonga, der Postmeister Sior Nadalin, die Lehrerin Morato, der Laufbote und der Gemeindeschreiber. Selbstverständlich hob die Gemeinde, wie es ihr zustand, Steuern ein, für Wiesen und Grundstücke und Besitz, bei jenen, die diese Steuern aufbringen konnten. Und für die Domkirche, für Don Blas und den Mesner Severino sorgte ein wenig die Gemeinde, und ein wenig sorgten auch alle anderen, weil, wie Don Blas am Sonntag während des Hochamtes von der Kanzel zu predigen pflegte, alle zum Unterhalt der Kirche beitragen sollten nach Recht und Gebühr. Und trotz allem, Siora Nina, blieben manchen ein paar Kronen übrig, die sie zum

Postamt brachten, wo Sior Nadalin ihnen dafür sogar einen bescheidenen Zinssatz auszahlte.

Kurz und gut, es war, wie es immer gewesen war und immer hätte sein sollen — jeder wußte, was er hatte und was er verdiente, was man tun durfte und was nicht, und so hatte alles seine Ordnung."

„Ah, ich verstehe: dort lebten die Menschen wie früher . . ."

„Freilich. Nehmen wir als Beispiel den Sonntag: auf der Pergola der Marineverwaltung hörte der Kapitän Coglievina, den Lotsen Malabotich neben sich, der gerade die österreichische Fahne hißte, der Blaskapelle zu, die nach der Zehn-Uhr-Messe, sobald Don Blas mit dem Gebet für den Kaiser fertig war, vor dem Rathaus den Radetzkymarsch spielte. Und punkt zwölf Uhr, wenn die Mittagskanone abgefeuert wurde, setzten sich alle zum Mittagessen. So vergingen die Tage, die Monate und die Jahre.

Vor Schulbeginn hängte der Bürgermeister Miagostovich immer das Plakat aus, auf dem geschrieben stand, daß alle Kinder gegen Pocken geimpft werden sollten, und, vom Kapitän Coglievina unterzeichnet, die Mahnung, daß das Fischen mit Schleppnetz verboten sei. Stellungskundmachungen gab es keine mehr — die letzte hatte dem Jahrgang 1896 gegolten. Denn, Ihr werdet es verstehen: wer vom Jahrgang 1896 nicht im Krieg gefallen war, der war jetzt zu alt.

Und wenn der Kapitän Coglievina etwas brieflich mitteilen wollte, zum Beispiel, daß jemand sein Kind nicht in die Schule geschickt hatte oder daß etwas an einem Fischerboot nicht in Ordnung war, dann klebte er die grünen Briefmarken — erinnert Ihr Euch? — auf den Umschlag. Die mit dem Kaiser Franz Joseph, weil die mit dem Kaiser Karl nie in Slatina eingetroffen waren. Auch die Kinder brauchten sie, um der Lehrerin Morato ihre Weihnachtsgrüße zu schicken, wie üblich. Und obwohl nun schon so viele Jahre vergangen waren, schien es allen, als wäre Franz Joseph nicht gestorben."

„Ah, sie wußten nicht, daß Franz Joseph tot war?"

„Die Kinder nicht. Die Kinder, die nach seinem Tod auf die Welt gekommen waren, wußten es nicht. Warum sollte man, Siora Nina, den Kindern von Toten erzählen? Wichtig war, daß das Leben weiterging, und die Neugeborenen erhielten nach wie vor Namen wie Franz und Joseph und Checo und Bepin, und Frane und Jose, und Rodolfo und Stefania, und Maria und Teresa. Auch Elisabetta. Wenn das Schuljahr begann, schrieb die Lehrerin am ersten Tag mit Kreide an die Tafel: A.E.I.O.U., wie immer, und die Kinder mußten es schön in ihre linierten Hefte schreiben, weil es nicht anging unter Österreich, schief zu schreiben. Niemand, weder die Kinder noch die Erwachsenen, hätten es gewagt in Slatina, etwas Schiefes zu tun, weil alle wußten, daß der Zollbeamte Rimbaldo den ganzen Tag auf der Piazza, der Uferpromenade, in der Calle Larga und in der Calle Stretta auf und abmarschierte, so daß man die Haustore überhaupt nicht hätte abschließen müssen. Trotzdem versperrten die Leute die Haustüre, eher aus Gewohnheit, denke ich, wenn sie ausgingen, und legten die Schlüssel auf das Fensterbrett. Vor allem die Frauen, wenn sie in die Kirche zur Messe oder abends zum Segen gingen.

Und der Kapitän Coglievina begab sich auch samstags am Abend auf die Pergola der Marineverwaltung, beobachtete den Leuchtturmwächter Visco, der am Meer entlang zurückkam, nachdem er das Leuchtfeuer entzündet hatte, und er beobachtete auch den alten Barba Checo, der auf einem Pflock auf der Mole saß, derjenige, der noch Kap Horn umsegelt hatte und immer noch einen Ohrring trug und die Taue der ankommenden Dampfer aufzufangen pflegte. Jetzt, da kein Dampfer mehr kam, saß er auf seinem Pflock, rauchte und schaute auf das Meer hinaus.

Dann, ein wenig später, drang das Geplauder der Notabeln, die in dem Lokal beim Rathaus saßen, an das Ohr des Kapitäns Coglievina. Und aus der Osteria des Tonissa, wohin die anderen Männer gingen, ertönte, als es dunkel wurde, lauter Gesang — meist ‚Die Jungfrau der Engel'.

‚Es ist wirklich wahr', sagte da der Kapitän Coglievina zu sich selber, ‚nichts Schlechtes tun und keine Angst haben. Man sagt zwar, daß das kleine Schiff hinter dem großen herfährt, aber ich in meinem kleinen Kahn, meiner kleinen Welt, habe es nicht getan. Und so haben wir auch diesen Tag anständig hinter uns gebracht.'"

„Aber sagt mir etwas, Sior Bortolo, wann war dann diese Geschichte von der Insel Slatina zu Ende?"

„Zu Ende? Sie war niemals zu Ende, Siora Nina: sie geht weiter, glaube ich, denn sie wurde mir mehr als einmal erzählt — in Cherso, in Lussino, in Arbe, in Triest, in Fiume, in Pola, in Görz."

„Und wo, Sior Bortolo, wo liegt eigentlich diese Insel? Wie kann man sie erreichen?"

„Ja, das ist das Dumme daran, Siora Nina, daß einfach niemand mehr — so wie die Dinge heute liegen — diese Insel finden kann. ‚Achthundertsiebzig Inseln, meine Herrschaften, gibt es in Dalmatien', sagte der Kapitän Bolmarcich immer, ‚achthundertsiebzig, große und kleine Inseln. Die Klippen nicht mitgezählt.'"

Die Geschichten in diesem Buch spielen großenteils im alten Österreich. Wir haben daher, zum besseren Verständnis, die in der österreichisch-ungarischen Monarchie üblichen Ortsnamen beibehalten.

INHALT